U0518744

观花心生香

陈彦题

李小奇 著

陕西师范大学出版总社

图书代号　　WX23N0273

图书在版编目（CIP）数据

观花心生香 / 李小奇著. —西安：陕西师范大学出版
总社有限公司，2023.11
ISBN 978-7-5695-3483-2

Ⅰ.①观…　Ⅱ.①李…　Ⅲ.①散文集－中国－当代
Ⅳ.①I267

中国国家版本馆CIP数据核字（2023）第008071号

观 花 心 生 香
GUAN HUA XIN SHENG XIANG

李小奇　著

出版统筹　刘东风
责任编辑　郑若萍
责任校对　马凤霞　邢美芳
封面设计　张满伊
封面题字　陈　彦
插　　图　宋秋实
出版发行　陕西师范大学出版总社
　　　　　（西安市长安南路199号　邮编710062）
网　　址　http://www.snupg.com
印　　刷　西安市建明工贸有限责任公司
开　　本　787 mm×1092 mm　1/16
印　　张　15.25
插　　页　2
字　　数　240千
版　　次　2023年11月第1版
印　　次　2023年11月第1次印刷
书　　号　ISBN 978-7-5695-3483-2
定　　价　59.00元

读者购书、书店添货或发现印装质量问题，请与本公司营销部联系、调换。

电话：(029)85307864　85303629　　传真：(029)85303879

自　序

　　庄子《秋水》言：个体之于天地万物似"稊米之在大仓乎？""豪末之在于马体乎？"李白《春夜宴从弟桃花园序》言："夫天地者万物之逆旅也；光阴者百代之过客也。而浮生若梦，为欢几何？"苏轼《赤壁赋》言："寄蜉蝣于天地，渺沧海之一粟。"一个人处在苍茫宇宙，何其微渺，在人世间留下的足迹也如雪泥鸿爪一般，但长空过雁，即使没有雪泥留痕，也会留下落辉中的剪影。

　　王羲之将永和九年上巳日与四十多位好友曲水流觞一事记载下来而成千古美文《兰亭集序》。王维在辋川别业辛夷坞静观木芙蓉花开花落而有"涧户寂无人，纷纷开且落"的诗篇。李白到石门山访元丹丘，"丹丘遥相呼，顾我忽而哂"的诗句永远留下了故交知己间的默契瞬间。"绿蚁新醅酒，红泥小火炉"的文字让我们跨越时空走近了白居易的生活日常。苏轼被贬黄州的第三个寒食节，留下《寒食诗书贴》，让那个寒食节的绵绵苦雨一下便是千年。沈复也正是有感于"事如春梦了无痕"，才将自己与芸娘琐碎的幸福日常写成了《浮生六记》。曹雪芹将贵族大家庭的日常生活娓娓道来成就了鸿篇巨制《红楼梦》。陆游入蜀，李清照赌书泼茶，张岱湖心亭赏雪，姚鼐泰山看日出……文学史就是生活史，就是心灵史。正是这样饱含温度和人情的文字，沟通了不同的心灵，实现了跨越时空的心领神会。前代一个又一个作家，用文字掬起生活的清流，一代又一代的读者从中见天地见众生见自我，文学就成为了经典。

　　在阅读文学经典作品的过程中，时时心有所悟，常常穿越时空回到前代文人的生活空间，凝望他们的言谈行止，感受到他们的思绪情感，领略到他们的雅人深致，常得会心而笑。虽年深岁久，但温暖依然可以传递，浩然正气依然震撼人心，真情依然令人动容。昔时花开的声音依然清晰，落下的雨珠依然圆润，分好的新茶依然清香……

文学是什么？文学就是将经历的日常变成永久的记忆。

读书、教学、科研、旅行……生活日常是平凡的，但我珍惜每一次相遇：与每一首诗一篇文的相遇，与蓝天白云的相遇，与一草一木的相遇，与每个人的相遇。"百年之欢不再，千里之会何常"，"修短随化，终期于尽"，人生易老，岁月难留。生活虽不尽如意，但也不乏美好的瞬间，可以将不如意清空，把美好瞬间存盘。所有经历的一切都转瞬即逝，再鲜活的记忆也会随岁月慢慢淡去，能留住过往的唯有文字。

我原本爱好莳花种草，加之近年来研究园林文学，对草木的感情又加深一层。

每看到草木嫩芽新发、花朵绽开，都会心生莫名感动，对草木荣枯，花开花落体察更加敏锐，更加关注古典诗文中的自然书写，体悟也愈加深入。无论是置身于自然山川、园林幽境，还是自家的阳台花园，花木自在自适的状态都会让我内心无比平和安宁。

平素非常喜欢"掬水月在手，弄花香满衣"这句诗，"观花心生香"是我的真切感受，故这本小书且以《观花心生香》为名，愿自己的这份心香能够芬芳更多的心灵。小书由著名作家陈彦先生惠赐题字，感谢陈彦先生的勉励，感谢商洛学院原主编李继高教授的引荐。封面、插图用的是女儿宋秋实的绘画习作。我和女儿亦亲亦友，她的画和我的文字亦很契合。小书出版，能得各方倾情相助，心中倍感温暖。

目 录

第一辑 · 植梅听香

案头山花开

我的书桌上放着一瓶花，这不是一瓶普通的花，这是一瓶来自遥远的大兴安岭的花——山杜鹃。淡雅的紫色小花芬芳了整个书房，春意也充满了整个家。独坐相对，恍见苍崖花株，云烟吞吐，心灵随之遁入邈远幽深的寂静。宋唐子西有诗云："山静似太古，日长如小年。"就这样在花影中揉碎了时间，心入太古，神归恬淡。

买花是有起因的。我和好友在大唐西市西周茶会看到了一款瓶插，三两根干干的枝丫上开着些许淡淡的紫色小花，颇为典雅。养花成性的我立刻表达了希望拥有的愿望。好友建议到无所不能的淘宝上看看有没有卖的，一搜索果然有卖，价格非常便宜，一把才十六块八，而且包邮。朋友当即为我拍下，于是我开始了等待和期盼。

起初并不知道这花的来历，以为依照现代的物流速度两三天就可以收到了。不想等了四天还没有动静，忍不住请好友查看物流信息。一看才知道原来这花来自东北的大兴安岭，已经由大兴安岭途经哈尔滨到达北京集散中心。怪不得慢，原来路远。我上网搜索了一下，从发货地大兴安岭的加格达奇到西安的最短距离是 2648 千米，从上山采集再加上哈尔滨、北京、西安各地中转的里程，这束花应该要跨越 3000 千米，才能从祖国的东北边陲来到西部长安。想到此，心中仿佛被什么牵系，无法放下绵延流转的痴想，心绪总是带着若有若无的期待飘向远方，想去迎接，想去探察。我和这束山花何时种下此因、结下此缘？而其间的媒介竟然是现代化的物联网。它们要离开养育自己的洪荒大山，告别莽莽过去，走过万水千山来赴一个约定，要在异地他乡度过自己最美丽的花期，这是不是像一个女子的远嫁？"自抛南岳三生石，长傍西山数片云。"面对离别与未知，她们会悲伤，会忧心么？她们会带着怎样的远古气息来到我的身旁和我悄悄耳语……

耐心等待的同时，我对物流有些疑虑：这毕竟是花，枝枝叶叶的很容易折损，怎么运输呢？经过这么远的路途颠簸，等到我手中的时候会是什么样呢？

接下来我持续关注物流信息，下单后的第七天，这束花终于来到了西安，经集散中心发往航天城，我知道我很快就可以接到快递员的电话。当天下午终于如愿收到了。一个细细的长方形纸盒盛放着这束花，看到这样的包装我的担心有所消减：应该不至于被折断，可会不会被压坏呢？赶紧拿回家打开看看。打开后发现我的所有担心都是多余的，卖家和快递公司自有安全的投递办法，其实我们客户根本不用操那份心。

呈现在我面前的花束让我有些惊讶。它们就是一把干枝，褐青的皮色，枝头有的有两片小芽，有的有四片小芽，叶芽的颜色和枝丫的颜色一样，有种腊质感，看着了无生气。还有一些鼓鼓的小包，不知是叶还是花。我在心里暗暗打了个问号：它们能开出花吗？我把它们插到玻璃花瓶里，里边放了些水，没过花枝大约有四寸高，它们吸收水的营养就可以将生命继续。

我天天都会看看它们，起初几天并没有变化，它们好像走了太远的路累得都睡着了。有天下午等我再看时，发现它们不知什么时候醒来了。原来，那些鼓鼓的小包就是花蕾，现在它们已经展露出鲜艳的紫色，它们要开花了！有的花苞大一些，有的小一些，有的还簇成一体尚未分开，正在蓄势绽放。不知道这奇妙的变化是如何悄悄发生的。看似干枯的枝条竟然潜藏着如此惊人的生命力，时间和水真的是神奇无比，生命就在不知不觉间孕育，在无色无味的水中成长。我想到了《周易》中所揭示的"剥尽复至"的自然之理。在枯朽衰败之处孕育着新生命的顽强因子。看似干枯的枝丫透出的寂灭和紫色花蕾彰显的绚烂形成了强烈的反差，似乎在诠释禅宗关于两极的永恒哲思。

时光冉冉迁移，生命不断变易。慢慢地，花儿们陆续微启花口，逐渐张开，几个小时的工夫，有的就笑逐颜开了。颜色是淡淡的紫，《红楼梦》中薛宝钗《咏白海棠》的那句"淡极始知花更艳"用来形容它们非常妥帖。花有五瓣，有些单薄，如同一个正在长个儿的清瘦少女，让人心生怜爱。花心内有雄蕊十个、雌蕊一个，雄蕊细细的花丝上顶着一个椭圆的花药，像个可爱的音符，唱着欢快的山歌。一天、两天……盛开的花越来越多，可谓紫色春意枝头闹。我禁不住轻声对它们说："繁枝容易纷纷落，嫩蕊商量细细开。"

一个个清凉的早晨、温暖的午后、浪漫的黄昏，我坐在书桌旁，山杜鹃无声无息地开放着。没有沁人的香气，却可以芬芳我的心境；没有鲜亮的颜色，却可以惊艳我的世界。时间在疏枝花影间悄悄挪移，老子五千言的智慧，美国学者艾朗诺对北宋士大夫审美思想与追求的解读，北大教授朱良志对中国艺术的哲学思考……这些都与我、与花在时间的坐标系上定格。宋代李石有一篇《梅坞记》，文中有一段写屋檐之南的一株老梅树的文字，这段文字曾让我感怀不已："仍辟屋一角作窗，以即其阴。每每风日开阖，煜然之光，籁然之声，往来几砚书帙间，与静景相接，如行村坞……"今在与山花凝神交通之间，更加明白他的这段文字蕴含着何等深厚的情感。

唐代李德裕曾言自己"嘉树芳草，性之所耽"。他的平泉山庄种植了来自不同地域的花草树木，许多珍异花木是他斥巨资致力所得。李德裕位居宰相，很多时候并不能享受平泉山庄的园林生活，所以他非常思念自己的园林，尤其想念园中的花草，他曾经作了许多诗来发舒自己对平泉山庄的思念，诗作数量之多令人感叹。尤其是他的《怀山居邀松阳子同作》："春思岩花烂，夏忆寒泉冽。秋忆泛兰卮，冬思玩松雪。晨思小山桂，暝忆深潭月。醉忆剖红梨，饭思食紫鳜。坐思藤萝密，步忆莓苔滑。昼夜百刻中，愁肠几回绝。"春夏秋冬、清晨黄昏、坐卧之间无时无刻不想起自己的园林中的一草一木、一花一石，他对自己园中草木注入了太深的情感，所以才在《平泉山居戒子孙记》中说："鬻吾平泉者，非吾子孙也；以平泉一树一石与人者，非佳子弟也。"如果从人对物性的平等理解和心神交感的角度来看，或许我们会对位高权重的宰相的私人情感空间有一些新的认识。这种新的认识必须有一个基础，那就是对大自然花草树木的长期知性感悟。

沈复是一个爱瓶插的人，因为"家无园圃，不能自植"，故而喜爱插花聊以寄托四季游园赏花之趣。他在《浮生六记》中言及瓶插的一些艺术经验："其插花朵，数宜单，不宜双。每瓶取一种，不取二色。瓶口取阔大，不取窄小，阔大者舒展不拘。自五七花至三四十花，必于瓶口中一丛怒起，以不散漫、不挤轧、不靠瓶口为妙，所谓'起把宜紧'也。或亭亭玉立，或飞舞横斜。花取参差，间以花蕊……"

为了让我的花"舒展不拘"，我又特意买一个花瓶将大把分为两束，一束置于书案，一束放置客厅飘窗。窗外是寒冬，室内是春天。

我明白"绚烂之极，归于平淡"，它们会在时间的长流中慢慢凋零，但是我们彼此生命的交集已经完成。

木假山记

我有一座木假山。这座木假山是我和家人到秦岭连珠潭游玩时偶然发现的。那是一个炎热的夏季，连珠潭地处秦岭腹地，比较凉爽，我们选择到那里避暑。进山后沿着山溪行走，两岸非常潮湿，长满了青苔。一段朽木立在茂盛的青苔和野草间，我一眼就发现了它。黑褐色的朽木极像山石，峭壁嶙峋，山势崔嵬。看到它的第一念就是带它回家，于是我们小心地将它取出，带上了泥土和青苔，顺便捡了几块石头，就这样它成了我们家飘窗上的清供。

回家后，我和秋水长天君一起将它放在一个白色的托盘中，下面铺土，将木假山放置在土上，再将青苔铺在周围，还将从山上带回来的不知名的草种在了木假山下，周围又放置了几块大小不一的石头，并在一侧设置一泓水潭，常常添水，不使其干涸。我和家人就这样共同完成了这件艺术品。小中观大，木假山与周围的石头形成了巍巍山峰与绵延山峦间的相互呼应，山的阳刚与水的阴柔形成了映衬，青苔与野草的绿意增加了幽情。我觉得这件艺术品颇有点壶中天地、芥子纳须弥的理趣，后来还为它写了一首诗，题为《盆中假山池》：

盘中置石为峰峦，叠嶂绵延意可观。清水环绕见山影，苍苔披月对云闲。叶浮作舸行千里，风起波汹惊万滩。幽壑无光凝瑞露，深溪云动送碧寒。盈缩天地盆池内，遥寄情思不凭栏。

我喜欢杜甫《假山》中的"望中疑在野，幽处欲生云"，也喜欢陆游《盆池》中的"傍（通"旁"）有一拳石，又生肤寸云。我来闲照影，一笑整纶巾"。相比之下，总觉得自己的诗缺了点曲折婉转的韵味，但是于盆池中"观生意"的理趣却是相通的。

除了每天的打理和观赏，面对着木假山，我常常遐想联翩，会设想这段枯木前世今生的种种。它或许曾经是一棵高大挺拔的参天大树，金色的阳光照射在树梢，晶莹的雨露凝结在树叶；松风吹过千岩万壑，月到风来时它在欢歌；山泉淙淙流过，林间云烟升腾时它在唱和；山洪暴发，大树被拔地而起；巨石滚落，大树被拦腰折断……有时候会有些恍惚，凡此种种，是我虚无的假想，还是木假山的娓娓诉说呢？

　　后来偶然看到苏洵的《木假山记》，我的心为之一动，才知道千年之前，有一个人也和我一样对着一座木假山浮想联翩，并留下了一篇记文。苏洵陈述了木的几种不同的命运："或蘖而殇，或拱而夭。幸而至于任为栋梁，则伐；不幸而为风之所拔，水之所漂，或破折，或腐。幸而得不破折，不腐，则为人之所材，而有斧斤之患。其最幸者，漂沉汩没于湍沙之间，不知其几百年，而其激射啮食之余，或仿佛于山者，则为好事者取去，强之以为山，然后可以脱泥沙而远斧斤。"

　　读到这里，突然觉得自己和苏老泉（苏洵，号老泉）是遥隔千年的异代知己了。在我的脑海里，曾上演有关这棵古木无数版本的生命遭际。我想到了苏洵想到的所有可能，发现原来我不只是在和木假山对话，我还在和苏洵对话。

　　我家中的这座木假山或许就是苏洵所言的木之最幸者。不知道它在苍山古崖上生存了多少年，不知道何时为何而倒地，经过雨水的冲刷和虫蚁的啮食，它腐朽了，断成几截，随激流而奔突，湮泥沙以沉没。不知道又经几百年，水流和虫蚁塑成了它山的样子，山峰参差错落，望之险峭，势若天成。抑或是大自然这位画家用斧劈皴之法斫出了它山的轮廓，线条波折顿挫，气势雄浑俊逸。它默默地在杂草和青苔间岿然挺立，又不知历几百年矣！它有幸避过了樵夫野人，未为柴薪，而我就是那个好事者，我发现了这个木假山，并将它带回家，让它成为案头的一件艺术品。

　　苏洵家的木假山有三峰，"中峰魁岸踞肆，意气端重，若有以服其旁之二峰。二峰者，庄栗刻削，凛乎不可犯，虽其势服于中峰，而岌然无阿附意"。苏老泉意不在写假山，而在感为人。苏洵说自己不仅敬佩中峰的魁伟傲岸，意气端重，还敬重旁之二峰所彰显的凛然不可犯的气度、岌然不阿附的精神。居高位者当令人敬佩，居下位者当有气节。我想他大概是有感于当时事、当时人吧。

我家的木假山没有引发我类似苏洵的感慨，但给我带来了不少山水之趣，勾起了我内心深处的林泉情结。木假山清供，仿佛就是将自然山水于盈缩小盆之中，朽木为山，勺水为池，青苔野草也不乏林泉之趣。每日观赏，仿佛置身山林幽壑，心畅神怡，可谓是放情山水，"会心处，不必在远"。因为木假山，也更能体会一枝碗莲、一瓶插花给沈复带来的生活乐趣。只要心有山水，山水自在眼前；只要内心不俗，生活自有雅趣。

为了保持足够的湿度，需要经常给木假山洒水，尽管我都是用放置一段时间的水，但是自来水中的氯含量可能太重了，或者含有什么其他物质，木假山上逐渐累积了一层白色的物质。我的花盆也是如此，最上面的土层就有一层类似盐碱一样的白霜，实在不知道怎么办才好。木假山上的白霜也会令人恍然有秋冬季节的萧瑟之感。到底室内干燥，湿度不够，青苔慢慢地有些枯黄了，最后干掉了，青苔叹息着结束生命的那一刻，我很难过。难怪李渔说："苔者，至贱易生之物，然亦有时作难。"没有适合它的环境，它很难存活。后来就不再移植青苔，我担心我没有能力将它们养好，我不愿意再听到它们的叹息。那棵野草也没有成活，早于青苔先枯萎了，这棵草不知道在山间经历了多少个寒来暑往，山林才是它的家园。每一种生命都需要一个合适的环境来安顿，我很是悔恨一厢情愿将它们从山间移植回家，结果却结束了它们的生命。这个小小的盆景让我感知到建构经营一座园林何其不易，所以更能懂李德裕，他在《平泉山居戒子孙记》中告诫他的子孙不能将平泉山庄的一树一石与人，因为他切实体会过得到一佳石、栽植一奇花需要倾注多少精力和感情。

最终这盆假山水成了枯山水，后来我在土中栽了一枝金枝玉叶，竟然活了，长得很好。朱良志老师曾说"日本的枯山水妙在寂"。在日本庭院艺术家看来，枯山水就是寂寥的永恒。日本正将"无一物中无尽藏"的禅宗思想作为哲学基础，枯山水就是让人在无物而无尽藏中"静思，自律，达到灵魂的修炼"。可以说枯山水是静思和修炼的起点，我能从这个起点通往天地宇宙吗？

有时候对着这座木假山，我会担心地想，会不会有一天所有的木质纤维都腐朽了，它轰然倒塌了呢？石假山尚且难以永久，更何况木假山呢？想昔日李德裕、牛僧孺、米芾搜罗天下名石，今何存焉？想当年张南阳、张南垣、戈裕良曾经堆叠多少假山杰作，今存几何？苏州环秀山庄的假山据说是戈裕良的佳构，距今七百多年了，仍得幸存。但为了好好保护它，现在参观者已不可循幽径而登山，可望，不可入，不可行，不可游，更不可居。因为这座假山太过珍贵，而目前又没有叠山良匠可以修缮，故不敢轻举妄动，只好围栏保护，谢绝入山了。戈裕良的作品能存几世，不得而知。想到此，内心不免怅惘。

我无法估量木假山的生命长度，只祈愿它能长久更长久。也许我离开人世的那天它还依旧岿然屹立，也许有一天它零落成碎木片，化为乌有，但这两种结果都不能改变它作为山而存在的生命过程。它在这个生命阶段与我相遇，它曾经为我营造出一个精神的家园，我们曾经无数次对话……

补记

后来，我们在秦岭花卉市场买到了一盆珍珠草，大概还是因为不忍看到木假山的枯槁。回来后秋水长天君就动手装饰木假山，在它周围铺了一些土，将珍珠草铺上，绿绿的，木假山一下子有了生命力。秋水长天君又一次执着地在秦岭山上捡回来一些青苔做补充，希望能够养好它们。他每天早上起床第一件事是给假山喷水。木假山又恢复了活力。尤其出乎意料的是，土中又萌发出一些不知名的绿草芽，可爱极了！我想起了王维《山中与裴秀才迪书》中描述的春山在望、草木蔓发的情景。我的木假山周围正草木蔓发，生机一片！

茶事琐记

菊香共饮

早上采回一把野菊花，路上就想起了一句诗"弄花香满衣"。看着这鲜艳的黄菊，我为它们终于等来了属于自己的花季而欢喜。插花入瓶，满室生香。午睡醒来喝茶，看花时发现随花带回来的还有一只褐色的蚂蚱，正趴在花梗上。不觉问道："可否共饮？"作诗一首聊以自娱。

采来丛菊共秋语，不意邀回蚂蚱君。
泡好清茶将欲饮，闻香始觉取杯分。

后将自己的游戏之作发给秋水长天君，他还和我玩起了文字游戏，发来消息说：根据起句"采菊东篱下"作诗一首，十分。我不禁笑他偷懒，直接就用陶渊明原句作起句了，于是依据第一句作诗发给他。

采菊东篱下，商州秋色新。
香茗红叶煮，陶然共相亲。

他发来"十分"，我笑而饮茶。

品茗听琴

戊戌秋日晚，张老师至吾寓所小聚，品茗听琴。采得几片红叶布置茶席，秋意犁然有当于心。我刚习琴不久，仅会弹奏《仙翁操》《秋风词》《鹤冲霄》几首小曲，但琴韵差强人意，故不减兴致。喝茶闲聊，不觉间已是亥时，欣欢而别，作绝句一首以志之：

> 琴声秋籁和，茶色桂添香。
> 共话风烟事，杯中岁月长。

茶后无眠

甲子冬日，学生杨君至公寓谈天，一起喝茶。学生离开后，自斟自饮，读书良久，方觉次日有课，该当就寝。许饮茶过多，辗转反侧，未能入眠。窗外唯寒风瑟瑟，未听到一声鸟鸣，想必鸟儿都已于枝头深眠。忽又想，户外栽种的梅花是否寒冷？转念，凌霜傲雪乃梅的本性，不必多虑。遂作此诗以记一时之想：

> 暖茶夜饮忘停杯，清兴犹存眠不催。
> 听得寒梅风共语，鸟儿睡去不相陪。

上巳偶聚

辛丑牛年，时维三月，序属季春，上巳佳节。会后邀二好友至陋室品茗，肉桂茶香盈杯，红柚清甜满口，随意闲谈，相聚甚欢，不觉暮云合璧。驱车共进晚餐，鱼肉火锅味道鲜美。饭后莲湖散步，空气清新，水光潋滟，绿柳拂水，樱花满树，修竹猗猗。虽无兰亭雅集之盛、水边祓禊之举，然湖畔信步而行，倒亦应景。浮生若寄，聚会何常，缀此小文，是为纪，赋小诗一首以为志：

> 上巳清风兼细雨，茶香鱼美有闲情。
> 鹤城他日共相忆，同望南山听鸟声。

金银花茶

早上在竹园散步，清露滴响，众鸟和鸣，清新凉爽。

我边走边想，张衡大约也曾经在某个清晨看到了此种情景，于是写出了《归田赋》中"交颈颉颃，关关嘤嘤。于焉逍遥，聊以娱情"的文字。虽时空不同，自然却带给我们同样的生活感受。天地无言，四季轮转，自然之美恒常不变。

转过一段小径，发现竹林边有一株金银花，长在迎春绿丛中，正在开放。已开的黄色，未开的白色。我一眼就认出它来，有点意外和欣喜。这种野生的金银花一般在山上才可以看到，没想到校园中居然也有一株。

采摘一朵黄花闻一闻，饱满的香气立刻充盈鼻腔，慢慢弥散开来，沁入心脾。我采摘了一小把，放在刚拾起来的月季花瓣中，带回房间放在茶桌上，整个屋子就都是金银花的清香了。

净手，清洗金银花和月季花瓣，烧水煎花茶。

三色花瓣被沸水激发出浓郁的清香，倒入杯中，花色已淡，香气正浓。尝一口，清气怡人。独坐，品花茶，美好的一天就从这杯金银花茶开始。

作小诗《竹园晨步》志之。

微步竹林众鸟喧，双花相映艳小园。

金银共结香一缕，清露煮茶对风言。

聆听花开的声音

各种各样的花都在自己生命的春天如约开放，自然得不容商量。聆听花开的声音，就是聆听自己的心声。

我曾经养过一棵刺球。养刺球的时候我正在备战研究生入学考试。

刺球对生长环境一点也不挑剔，随便从外边拿回来一些土，把小刺球往土上一放，浇一些水，它遇土生根，很容易成活，不用施什么花肥，有水喝就行了，并且多天不浇水，花盆里的土都干裂了，它也不会像其他的花那样枯萎，而是依然精神抖擞地活着。因为它原本就生活在干旱的沙漠地带，生存条件可谓艰苦，如今能在阳台的花盆里生活，不再受干旱之苦，已经是够优厚的待遇了，它怎么会有更多的企求呢？

夏日的某个傍晚，我在阳台上侍弄所养的花花草草时，发现刺球的身上长了一些黑黑的、毛茸茸的小疙瘩，很是难看，于是我就拿了一根小木棍，把它们全部掰掉。又过了几天发现又长出一些，我照例把它们全部清除。后来由于较忙，好几天没再关注它们。又一个傍晚，我去给它们浇水，发现刺球身上又长出了两个黑黑的、毛茸茸的东西，不过这次比上次看到的要长得多，已经像个小辫子一样了，前端鼓鼓的，露出一点浅黄。我很是诧异，想看看到底是什么异物，就没再理它们。我预感这可能是花苞，于是就天天去看它。两天后的一个傍晚，再去看时，刺球已经开花了，两朵浅黄色的花，美艳无比，我惊呆了，内心像被它的刺狠狠地戳了一下，疼痛，震颤。原来外表丑陋的花蕾中竟然蕴藏着美丽的生命！由于偏见和无知，我竟无意中两次扼杀了生命，毁掉了美丽。刺球的花期很短暂，花开后不过一天，尤其是太阳一晒很快就凋谢了，但它的美却是惊世骇俗的。它积聚了一春一夏的力量努力绽放自己短暂的美丽，顽强，执着而悲情。

每朵花都有自己的春天，只是春天来临的时日不同而已。

从刺球我想到了自己。在家人的眼里，我心中遥远而美丽的梦想就是刺球身上丑陋的花蕾，所以生命的花瓣不止一次被人为地剥落，绽放的机会被一次次剥夺，理想的种子一直被埋在心底，不曾逢春，不曾花开。我不愿意上中师却被迫读了中师，在别人高中毕业考大学的年龄走上了工作岗位。不甘和梦想在心中蕴蓄许多年后，我终于下定决心辞职考研，想借此改变不满意的生活现状，想以此来实现最初的梦想。就当时的情形而言，这也许是我唯一的机会，是我身上唯一的花蕾，如果失去了就永远没有了春天，永远没有绽放的瞬间。刺球的花开给了我无穷的力量。一年后，我拿到了公费读研的录取通知书，我又一次在夏日的黄昏看到了刺球无声花开。那一刻，我潸然泪下，我觉得自己的生命从来没有如此美丽，舒展。

刺球花开告诉为人父母、为人师长者千万不要善意地将孩子身上看似"丑陋"的"花蕾"清除，也许，那就是他（她）的整个春天。

每一种生命都值得敬畏！

天之"椒"子

　　我有一盆昙花，昙花苗是别人送的，长长的一条，我将它们分成三段呈三足鼎立之势种下，长势良好。今年春天，不知道哪一天在花盆边缘的位置，长出了一棵幼小的绿苗，不知道是什么科属。看起来不像杂草，就没有拔掉它，让它随意生长。

　　这棵小苗很有意思。一段时间之后，它的茎开始朝花盆中心、贴着土层一直弯曲生长。长到花盆中心位置，它的茎又开始竖直向上生长，两段茎几乎成90度，这样它就占据了花盆正中心的位置。它越长越大，茎变得很粗壮，叶子也很茂盛，呈心形。又过了些天，不经意间发现它已经开花了，是白色的花。花有六瓣，中间有花蕊，花形下垂。现在已经开了四朵，还有一些花苞正待开放。我们实在不知道这颗种子是从哪里来的，也不知道它叫什么名字，于是就从识物软件上搜索。识别的结果是龙葵，但是我看龙葵的花蕊是黄色的，而它的花蕊并不是黄色的，我想也许这识物软件并不准确吧。虽然还不认识它，不知道它叫什么名字，但是它的茁壮成长让我们感到非常欣喜。它为了占据中间的位置，不惜让自己的茎先弯曲，然后再竖直；为了能有足够的力量支撑竖直的茎，弯曲部分的茎就长得尤其粗壮。我觉得植物的生命力真是太强了，而且它要占据有利地势的这种生物性，让我们感到非常震撼。

　　我们常在阳台上静看花开，看看它会结出什么果子，或者结出什么种子来。有时候想想大自然也真够奇妙的，居然不知道从哪里来了一颗种子，就这样在这里生根了，发芽了，开花了！这个意外之喜真的让我们非常开心，我对这株绿苗说："欢迎你，希望你在我们家永远地住下去，成为我们家花园里的一分子。"

　　时间真的是检验真理的最好标准，可以揭晓事物的真相！时间终于告诉我们这棵植物的真实身份，因为它结果子了！花开过后，它结出了绿色的果实，因为太小不能判断到底是什么。又过了几天，它长大了些，明显可以看出来是青椒，而且是那种大大的菜椒。这真的是"天外来椒"吗？欣喜之余，我们猜想着它的来历，大约是我们用洗青椒的水浇花了，有一粒成熟的种子被倒在了花盆里，春天适宜的温度和湿度满足了它发芽的条件，于是它破土而出了。还好我们没有拔掉它，给了它生长、开花、结果的机会。

现在它的植株长得很壮实，果实已经越长越大了，小小的昙花在它的繁枝茂叶下悄悄生长着，我们期待着品尝它为我们结出的青椒，也期待着昙花的美丽绽放。

青椒继续生长，过了一段时间我发现它又发生了变化，果实的青色变得有些暗红，先是大的果实有变化，后来小一点的果实也变成了暗红色。我不知道它原本是红椒，还是青椒长红了。这两个辣椒越来越大，红红地挂在枝头，像两颗红宝石，带给我们即将收获的快乐。后来秋水长天君将它们摘下来，不忍吃掉它们，于是给孩子作写生实物摆放在书桌上。孩子画好后说："这辣椒还是吃掉好。成为美味，走上餐桌，这才是食材该有的最终归宿。"我们觉得有道理，炒木耳时将青椒红椒配在一起，三色相得益彰。品尝一下，这长红的辣椒味道甜甜的，没有一丝辣味。

继前两个果实后，这棵辣椒树又结出了两个果实，我们没有等它们长红，采摘下来做菜吃了，味道依然甜甜的，没有一丝辣味。

时节已经到了秋天，这株青椒依然繁茂，可能它还会继续结出大大的青椒来……

我家的"魔豆"

春节前，我们家买了一些山药。还有两根山药没有吃，春天就来了，山药发芽了。原来它被放在厨房门后的角落里，不经意间竟发芽了，而且伸出了嫩嫩的藤条。它顺着厨房的墙壁向上攀爬，墙壁上挂了一个袋子，山药长出来的藤条就爬到了袋子上面，长了老高。后来我们觉得这个地方太小了，它实在没有足够的空间继续攀爬，于是秋水长天君就想了一个办法，要把它移到阳台来。阳台到底大一些，它可以有更多的空间生长。

秋水长天君把山药发芽的部分切下来，种到了一个空花盆里边，山药藤就开始沿着阳台上的栏杆攀爬了，他又用布条在阳台的栏杆上帮它固定。我们发现这个山药藤很有意思，它的几根藤自动缠绕在一起，这样它就形成了一股比较强大的力量，可以继续往前延伸，往上攀爬。现在它已经长得更长了，它的藤蔓已经长到两三米了吧。我们发现它并没有长出叶子来，只是有些地方发出了小小的叶芽。它还在继续生长，继续攀爬，我们不知道它会长多长，也不知道它会爬到多高，于是我们戏称它为家里的"魔豆"。《魔豆》这本书里边，就有一棵藤蔓植物，那是一颗豆子长出来的藤蔓，它使劲地长呀长呀，爬呀爬呀，最后爬到了天上去。我们家的这棵山药藤蔓，肯定爬不到天上去，因为没有那么大的地方供它生长，那就看它能在这个阳台上长到多长，长到多高。看着这个山药长出来的藤蔓，我们又一次感叹，植物生命力真的是太强大了，到春天的时候它就要发芽，它就要生长，这种生命力是不可阻挡的。

这个神奇的"魔豆"总是不断地给我们带来惊喜。它的藤蔓已经伸到了阳台的储物柜旁边，可能它觉得没有空间了，于是它转了个弯回头继续生长，与之前的藤平行。而且现在它已经长出了很多叶子，由小到大，茂盛极了。

这个神奇的"魔豆"经过了夏天的繁茂，走到了秋天，我们发现它的叶子开始干枯，在山药藤的叶腋处长出了一种小球状的东西。秋水长天君说这是山药蛋。我说："山药蛋不是指土豆吗？以赵树理为代表的山药蛋文学流派，因为作家都是在山西农村土生土长，有比较深厚的农村生活基础，因此而得名。"秋水长天君建议查资料，一搜索，我们明白了。原来山药蛋有两种，一种是土豆，一种是山药藤结出的种子。山药蛋也叫"山药豆"，别名"零余子"，是山药的种子，褐色，多以不规则圆形为主。山药蛋可食，可入药，有健脾、益胃、助消化等好多功效呢。如果不是自己种了山药，可能很难认识山药豆。

　　我家的"魔豆"到了成熟的季节，我想，这么小的花盆，它会长出山药吗？好奇心让我忍不住挖开了花盆的土。有点出乎意料，它居然长出了山药。不过不是长长的，而是短短的两个山药，结在根部。触摸这带着泥土的山药和根须，我感受到它的脆嫩，恍惚间有了田园之想。我没有将山药摘下来，而是拍了照发给在学校的孩子看看，也等秋水长天君下班回来瞧瞧，再把它们采摘下来，连同那几个可爱的山药蛋一起蒸熟，品尝一下自己种出来的山药的味道。

文竹开花

通过一个同学的朋友圈照片，我知道了文竹是会开花的，当时就想，我的文竹何时可以开花呢？

真是天遂人愿，第二年夏天我家阳台上的文竹就开花了！

它开的花实在是太小了，小到我天天到阳台上居然没有留意到它的花。还是秋水长天君先发现的，他叫我过去："你看我们的文竹是不是开花了？"我凑过去仔细一看，可不是嘛，文竹开花了，而且开了很多花，密密的。有的花都开过了，有的正盛开，有的刚吐露一点花苞。文竹开出的花是米黄色的，开在叶子的尖端，仿佛一个个小小的黄米粒儿一样，又像是密密的小星星，点缀着细弱的绿叶，很是般配。文竹的花小得我想看看它是几瓣都看不清楚，更不要说看看它的花蕊是什么形状的了。

我养的文竹花盆很小，它长得却很茂盛，不断发出新的竹笋，长出新的枝叶来。其他的枝条都是往上长，唯有一枝，长得非常长，顺着阳台的栏杆从阳台的最左边一直长到了最右边的鹅掌木跟前，长长的枝条上长满了叶子，现在还开满了花。我突然想到，会不会是文竹和鹅掌木常年互相遥望，特别想走到一起握握手说说话，而鹅掌木没有脚走不了路，文竹就想自己可以长出更长的枝条，走到鹅掌木的身边去。于是文竹就使出了全身的力气，将大部分营养供给这一枝，让它长得非常长，直到走到鹅掌木的身边。它还开出了美丽的小花，这是它送给鹅掌木的诗吗？

在我的阳台花园里，这些植物们住在一起，构成了一个小小的植物王国或是家族，它们在用自己的语言和方式交流。这个世界一定是个有情世界，只是不知道已经发生了多少我不知道、没有读懂的故事。但是今天我觉得自己读懂了文竹和鹅掌木的故事，不论有多远，无论有多难，只要愿意，总能到达心之所愿。

我家的阳台花园

　　我不知道是否每个人都有个花园梦想，至少我是有的。"泉石膏肓，烟霞痼疾"大约也是每一个园林文化学者的共性，而我在从事了园林文学研究后，随着对园林以及园林生活有了越来越多的了解，也患上了"烟霞痼疾"。那个花园梦就做得越发绚丽了，奢望此生能拥有一座属于自己的园林，哪怕是一勺之园、一粒之园也好！

　　我清楚地知道，这个梦想仅仅是个梦想，是不可能实现的。我的导师曾经在《野生涯》后记中对此有过解说。他认为古人买山而隐或躬耕自资是可以实现的，但是对于当今的一个工薪阶层而言，上无片瓦，下无立锥之地，高价买到那只有七十年产权的百十平方米的楼房，不过是暂栖之地而已，所以林泉之想不过是个白日梦。恩师的话我深深认同，一个普通教师，买上百十平方米的商品房尚且不易，谈什么买地建园呢？除非有昔日扬州大盐商那般雄厚的财力。再者，即使拥有雄厚的财力，依照现在的土地政策也很难置地建园的。但是精神境界的追求可以不受物质条件的限制，正如沈复和芸娘，尽管生活拮据，但是两个人都有共同的精神追求，他们没有园林但可种植碗莲，没有花园但可以瓶插花，他们将贫寒的生活过得富有诗情画意。好在我还有个阳台，可以在阳台上莳花种草，打造自己的阳台小花园。

　　我家的阳台朝南，阳光充足，上层晾衣，下层种花。从搬家入住开始，我家的阳台就逐渐变成一个小花园了。现在阳台空间几乎都让给了花花草草，花枝花叶斜逸相依，仅容通行，也可放小凳两人宴坐。最惬意的事情就是在读书工作劳累之时，到阳台上坐一坐。阳光洒在花花草草身上，绿叶泛出油油的光泽，花色更加明丽。看着它们，不由得想和它们说说话，所有的疲劳会随之消散，再回到书房时已经神清气爽了，继续看书学习，效率自不必说。

到写作此文时，阳台上养花共 39 盆（瓶），品种 26 个。为了充分利用有限的空间，我们买了一个木质花架，小盆矮花卉就可以一层层立体放置，高大的花卉就地放置。这里没有什么名贵品种，都是一些易养易活的普通花卉。阳台花园的植物多是从幼苗养到大的，我不买已经长大成型的植物，喜欢自己养，如同养孩子一样，看着它们一点一点长大，在养育的过程中分享它们成长的快乐。水养的几瓶富贵竹，最早的有十一年之久了，其他的也有七八年了。它们的根须在瓶中密密地缠绕在一起，成为一个网状整体，不分彼此，谁也离不开谁，如同一家人一样。我养了四盆君子兰，其中一盆君子兰有十一个年头了，买回来的当年正开着花，养到十年时它第二次开花，第十一年时，我们以为它要歇歇不会再开了，出乎意料，它再度开花，它还生了个孩子！我将小君子兰移栽到另一个花盆里，它也已经长大了。"金枝玉叶"刚买回来时非常小，现在它的茎已经很粗了，确有虬枝盘旋的岁月感。"一帆风顺"是秋水长天君带过的一个实习小老师临别时赠送的，刚开始是一株很小的苗苗，现在已经郁郁葱葱一大簇了，我已经给它换了两次花盆了。"一帆风顺"开白色花，花柄较长，伸出叶丛，在硕大的绿叶中，很像是碧波中的帆船。它的花起初是白色，过一段时间就会变成绿色，然后逐渐干枯。因为绿叶太过茂盛，它常在不经意间开花而未被发现。有一天我们惊喜地发现它开花了，再一找，还藏着刚刚冒出来的一两朵。有一年它先后开了十二朵，都成船队了，有点百舸争流的气势呢。鹅掌木（也叫鸭掌木，俗名发财树）刚开始也是一个小苗，现在都长成枝繁叶茂的树了。那棵玫瑰是十元钱买回来的小苗，种下后一直长得不太好，总是白叶、干叶，病恹恹的样子，想了不少办法都不起效。后来秋水长天君买回来一种喷洒的花药，没想到效果很好，以前的症状都消失了，叶子开始茂盛，绿油油的，也长出了不少新枝，还开了花。它的花很奇特，先是粉红色的，逐渐变成浅绿色，最后变成白色。我后来查阅资料才知道自己买回来的是变色玫瑰。我记录了它今年开花的时间：6 月 30 日盛开，粉红花色；7 月 16 日完全呈浅绿色；8 月 5 日有一个花瓣枯萎；8 月中旬逐渐凋零；8 月 30 日新的花朵绽放，新的生命开始循环。

我家养兰最多，除了君子兰，还有葱兰、蝴蝶兰、翡翠兰、金鱼吊兰、金边吊兰、惠兰。许是因为曹植《洛神赋》中"含辞未吐，气若幽兰。华容婀娜，令我忘餐"的句子太过入心，总是喜欢兰花清雅的样子、幽幽的香气。葱兰每年夏末开花，油绿的叶子间发出一根根花茎，顶端开出淡雅的白色花瓣，裹着黄色的花蕊，素雅到极致。我还为葱兰写下过一首五言律诗，其中后四句是"闲笔难成画，幽情易入弦。清光随明月，留梦伴君眠"。蝴蝶兰是最具耐力的兰花，花期长得令人感动。从年前开花至5月方全部凋谢。花干后有的并不掉落，依然挂在枝头，甚至还保留着花原有的淡紫色或红色，别有一番情致。这该是何其深情的依恋呀！所以我总是不忍剪掉干花，随它留着。我想这就是它最长情的陪伴了。翡翠兰是我家的新成员，牛年春节前买回来的，花开得雍容大气，令我们惊艳。春节期间共开出了三串花，两串各十一朵，一串十二朵，近两个月的花期，淡雅的黄色，清新的香气，沁人心脾。金鱼吊兰养了七八年了，刚买回来时极小的一株苗，黑黝黝的密密的绿叶特别可人。因为它长出的枝条要垂下来，我直接将它移栽到一个较大的花盆中，它飞快地生长，现在花盆四围全部是垂下的枝条，密密匝匝的叶子遮蔽了整个花盆，只看到瀑布一般的墨绿色。它的叶子很有特点，叶子正面是纯绿色的，背面颜色较浅，中间叶脉部分呈现出枣红色。实在感慨大自然的奇妙，它是如何将金鱼吊兰的颜色分布得如此丰富且清晰的？金鱼吊兰开花季在春节前，不知道哪天，它就悄悄开花了。谁要是先发现它开花了，就会在阳台上喊："金鱼吊兰开花了，快来看呀！"一家人就会围在它身边看初开的花，数一数共有几朵，再数数长出了多少个花苞。金鱼吊兰的花是红色的，张着金鱼般的小口，可爱极了。慢慢地，它会越开越多，多到数不过来。在四垂的枝条上缀满红色的花朵。每次金鱼吊兰开花我都觉得很像是金鱼在绿波中游弋，看得我心旷神怡，不由得去轻轻摸一摸它的金鱼小嘴儿……

阳台花卉中海棠花是开得最殷勤的。我养的是草本海棠花，属四季海棠，都是花友相送。我总共养了两盆：一盆叶子紫红色，花色深红；一盆叶子绿色，粉红花色。从来到我家开始，从小长到大，年年月月，包括冬季，它们从来没有停止过开花。我都有些心疼它们，有时会坐在它们身边和它们说："你们开累了就歇一歇。"但它们好像不疲倦不劳累，总是开得那么灿烂，那么开心。一到阳台，看到它们繁花一片，心中总是一暖，莫名的感动涌上心头。海棠花是四瓣的，对生，两瓣大一些，两瓣小一些，花蕊金黄色。满盆海棠花中有盛开的，花色正艳；有新开的，含着微敛；也有凋败的，已经干枯，但是却并不落下，有一段丝状花梗连接花枝。它是不忍离枝，要看着新花绽放；新花也不忍它零落，要陪伴它老去。

我养花没有特别做什么，主要是浇浇水，松松土，施施肥。我施肥都是有机肥，从来没有买过专用花肥。把打成花生碎的过季花生，剩下的米饭、剩余的小磨油的油渣等埋在花盆土中，它们就会变成有机肥料，花长得特别茂盛。

秋水长天君原本对养花没有什么兴趣，我一看到卖花的就迈不动脚步了，定要过去看看，他就会硬拉着我走开。我只能趁他不在的时候自己买花，所以阳台上的花多为我一个人所买。起初在阳台养花是我一个人的事情，秋水长天君并不在意，甚至我不在家时他都想不起来给花浇一浇水。有一次我几天不在家，回来后发现花干得都蔫蔫的了，一看花盆干裂的土，我赶紧给它们浇水，水倒进花盆，都能听到干土吸水声。它们口渴极了，我仿佛听到了它们咕咚咕咚喝水的声音。想想它们极度干渴的痛苦，我的心都是疼的。我非常生气也非常伤心，将秋水长天君叫到阳台，将我的感受一股脑儿说出来。最后我告诉他："阳台的每一株花都是生命，都是家中的一员，应该善待它们。"说完，没等他说话，我就转身走开到书房去了。我的话可能令他有所感触，之后再也没有发生过我不在家他不浇花的情形，而且我在家他也会主动浇花，松土，修剪干枯的叶子。

可能就是在与花接触的过程中，他看到了各种花次第开放的美丽，看到了花草渐长的生命律动，接到了花信，听懂了花语，感受到了养花的喜悦和乐趣。慢慢地，我发现他越来越喜欢到阳台上看花了，会和我说哪种花又长大了，哪种植物又长新叶开新花了，有时候还会先我发现花开的讯息。每年君子兰开花，不是他就是孩子最先发现。家里的金鱼是他买回来的，每天喂鱼，换水，不厌其烦，自得其乐。常叫我和孩子和他一起观鱼，看着鱼儿自由游弋，沉浮自若，甚是开怀。小鱼儿好像也认识了他，他一走到鱼缸跟前，几个小家伙儿都争着游过来要食儿吃。家里的两座假山皆是他亲手所置，浇水，养护青苔，甚是殷勤用心。草木有情，任何诚意的付出都会有回应。那座石头假山居然养出了青苔，黄色的山石上现在已苔痕点点，绿意朦胧了。

渐渐地，养花、养鱼成了我们共同的爱好，他会和我一起逛逛花卉市场，新添中意的花卉。可惜阳台太小，实在不能再加入新成员了，所以有很长一段时间我们都没敢去花卉市场了，怕自己实在忍不住又要买几样回来，回来后将它们安置在哪里呢？

渴望有个院子，只为可以种树养花。若有个院子，我就可以种植那些不适宜花盆养植的品种了。我会种上满墙的蔷薇，欣赏那"一架蔷薇满院香"的芬芳，我会种上"自是花中第一流"的桂花树，种上"蒙茸一架自成林"的紫藤，种上一片猗猗绿竹，种上月季、牡丹、芍药……

阳台花园疗愈着我的烟霞痼疾，也加重了我的烟霞痼疾。

柏实如花

洒金柏又名黄头柏，裸子植物门，松杉纲，松杉目，柏科，圆柏亚科，圆柏属。形如圆球，色黄绿，因于暖阳下浮光跃金，故名。

校园有洒金柏数排，素日上课、去食堂经过之，但见其静立，并不特奇。一冬日散步，偶立于其侧，见其上结满柏实，如缀珠玉。近观，柏实已成熟绽开，褐色之柏籽多已脱落，余柏实壳挂于枝头。柏壳木质，色外灰褐而内近赭石。连枝微柄，上托如花四瓣，中心有二木蕊，似双层四瓣之花，置掌心，欲舞，欲飞，轻巧灵动。爱之，不忍委地；采之，置于几案。幽幽柏香沁入心脾，令神清气爽。查阅书籍，知柏实有药用之功。其富含莰萜、柠檬萜，可灭菌、杀毒、清新空气，尤可清热、解毒、燥湿。忽动一念，采之入枕。乃于暇时采之，撷之，晾之，满室生香。待干燥，装枕，沐柏香入眠。曾记明人夏元吉《菊花枕》诗云："采得东篱半亩秋，装成一枕着床头。芳心不管鸳鸯妒，清梦时凭蝴蝶游。"依其韵作《柏实枕》曰："一树繁花结在秋，蝶蜂无由占梢头。幽香满枕清风夜，碧海云天梦里游。"

自此，得一双柏实枕，拥一室柏实香。

桂花结子

一个偶然的机会我知道了原来有会结子的桂花。

11月中旬周末的一个清晨，我和秋水长天君一起散步，无意间发现身边的一株桂花树上挂满了一串串紫褐色的果实，还有几株挂着的是绿色的果实，我好奇地停下了脚步。以前从来没有听过或见到过桂花结果，我很疑惑：桂花会结果吗？带着疑惑，我们立刻打开了识物小程序，识别后确定这就是桂花树。我们又打开网页查询，原来桂花是会结子的，只是很少见，在我国的西南地区尤其是广西地区比较常见，浙江以北的地区很少有结子的桂花树。有一种说法是"铁树开花寻常见，桂花结子无处寻"。我们生活在北方，没有听过或者见过桂花结子也不算太孤陋寡闻。

通过查阅资料我了解到，桂花是被子植物，桂花的开花期是9月初到10月，花谢结果，直到来年的4月至5月桂花果实会成熟，当果皮从绿色变为紫黑色时，就可以收获。果实是紫黑色核果，俗称桂子。我还了解到若桂花树是用种子种植的，会结子，即所谓的实生树。如果是插扦、嫁接、分枝的桂花树，就不会结子。看来我们看到的这棵桂花树就是实生树。我们非常仔细地观察难得一见的桂子，从不同角度拍了一些桂子的照片。

桂花结子是有着美好寓意的。"桂子"和"贵子"谐音，所以桂花结子蕴含老百姓对子女未来的美好期愿。故而在民间有一个习俗，新婚夫妇要种上一棵结子的桂花树，寓意早生贵子。

我又想到一个问题，柳永《望海潮》词中的"三秋桂子，十里荷花"中的桂子，应该指的就是结子的桂花树吧。这样看来，平时我们笼统地将桂子理解为桂花树的代称，或者理解为"桂花"，就有点不够准确了。带着这个疑问，我开始在文渊阁《四库全书》数据库中搜索相关资料，发现不少诗词中有关于"桂子"的书写，比如宋之问在台州时作《灵隐寺》（一作《题杭州天竺寺》）："楼观沧海日，门听浙江潮。桂子月中落，天香云外飘。"李白《送崔十二游天竺寺》："每年海树霜，桂子落秋月"。李德裕《春暮思平泉杂咏二十首》之《月桂》："何年霜夜月，桂子落寒山。"白居易《忆江南》："江南忆，最忆是杭州。山寺月中寻桂子，郡亭枕上看潮头。何日更重游。"向子諲《桂殿秋》："秋色里，月明中。红旌翠节下蓬宫。蟠桃已结瑶池露，桂子初开玉殿风。"诗词中的桂子纵然会让我们联想到茂盛的桂树和芳香的桂花，但桂子是实有其物，确有所指。

结子的桂花树多生长于南方。宋代的陆佃著有《埤雅》，这是古代的一部动植物词典，书中说："桂黄花者著子，谓在闽粤者也。余则否。"明代周祈所著的《名义考》卷九"桂子"条说："桂子如莲实，闽粤间多有之。郭璞云：桂花而不著子，谓白花者也。"看来，古代岭南地区的结子桂是比较常见的。宋代陈郁《藏一话腴·外编》卷上："桂子偶坠地，雨露培植开。"桂子落到地上，雨露滋养，会发芽、长大、开花。我专门去采集了几颗桂子，剥开绿色的果实，发现果核尚未出现，只有软软的白色浆状物，看来绿色的果实离成熟尚远。不知道这些桂子到何时方可成熟，我还需要继续观察它们。后来在来年的四五月，桂子成熟了。我剥开桂子的外皮，看到一个带有白色硬壳的果实，一端很尖，向内弯曲，应该是为了更易于扎入泥土中落地生根。

桂子有辛香味道。《格致镜原》卷七十二引宋代苏颂等编撰的《本草图经》说："江东诸处，多于衢路间拾得桂子，破之辛香。古老相传，是月中下也。"宋代叶梦得撰《玉涧杂书》亦云："仁宗天圣中七月八月，两月之望，有桂子从空降如雨，其大如豆，杂黄白黑三色，食之味辛。寺僧道式取以种，得二十五本。"从中可得知桂子可种植，有辛香味道。

文献资料上所说的桂子的辛香味道到底是什么样的呢？我想亲自品尝体验一下。大约在腊月，我专门去街边绿廊采摘了几颗桂子回来，先尝了尝已经变紫的桂子。剥开果肉，里面有一个微硬的核，咬开后，里面是白色的浆液，仔细品尝，果然有淡淡的苦味。而来年3月之后采摘的桂子就完全成熟了，剥开硬硬的外壳，里面的果仁已成型，比较硬，尝一尝，辛味很浓。

生活中我会留意身边见到的各种植物，也发现古人在作品中提到的植物，其物类、物性都是值得我们去考究的，寻根问底可能就会走进一个丰富而奇妙的植物世界。细致地体察自然，感悟自然，才能更好地理解诗词，理解其中的科学和文化内涵。

守　望

　　学校晨曦园内立有一大石，这块石头底色洁白，上有峰峦之势，伟岸中透着几分俊朗。石头旁边种着两棵小玉兰树：一棵高一些，在石头的北边；一棵矮一些，在石头的东边。有太阳的清晨，高玉兰树的影子映在草地上，矮小的玉兰树的影子就会投射到石头上，枝叶清晰，如同一幅画，很美。

　　一个阳光明媚的清晨，小玉兰树听到高玉兰树叹了口气。她关切地问："姐姐，你怎么了？"高玉兰树说："没什么。"小玉兰感到有点奇怪，最近姐姐好像有心事，有时夜深了还若有所思的样子，小玉兰不懂姐姐在想什么。

　　小玉兰无忧无虑地生长着，她亭亭玉立，越来越好看了，投射到石头上的影子愈发漂亮了。

　　突然有一天，小玉兰发现了自己的影子和大石头在一起的画面，好美！她一下子红了脸，心里突突跳起来，她希望太阳走得快一点，好让她从大石头的身上移开。

　　于是，小玉兰开始注意身边的这块大石头，她发现大石头总在看着自己，他的眼睛好像想对自己说些什么，她没敢回应。

　　就这样，小玉兰的影子随着太阳的升起如约投射到大石头上。他们的相遇让小玉兰感觉温暖而安心，她不再回避大石头的目光，她盼望每天清晨的阳光。没有太阳的阴雨日子里，小玉兰很失落，她发现大石头也一样。

　　小玉兰突然明白了姐姐的叹息！

池鱼竞跃活泼泼

　　校园中有一小池，弧形，池中有鱼，池上有一小石拱桥，颇有点拙政园小飞虹的味道。平日忙碌，由此经过，停下来观鱼是从未有过的。今春因为疫情，生活的节奏被迫放慢，终于有时间在傍晚前来观鱼。我想到了朱光潜先生谈人生的艺术化时引用的阿尔卑斯山山路上的标语："慢慢走，欣赏啊！"自然中的很多美好是需要慢慢走着走着才能发现的。

　　小小的池塘，四周驳岸，水浅可见底，白云悠然来入画，新月无声照清影。可在水岸边观鱼，亦可在桥上观鱼。池虽小，鱼却不少。"潭中鱼可百许头，皆若空游无所依。日光下澈，影布石上，怡然不动，俶尔远逝，往来翕忽。似与游者相乐。"凭栏观鱼，柳宗元《小石潭记》中的描写自然出现在脑海中，用来形容这池鱼实在是再恰切不过了。柳宗元触景生文，我见景思文，生活中的文学，文学中的生活，两者融合为一，这就是读书作文的好。

　　连续几天的观察，我发现了柳宗元也许都没有看到的情形：池塘中的鱼每天傍晚都会在水中跳跃，十分欢快，仿佛在举行舞会一般。它们纵身一跃，跳出水面，露出白白的肚皮，又迅速落入水中，摇着尾巴，得意扬扬地游走了。一跃一落，都会激起悦耳的水声，再荡起一圈圈涟漪。这声音和小时候在水边撩水玩儿的声音一样，大概正是因为水声好听，所以小伙伴们总是将这个撩水的动作或轻或重地重复，乐此不疲。因为有好多鱼在跳跃，水面就有好多圈水纹，荡开又合拢，还有此起彼伏的激水声。这声音和着鸟鸣，真的是大自然即兴演奏的美妙乐曲，节奏和旋律都不可复制。看着这些鱼儿跳跃游弋，那么自由欢快，我也被感染了，仿佛自己也成了其中的一条鱼，在水中灵巧地游来游去，和伙伴们一起欢快地跳跃。

第一天观鱼时，用小时候学的科学常识来分析，以为它们跳跃是因为天气将雨，水中缺氧。后来发现根本不是这样，连日天气晴朗，这些鱼儿也在自由跳跃，这是它们生活的方式之一。晋代陶弘景在《答谢中书书》中写道："晓雾将歇，猿鸟乱鸣；夕日欲颓，沉鳞竞跃。"可见傍晚时分，鱼儿竞相跳跃是自然现象，也是审美意象。虽然科学研究者认为鱼儿只有三秒钟记忆，说它们没有思想，但我还是相信，每一种生命都有自己的世界。这个世界可能是我们无法进入和了解的，但是我们可以从它们的行为知道它们是否欢快。中国古典诗歌或者园林匾额上常常出现"鸢飞鱼跃"的意象。我们为何以为"鸢飞鱼跃"充满了诗情画意？那是因为我们从中看到了快乐和自由。两千多年前庄周、惠施濠梁观鱼的对话，也许就是科学和哲学的对话，亦可以是艺术和生活的对话，只有将自己的生命融入自然，才能有鱼乐的生命体悟。

我想到了禅宗所说的哲学命题"活泼泼地"，唐代无住禅师说"无为无相，活泼泼平常自在"，这些鱼儿不就是抽象哲思的最生动阐释吗？殷迈有诗"窗外鸢鱼活泼"，体察的就是鸢飞鱼跃的自在生命状态。鱼何以如此活泼泼呢？对于它们而言，一池水足矣！观鱼而知"生意"。在新冠肺炎重大疫情面前，健康平安乃是人类的最大目标和愿望！放弃不必要的欲求，放过那些原本活泼泼的生物，人类自己才可以"活泼泼地"。

一春心事闲有处，凭栏观鱼共花发。静静观鱼，细数游鱼，我就是那水池中的一条鱼，翻身一跃，"活泼泼地"！

围围洋洋小池鱼

青年公寓 B 楼北侧有一个椭圆形的小池，池内有假山，山上无草无树，池内无鱼，了无生趣。我住在 A 楼，平时散步会由此经过，总感觉有点可惜。于是萌生一念，买来一些金鱼放于池中，小池就有了生机，从此，住在此地的人都可以过来观鱼，岂不多些许乐趣？

第一次买来二十一尾小金鱼放于池中，小鱼很快四散池内，自由游弋，池鱼相较，显得鱼比较少。有空就来看鱼，没几天就发现鱼越来越少，少到仅能看到两三条，可能是有人给捞走了。于是我又买了三十多尾大一点的金鱼放于池中，专门打印出一份告示张贴在池边，申明池中小鱼是私人放养，可以观赏但禁止捕捞。这个告示应该是起到了一点作用，池中游鱼数量虽然也少了些，但是还是可以看到十多条游鱼，略感安慰了一些。

逐渐地，公寓楼住的奶奶们都知道了池塘中的鱼是我放养的，她们常常带娃看鱼，见到我会和我说说鱼看起来又长大了，她们看到了多少条，等等。住在公寓的大大小小的孩子放学后也常在池塘边玩耍，看鱼、数鱼、玩水，兴致勃勃。看到放养的小鱼给大家带来了乐趣，我也很开心。独乐乐，不如众乐乐。

因为这些鱼的牵挂，我清晨、午后、傍晚散步，都会到小池旁看看我的小鱼。它们有的在假山罅隙内玩耍，有的在水藻下静止不动，有的与小蝌蚪嬉戏，有的独自在水中摇头摆尾，有的则三五成群游来游去，很是自由活泼。鱼尾摆动间透着安闲和快乐，看着它们，自己的心也跟着欢快起来。我在小池边观鱼，蓝天、白云、假山映入池中，有时还有不知名的鸟儿飞过天空，鸟影映入水中，倏忽而过。鱼儿就在蓝天、白云间或是山间自由穿行，它们也成了飞在天上或山间的鸟。

宋代的杨万里曾做假山，治小池，池中植以芙蕖，杂以藻荇，养鱼二十余尾，作《泉石膏肓记》以记之："每浮而出也，后者不先夫先者，若徐行后长者之为者，余固异之。其始畏人不浮，人至则隐于荷盘苲带之下，去则显。其后渐与人习，圉圉洋洋，若与人为玩。既而复隐，若耻以身供人之玩者，予益异之。予间以食食之，每食至必出，久之若疑夫食之饵己者，复不出，予益异之。"文中描述观鱼之乐，趣味盎然，历历在目。那些鱼儿出游时，先后、长幼有序，仿佛是幼者慢慢地跟随在长者的后边，后行者不会乱了秩序游到前面去。起初它们有点怕人，隐藏在荷盘苲带之下不浮出来，等人离开了方才浮出水面。后来渐渐与人相熟，有的看起来疲乏不舒，有的看起来非常活泼自得，好像和人戏玩一般，过一段时间又都隐藏起来，仿佛耻于自己供人赏玩。杨万里有时间就给它们喂食，每当食物投入到水中，鱼儿都出来了，时间久了，鱼儿们仿佛怀疑这是捕食自己的鱼饵，又沉入水中了。杨万里观鱼时以己之想揣度鱼之心思，颇有妙趣。

观赏小池游鱼的各种姿态，我就会想起柳宗元《小石潭记》和杨万里《泉石膏肓记》中的描述，不禁凝神心会。当下的我、唐代的柳宗元、宋代的杨万里，时空不同，观鱼的心境不同，但是会心林水之意却是相通的。

"泉石膏肓""烟霞痼疾"是志于林水者的共性。不能营建一座属于自己的园林，那我可以改变身边的这个假山池沼，拳山勺水也可以寄托我的林泉之思。现在水中有鱼，可山上无草。郭熙在《林泉高致·山水训》中曾言："山以水为血脉，以草木为毛发，以烟云为神采，故山得水而活，得草木而华，得烟云而秀媚。"我又心动一念，想改变这座濯濯童山，为这座假山植树种草，增添草木清华。若能够实现这个计划，这一池小鱼也可在草木倒影中更加自由自在地游弋。想到这里，仿佛看到假山上草木葱茏的情形，喜悦又多了一分。

植梅待听香

可能是因为读到的关于梅花的诗句比较多吧，一直有种梅花的愿望。在我的心里，种梅、赏梅、咏梅都是诗意的，简直就是生活美学。我曾经有一次误把丁香当梅种的经历。有天早上，在学校食堂吃完早饭回来，路过晨曦园的亭子，无意间看到几棵树的下面长了好多小树苗，记得这里开过梅花，心里一喜，这小苗一定是梅树了：我可以移栽到我住的公寓楼前，正好那里没有梅树。如果移栽成活，寒冬腊月，几株梅树竞相开花，就可以踏雪赏梅，那该多好！

说干就干，我回家拿了我的工具，总共挖了五棵小苗，还带上了一些土。回来就开始栽种，正好碰上楼管刘师傅，他拿来了大锄头，帮我一起种下，浇了水，又封了一层土，刚下过雨不久，水分比较充足，又浇了少许水，期待它们都可以成活。

我又兴致勃勃地给它们拍照，记录下它们搬新家的样子。心里默默想着，聊种几株梅，待君一朝发。又想给它们写篇日志、写首诗记录下来，回到房间，刚写下"种梅记"三个字时，脑海中突然浮现出亭子旁边丁香花开的情形，我意识到自己错了，我移栽的是丁香而非梅花！梅树是在南面亭子的东南侧，丁香在北面亭子的东南侧。我又到楼前看了看丁香的树叶，没错，我移栽的就是丁香！

心里有一丝遗憾，因为我太想亲手种梅了，想看自己种的梅树开花。然而，我的心里又浮出杜甫的诗："丁香体柔弱，乱结枝犹垫。细叶带浮毛，疏花披素艳。"我同样喜欢丁香，喜欢李商隐的诗句："芭蕉不展丁香结，同向春风各自愁。"虽然误把丁香当梅种，但是我并不后悔，栽种的过程就挺享受！

种梅的心思一直在，我查了种梅的资料，想着等有了梅树苗再种下，就可以真的写篇《种梅记》了。后来从网上买了一株红梅，二十五元包邮，贴心的商家不仅包装得非常好，还送了生根粉和复合肥。我趁着没课的时候把梅树种在公寓楼前的一处空地上，期待它能成活，能在冬春季节开出梅花来，期待在月夜走到它身边时，独立幽径静听香，感受它暗香浮动的神韵。

今日午后趁暖阳观梅，不意间竟见有两个吐红之花蕾，惊喜之余，不敢信。至校园东坡有梅花处，满树皆花苞，始信余种之梅树成活矣！为之赋以记之：

　　网购一株梅，殷勤园圃栽。常存疏影念，时梦暗香来。
　　晨鸟朝飞伴，晚霞暮卷徊。二花惊朱艳，春意不须催。

经过了一个寒冷而干旱的冬天，辛丑年春天，我种的这棵梅树发芽长叶了，它宣示了自己顽强的生命力！

雪松开花：三十年的等待

　　雪松是非常常见的绿化植物，见惯了它四季常青，见惯了它枝繁叶茂，却一直未曾注意到雪松开花的样子。某年的秋日，与开花的雪松偶然相遇了。

　　10月的一天，我从树下走过，发现树下一地金黄，蹲下仔细看，是一层黄色粉末，用手摸一摸，十分细腻。疑惑间抬头一看，雪松树上挂着很多毛茸茸的穗状物，像一个个小小的玉米棒子，又像一个个指头，像一个个小小的香蕉，或长或短，嫩的是浅黄色，老的是暗褐色。摘下一个，褐色的穗子里呈蜂窝状，里面有很多黄黄的花粉，地上这些黄色的粉末就是从中落下来的。原来雪松是会开花的。

　　我随即查阅了一下有关雪松的资料，雪松是雌雄异株的植物，雄花呈球状或塔状，常常比雌花早开十多天，雌花是穗状的。此外我知道了一个有点令我惊讶的知识，那就是树龄在三十年以上的雪松才会开花。三十年的成长，方能花开！这是雪松的耐心，是雪松的坚持，为的是这并不算美丽、并不算芬芳的花穗！我的心被深深地震撼了，自生自长，自开自落，这就是自在从容吧！

　　后来我留意到校园中的雪松有好几棵开花的，每次从它们身边经过，每年看到树下的一地金黄，我都在想，它们都是岁月流逝的见证呀！

　　记得我曾经问过身边的人，有没有注意到校园里的雪松开花，大家无一例外地摇头，还很惊讶地问道："雪松居然会开花？"我会耐心地讲我的发现，并邀请他们每年10月份到11月份到雪松树下看一看雪松花。

　　因为不曾留意，我们会错过多少美丽？因为不曾留意，我们会错过多少相遇？

校园里的爬山虎

　　我工作的学校依山就势而建，校园地势有明显的梯层特点。后面某栋楼的底层和前面某栋楼的顶层会处在大约相同的高度。校园里有很多的台阶，路面坡度或大或小，不同的梯层间大多是石头砌成的墙壁。这种地形是比较适合做垂直绿化的，藤蔓植物当然是首选。所以，或高或低的墙壁下都种了爬山虎。走在校园里，爬山虎触目可见。恐怕没有哪个校园如我们学校这样有如此多的爬山虎。爬山虎可谓是学院普通而独特的风景。

　　寒假过后，寒意料峭，爬山虎的褐色枝条贴在墙壁上，极像人体粗细交错的血管，或者冬天只有树干和树枝的密林。再仔细看看，这不是爬山虎给我们呈现的一幅幅墙绘么？一路走过，如同在看画展。看，这是流动的沙河，这是巍峨连绵的山脉，这是腾跃的巨龙……这，这是什么？有点抽象，似乎是模仿梵高风格的抽象画。只要你有足够的想象力，你就可以看到你想看到的图景。

　　当春风吹拂、桃李竞相开放的时候，它们似乎还没有从冬眠中醒来。同学们来来往往的繁杂跫音总也惊动不了它们，它们就这样静静地贴在墙上，好像依偎在温暖舒适的怀抱不愿醒来。

　　爬山虎是有自己的生命节奏的。不知道从哪天起，也许是校园晨读的声音，抑或是鸟儿的鸣叫唤醒了它们，它们开始发出嫩嫩的枝叶。起初是红色的，变绿后先是绿中有黄，如同新生的鹅仔，茸茸的，十分可爱。不经意间，往墙上一看，它们全绿了。爬山虎用自己的生命诠释着"剥尽复至"的自然规律。那深埋在地下的根，那紧贴在墙上的褐色枝条，原来都蕴含着不易察觉的力量。它们肆意生长，叶子由浅绿变为深绿，叶片由小变大，势力范围逐渐扩展，直到将这面墙满满覆盖，又爬到墙头，探到路边的栏杆上、树上，凡是可以到达的地方它都要到达，仿佛集聚了一冬的能量一下子释放出来，汹涌澎湃，势不可当。

叶圣陶先生写过一篇文章《爬山虎的脚》，文章讲到了爬山虎是如何爬墙的。我仔细观察发现确实如叶老写的那样，爬山虎的脚长在茎上长叶柄的地方，反面伸出枝状的六七根嫩红的细丝，每根细丝像蜗牛的触角。爬山虎就是用这些细丝贴住墙一脚一脚地往上爬的。

我也发现，贴在墙上的枝条逐渐变得粗壮，往上爬的是爬山虎最嫩最细的新芽。扎在泥土里的庞大根系为这些新生的"脚"输送营养，提供向上爬的强大动力。它们多像向着未知的前方奔跑的孩子：他们有无知无畏的勇气，有开拓进取的劲头，而托举他们、为他们助跑的总是父母，是老师。当爬山虎攀爬到十几米、几十米高的墙体，在风中骄傲地舞动叶子的时候，它脚下的根、身后的茎都在默默地为它们鼓掌。是啊，每个孩子的身后都有一双双充满爱意和期待的眼睛，每个生命都有它的根。

爬山虎靠近根部的叶片很大，深绿色，有油亮的光泽；中间部分叶片稍小一点，颜色稍浅一点；而最前端的叶子是嫩嫩的红色：很像一个大家庭中的老中小三代。爬山虎的叶子正如叶老描述的那样："每一片叶子叶尖一顺儿朝下，在墙上铺得那么均匀，没有重叠起来的，也不留一点儿空隙。一阵风拂过，一墙的叶子就漾起波纹。"在我的眼里，爬山虎的每一片叶子都是一只竖起的耳朵，在聆听着季节的声音。

爬山虎是会开花的，夏天，在绿叶的海洋里会开出一朵朵黄色的小花，像是撑开的小伞，有种柔弱的美。爬山虎结出的果子呈圆圆的小球状，起初是绿色，逐渐变成紫色，像是小小的葡萄。

春天和夏天是属于爬山虎的季节。在这两季，爬山虎尽情释放着自己的绿色，任满满的绿意恣意流淌，淌出瀑布，淌出河流，淌出海洋。秋天是爬山虎的又一次时装盛宴。秋风吹来，秋雨绵绵，爬山虎叶子渐渐变黄，有的变成鲜艳的红色。爬山虎在属于自己的T台上优雅走秀，华美中透着端庄，斑斓中蕴含着成熟，引得你想和着它的节拍为它演奏一曲。也许是画家嫌绿色有些单调了，一挥画笔，将一面面墙上的绿色绸带变成了红色。秋天满树、满山的红叶令人惊叹不已，这满墙的红叶也甚为壮观。

节令进入深秋，爬山虎茂密的叶子渐渐枯萎，之后就进入了生命中的休眠阶段，蓄势待发，迎接下一个生命轮回的精彩。宋代李纲《种花说》云："四时之变无穷，而花之变亦无穷也。方时未至，若闲若藏，不可强之使开。及时既至，若愤若怒，不可抑之使敛。开已而谢，则虽天香国色，飘零萎落，复为臭腐，莫可得而留也。"爬山虎和众多的草木一样有枯有荣，向我们昭示着不可逆转的自然物理。草木有盛季，为人有盛年，来时不可挡，去时不可留。所以，人应当处顺境时不狂妄，处逆境时不怨尤；应当在得意时不骄纵，失意时不沮丧。顺应自然，随遇而化。当我们寻找到了这份平衡，内心必然如水宁静。

我曾经和学生一起做过一个粗略的统计，学校的爬山虎共有二十多面墙。最为壮观的当属大操场西墙上的爬山虎。操场西墙长大约 180 米，高 14 米，爬山虎的藤条从墙根到墙头长长直直地长上去，如悬挂的绿色的绸带，在风中摇曳着华丽的质感。每一棵爬山虎都在努力争当爬墙的冠军，因为它们是看着操场上各种运动比赛项目长大的。跑步者的汗水，球场上矫健的身影，春、秋季运动会上的欢呼，军训场上的呐喊，感染、鼓舞着它们。它们也在悄悄举办属于自己的运动会，所以都在努力往上爬，一定要爬到墙的最顶端，站在高高的领奖台，让所有的爬山虎为自己鼓掌欢呼。

有时候，我会萌生一些奇怪的想法：教室附近的爬山虎经年累月听了很多课，如果和我们的学生一起答题，是不是也能考出很好的成绩？如果它们能开口说话，是不是也可以出口成章呢？如果它们走出去见到了其他的爬山虎，会不会因学识渊博而被刮目相看呢？

众多的爬山虎是校园美丽的风景带。一路走过，看到的不是石头墙壁的灰色和粗粝，而是一道道绿色的屏障。而这些风景墙也总是被大家当作拍照的背景墙，随处都可以看到自拍或互拍留下青春记忆的情形。尤其是毕业季，同学们在爬山虎墙前摆出不同的 pose（姿势），定格爬山虎的迷彩炫绿。

年年岁岁，爬山虎默默陪伴，一枯一荣的变化中，你我慢慢成长，但愿每个人记忆的长流中都有爬山虎的绿浪所激荡起的快乐与幸福。爬山虎曾经染绿了校园，也染绿了我的梦境。

结好一张网

午饭后，楼前散步消食。绵绵秋雨中，撑着伞，在小花园走着，穿过一座方亭，走过紫藤长廊，一圈一圈地走。听滴滴答答的雨声落在伞上、树叶上；看晶莹的雨珠挂在树叶上、草叶上。长廊红色横木上的雨珠如同一排排的珍珠，形成了一道道的帘幕，仿佛在迎接我。

不知道走了几圈，一抬眼看到亭子的一角有一张亮晶晶的蜘蛛网。上面挂着细小的水珠，雨点打在上面，颤颤巍巍，但蛛丝显然有很强的韧性，弹一弹就恢复了原状。我不禁停下了脚步，想仔细看看这个蜘蛛网。它有个圆圆的中心，但蜘蛛并没有守在它的中军帐里，也许到亭子里避雨去了。这张蜘蛛网结得很精致。从中心出发的每一条射线都很直，不论横线还是竖线之间的距离看起来都非常均匀，这个网在视觉上很圆。我不禁佩服蜘蛛的结网技术，它不需要标尺完全凭着本能与直觉就可以织出一张这么精密的网来。它是如何做到的我不得而知，但我知道这个蜘蛛网就是它的世界，这个蜘蛛网就是它的艺术杰作。

看着这张蜘蛛网，我突然间意识到我也是一只蜘蛛，我以另外一种方式在吐丝，在结着属于自己的网。我读书，我研究，我写作，我想把自己的思想和情感用文字表达出来。我在精心建构我的精神世界，我写出的论文、专著、散文就是我结出的网。我的网是否可以吸引其他的人驻足观望，在关注者的眼中这张网是否精密、是否有晶莹的水珠熠熠闪光，是否会让人不能忘怀，我不知道，但我知道我的网价值何在。蜘蛛网可能被一场大风吹破，被一场大雨淋坏，可能被一场大雪压塌；文字结出的网却可以长存，只要可以打动人心，触动思想，引发思考，这张网就可以流传后世。

我想我得好好结一张属于自己的网。

来生我愿做梅子湖里的一条鱼

晚上和女儿一起散步，我们谈起了来生的话题。女儿问我："妈妈，如果有来生，你想要成为哪个物种？"我笑问她："你呢？"她几乎没有思索就说："我还要做人，我要站在食物链的最顶端，而且要做一个成功的人。"踌躇满志的少女，对未来充满了憧憬。其实她的话就是她当下心理的反映，是她对自己此生的美好期许。我说："好啊，你好好努力哦！"她又问我："妈妈，你呢？"我沉吟了片刻说："如果有来生，我愿做梅子湖里的一条鱼。""做一条鱼？为什么？"女儿有些惊讶地问我。

梅子湖，是云南普洱的一个高原湖泊。2016年11月初，我开启云南之旅。那是一个下着绵绵细雨的下午，看到梅子湖的一刹那，我就爱上了这里。空气清新得没有一丝尘埃，山绿得可爱，水清得可爱。雨中的梅子湖如同带雨的梨花般安静而美丽，如同蓝田老玉般安详而温润，如同孩童的眼睛般清澈而透亮。

梅子湖很大，在高原地带有这么大的湖泊很是难得。因为下雨，湖边没有什么人，只遇到了一对来自山西的老年夫妇。沿湖走在临水栈道上，颇有点凌波微步之感呢。

远处和湖边山上皆云遮雾绕，郁郁葱葱的植被宣泄着恣意的繁茂，整个天地除了纯净就是清新。环湖漫步最为强烈的感觉是安静，北京、上海、西安……所有的喧闹和繁华都被遗忘，这里是另外一个世界，是一个超越红尘的世界。行走的过程中我总是有些恍惚，感觉有些不真实，有些疑惑自己究竟身在何处！

因了这份宁静，连山上的云都变得又轻又薄，如纱一般，袅袅地浮动。近处山上的鸟儿偶尔发出悦耳的鸣叫，却躲在树林里不让你见到，仿佛在提醒我们不要陶醉了。水里有很多很大的鱼，有偶尔跃出水面的，有在水中游来游去的，可以看到它们灵动的身躯。这些真正野生的鱼儿一定在这里自由自在地生活了很多年，没有受污染，没有被捕杀。倚着栏杆，看着游来游去的鱼儿们，我很想成为一条鱼，在这干净的湖水中自由游弋，摇摇湖中的山和树，摸摸天上的云朵，和它们打声招呼，游离后再让它们慢慢恢复恬静而清晰的模样。

自此，我的心里就有了一个念想，如果有来生，我愿做梅子湖里的一条鱼。

女儿听了我的想法，说："妈妈，做了鱼是挺自由的，但是万一被捕捞上岸会被吃掉的。"我说："梅子湖里的鱼没有人捕捞，可以永世自由自在游弋水中。"孩子想了想又说："就算这样，你在水中修行了几百年上千年后，你又修炼成人怎么办？"我禁不住笑了，对她说："若修炼成人，那我还做一名老师，还做你的妈妈。"她终于开心地笑了。

人生轮回的事情，谁可以明白，谁可以预设呢？只是今生的一个愿望而已。

第二辑·抚心烟火

奶奶是神仙

有一天我做了一个梦，梦见天空祥云缭绕，奶奶乘坐一只五彩的大公鸡，向我飞来，她慈祥地对我笑着……梦醒之后，我相信奶奶做了神仙，从此我不再为奶奶的离世而伤心，而是为奶奶到天宫做了神仙而高兴。奶奶那么善良，那么温和，那么慈祥，当然要做神仙。

从我约略记事起就一直跟奶奶住。奶奶一头银发梳得光亮，斜襟的衣服干净整齐，缠过的小脚走路蹒跚，说话温声细语。不知道是奶奶对我特别亲我才一直跟她住，还是我一直跟她住她才对我特别亲。总之在奶奶去世之前，我一直跟着奶奶。

我们家院子在前，大伯家院子在后，奶奶常年住在大伯家。吃饭是在大伯家一个月，在我们家一个月。轮到在我们家吃饭时，几乎每一顿都是我给奶奶端饭。母亲是个孝顺的儿媳，总是会给奶奶单独蒸白面馒头，把奶奶吃的面切得更细，还要多煮一会儿，还会专门滴上香油。我端着奶奶的饭，闻着特别香，禁不住流口水。但是我知道，我们小孩子不能吃，这是专门给奶奶做的。如果大伯、大伯母、父亲、母亲给奶奶买了或者做了什么好吃的，奶奶也会悄悄给我留着让我吃一点。我也是，有什么好吃的一定会给奶奶留着。记得上学时有个同学家有一棵沙梨树，冬天经霜冻后，沙梨就会非常甜，那个同学有一次给我带了一个很大的沙梨，我想它肯定非常甜，但是我舍不得吃，揣在口袋里放学了给奶奶带回家。奶奶边吃边说"真甜"，我非常开心。当然奶奶不肯一个人吃，于是我们两个一人一口地吃掉了这个沙梨。

在我的印象中，除了上学、玩耍、拾柴、拔草，其他的时间我都和奶奶在一起。奶奶虽然老了，但是她好像从来都不闲着，白天奶奶会做一些针线活，记得她总在缠线，把各种线缠成一团一团的。晚上我和奶奶住，睡在奶奶床的另一头，奶奶给我讲很多很多的故事。奶奶好像有一个故事袋，里面装了永远也讲不完的故事。有时候奶奶困了，要睡觉，我就缠着她再讲一个故事，就讲一个。奶奶就会继续给我讲，讲着讲着，奶奶的声音越来越小，她就睡着了，我也睡着了。后来长大了，才知道奶奶给我讲的故事有很多都是她即兴创作的，其中讲得最多的就是好人有好报、勤劳才能过上好日子的故事。而她给我讲的故事有意无意告诉了我做人的道理，善良、勤劳的根就这样不知不觉地在我幼小的心灵里扎了下来。慢慢长大的过程中，善良、勤劳一直是我做人的本色。

记得小时候到河边洗衣服，只要有老人也来洗，我都会帮助她们，用我家的洗衣粉给她们洗。尤其是一个远房的老伯母，年龄大又腿脚不便，看着她蹒跚地到河边洗衣服我都于心不忍，只要遇见，我都会帮她洗好并送到河岸上。那个老伯母非常感动，常常夸我懂事。有一次她家里核桃熟了，在门口等我路过，等了几天才等到我。她用衣襟兜着核桃，硬塞到我的篮子里。我明白，这和奶奶给我讲的故事是一样的，善良之心定会得到回应。

奶奶年龄大了，有哮喘病，常吃的药是甘草片和氨茶碱，这两样药是我最早认识的。我看她的药快吃完了，就会向母亲要钱，放学后到村子上的药铺子给她买些回来。甘草片浓浓的味道是我极其熟悉的，那也是奶奶的味道。夏天，奶奶常常在大伯家院子外的枣树下乘凉，我和小伙伴们到河里洗澡，洗完回来身上凉凉的，就钻到奶奶的怀里给她冰一冰，这样奶奶就能凉快一些。奶奶最喜欢我给她背书，我放学回来做完作业，就把自己学过的课文一篇一篇背给她听、讲给她听，奶奶总是听得很陶醉、很幸福。或者晚上睡觉时躺在床上，我把学过的古诗一首一首背给她听，把学过的歌一首一首唱给她听，直到奶奶睡着了为止。

后来奶奶真的睡着了，再也没有醒来。八十三岁的奶奶在我十二岁那年安详地离世而去。起初我很难过，看到奶奶空落落的床铺就禁不住流泪，于是我回家住了，一个人睡在一个小床上。

奶奶离世后不久，我做了一个梦，梦到奶奶驾祥云乘锦鸡，我知道奶奶成了神仙，心中的悲伤一下子烟消云散了。奶奶的故事里就是这样说的，善良的人离世后是会变成神仙的，而做神仙是令人向往的。

陪伴我童年时光的奶奶，做了神仙的奶奶，从来不需要想起，也永远不会被忘记。

老院子·桂花树

"一庭人静月当空，桂不多花细细风。"皓月当空，积水空明，青砖黛瓦的院子，幽幽飘香的桂花树，这两句诗就是我老家院子的真实写照。这明月、这幽香是我永远不变的记忆和梦境。

老家的老院子建于 20 世纪 70 年代，那是一座很精致的小院子，青砖黛瓦的堂屋和西厢房，四角立柱的青瓦门楼，红色油漆大门，门上有几排圆圆的大铁钉。在幼小的我的眼里，我家的大门很高大很气派。院墙虽是土墙，但是粉刷得很光滑，为了防止雨淋，墙头上覆盖了一层青瓦。当时这座院落是我们村庄唯一的瓦房，在当地也是少有的。院子被母亲勤劳的双手收拾得非常干净利落。她将猪圈、鸡笼、鸭舍、茅房统统安置在西北角的空处，穿过一个小道就可到达，在院子里根本看不到这些农村家庭必有的杂物。当时，堂屋的房檐下还安置了好几个木盒子供鸽子们居住，后来鸽子太多住不下了，就落在房顶歇息了。每到傍晚，外出觅食的鸽子回来后就会落满房子的前坡，咕咕地叫着，也会飞到院子里和鸡争食吃。而一到早晨，它们就咕咕地叫着飞出去了。春天，鸽子孵出乳鸽，鸽妈妈给小鸽子喂食，母子交颈接喙，发出咕咕的叫声，那声音听起来是那么温柔，那场面看起来是那么温馨。

听父母说我家院子里的桂花树刚栽下时只有指头那么粗，种在院子的西侧，西厢房前。它长得很快，不到几年的工夫，我们全家就可以在桂花树下乘凉了。父亲在树下支起一个水泥桌，我们常常在树下吃饭。母亲每年春天都会买来很多小鸡娃，养到夏天的时候就可以挑大的公鸡吃肉，母鸡继续养着，等大了下蛋吃。她用自己养的鸡给我们做辣子鸡、醋焖鸡、清炖鸡，拿鸡蛋给我们炒葱花鸡蛋、菠菜鸡蛋、韭菜鸡蛋、鸡蛋煎饼、荷包蛋、煮鸡蛋……我们一家人在这个小饭桌上尝到了好多母亲做的美味。母亲是个勤劳而能干的农村妇女，父亲在外工作，田里的农活还有家务都是她一个人做，我们也会在放学后帮母亲干些力所能及的活计。她养的鸡鸭比哪家的成活率都高，而且长得又快又好，她种的菜比周围邻居家的菜长得更好，母亲常常把自家的菜分给邻居。她的针线活做得很好，因为有缝纫机，她不知道帮助村里人做了多少针线活，而且从来不收任何报酬。据说当时村里几乎每个孩子都穿过母亲裁剪加工的衣服。长大后才渐渐发现母亲言传身教的作用，她身上的传统美德潜移默化地影响着我们姐弟三个的为人处事。

这棵桂花树的树干并不高，在大约30厘米的位置就分了三个枝杈，树冠长得很大很圆。这是一棵丹桂，每年秋天就会开出一树繁密的红色桂花，香飘半个村庄，真真是"一树香风，十里相续"，还会引来许多蜜蜂采蜜。我家的桂花树还有一个独到之处，每逢闰月它就会开出两茬花，陈与义的诗《长沙寺桂花重开》中"天遣幽花两度开，黄昏梵放此徘徊"说的应该就是这种情形吧。第一次开的花颜色是红的，多而繁盛，第二次开的花颜色是黄的，少而稀疏。大概是第一次开花耗用了太多精力，故而第二次开时花色就淡了。

桂花不仅可供观赏，还可泡茶、入药。据《本草纲目》记载，桂花可治疗"风虫牙痛"，据中医讲桂花熬茶喝还可以治疗低烧。于是每年开花时节，母亲就会在树下铺上一张干净的塑料纸，让桂花落在上面，再细细地拣去叶子、梗和其他杂质，然后在通风处晾干。母亲会给我们泡上桂花茶，调上蜂蜜。在外边疯玩的我们回到家就可以捧起杯子咕咚咕咚喝上一气，那桂花茶凉丝丝香幽幽的，美妙的味道一直留在唇齿间，母亲则总是笑眯眯地看着我们。后来了解了一些品茶之道，尤其是看了《红楼梦》中妙玉关于喝茶的一番高论，实实觉得自己辜负了母亲的桂花茶，不过这桂花茶的幽香和母亲的微笑早已经成为我深深的乡愁，成为我永久的记忆。记得每年都有人跑了很远的路到我家来寻桂花入药，只要有，父母都会慷慨相送。

后来读书读到了很多写桂花的诗词，就萌生了亲自为家里桂花树写一首诗的愿望。于是在一年桂花盛开时，写下了一首题为《桂花》的青涩绝句："花色淡浅逊牡丹，拥拥簇簇展羞颜。缘何碧叶青如故，只为幽香不一般。"桂花没有富贵之态，却有清雅之气。我想，桂花的叶子之所以四季常青，大概是为了这不一般的幽香而付出的坚守吧。

这棵桂花树在岁月的滋养下日益茂盛，浓荫笼罩了小半个院子，枝丫都探到了去厨房和上堂屋的路上。为了不影响走路，父亲只得将这些枝丫截掉，好在当时不在跟前，不然我会更心疼。

不知道多少个暖暖的冬日，阳光透过树枝，在水泥桌上投下斑驳的日影，我放学在树下读课文，做作业，听收音机里的节目；而炎炎夏天，桂花树则为我们遮下一片清凉。无数个月明之夜，月光洒下婆娑的清辉，一家人围坐在一起，说着过去、现在和未来。后来，到外地求学、工作，因为对桂花树的特殊情感，每到秋天，我总会想起家中的桂花树，也常常想起唐代王建的那首《十五夜望月寄杜郎中》："中庭地白树栖鸦，冷露无声湿桂花。今夜月明人尽望，不知秋思落谁家？"恍惚间，我又回到了我家的小院子，正坐在桂花树下，享受那份空明和澄静呢。

桂花树不仅仅陪伴着我们姐弟三个成长，还见证了我们下一代的成长。有了孩子后，周末常常带着孩子回家看望父母。当孩子还抱在怀里时，我就常常把她放在桂花树低低的横枝上，护着她给她看树叶。等稍微大一些，她就淘气地要我帮忙往树上爬。再大一点，一回家自己就直接爬到树上了，活像一只小猴子。尤其是夏天，她会爬上树，找一个合适的枝杈坐在那里，舒适地靠在树枝上，吃着外公外婆做的吃食，或者看上一本图画书，优哉游哉的。我则帮助母亲打扫院子、洗衣、洗菜、做饭。

不知道这棵桂花树曾经多少次走进孩子的梦里，但我知道，这是她美好的童年回忆，上了小学的她曾经满怀深情地将这棵桂花树写进她的作文中，感动了自己，感动了我，也感动了老师。

而我，也在离开家后为桂花树写下了一首七言律诗《老院桂花树》："院中老桂笼烟霞，茂叶繁枝稚子爬。密密丹花思入梦，莺莺鸟语笑添茶。华年循浪逐流水，芳树殷勤待返家。月上天心云淡外，依栏遥望在天涯。"我家的桂花树，我在异乡读给你听，你可听到了读懂了我的心？

后来，母亲生病了，她无力再打理这个小院子，成群的鸡鸭没有了，桂花树依然茂盛，但是树下的石桌上，再没有母亲做的美味的饭菜，也没有了一家围坐时的欢声笑语。母亲辗转于医院的病床和家中的病榻，缠绵病痛数年，最终离世而去。母亲离世后，父亲不愿离开，依然住在这个院子里，一个人进进出出，只有桂花树陪伴着他。不知道多少个清晨、中午和夜晚，他独自坐在树下，一个人默默地吃饭。他会和桂花树说些什么呢？

后来，父亲身体不好，终于同意搬到城里和弟弟住在一起，但每隔一段时间，他都要回家看看。我虽然越走越远，但总会在假期抽时间带孩子回老院子看看。当我打开大门，首先映入眼帘的就是桂花树，它当仁不让地宣示着这个院子的生命力。树下的石桌上长满了青苔，院子里不知何时长了些野草，房顶的鸽子不知道飞到哪里去了，房檐下的鸽子笼也歪歪斜斜的，坏掉了，院墙上的泥剥落了许多，好像受了伤一样。桂花树还和以前一样，只是树干更粗壮了，它如同一位老者，守候在这里，等着我们归来。陪伴它的，除了这个老院子，就是一群栖息在树上的鸟雀，晚上叽叽喳喳地回来，早上叽叽喳喳地离开。桂花自开自落，没有人再去精心地收集。我想到了王维"人闲桂花落"的诗句，对我们而言却是"人去桂花落，夜静小院空"。每每想到此，心中不禁黯然。

每次回家，孩子还是会爬到桂花树上再坐一坐。站在院子里，靠在桂花树上，我看到了岁月走过的痕迹，不知不觉间，泪水肆流。为桂花树，我写下了一首《汉宫春》：

八月秋高，老院桂又香，越墙飘过，风送万里，直上霜天寥廓。密花叠簇绿难掩，丹色如火。花茶美酒醉煞瑶台客，蜂儿也乐。

谁知山高川阔，独酌邀飞雁，清泪零落。可否树下，石凳全家围坐。婆娑叶影照依旧，月光寂寞。栖鸟满枝复入梦，深夜寒星闪烁。

后来，我曾做过一个梦，我和孩子一同坐在老院子的桂花树下，石桌上放着一本书，我们一起读着李清照的那首《鹧鸪天·桂花》："暗淡轻黄体性柔。情疏迹远只香留。何须浅碧深红色，自是花中第一流……"一阵微风吹来，幽幽清香沁人心脾，桂花簌簌落下，落在我们的头发上、衣衫上，落在我们的书页上，也落在我们的心里。

家的味道

　　家的味道是母亲的味道、童年的味道、故乡的味道。母亲早已离我们而去，童年和中年之间路途遥遥，故乡的土路上也已经多年不曾出现我的足迹。

　　从母亲生病开始直到她溘然离世，我再也没有吃过属于母亲味道的饭菜了。在我的记忆中，母亲做的饭都很好吃，最好吃的是浆面条、炒南瓜、蓑衣干饭（菜和米蒸在一起的米饭）。炒南瓜、蓑衣干饭我还能比葫芦画瓢地做给自己吃，浆面条是无论如何也做不出来的，因为那独特的工艺是我在这个远离家乡的城市无法做到的。浆面条的浆是当天新鲜发酵的。夏天的中午吃了捞面条或者面片儿，剩下的面汤用一个盆子盛起来，里面拌上一点生面粉，用盖子盖上，过一段时间就拿起勺子舀着汤水扬一扬，这样几次三番，大概是天气炎热的原因，到傍晚的时候面汤就发酵了，有一股微微的酸味，浆水做好了，也该为做浆面条准备了。准备工作之一是擀面。母亲会提前将面和上，放在盆子里醒，醒得越久和出来的面就越筋道，面就越好吃。醒好的面柔软又细腻，母亲开始擀面了，随着母亲流畅的动作，面团渐渐变成了一张白里透黄的大大的面皮，将卷在擀面杖上的面皮一层层折叠好，母亲就开始切面了。母亲左手扶着面，右手飞快地切面，只听一阵咯噔咯噔的声音之后，一叠面皮就成为一堆又细又匀的面条了。我常常拿着母亲切的面条惊叹不已。后来有了压面机，压出的面条也不过如此，我觉得这是母亲最了不起的地方。母亲切萝卜丝的本事也是我望尘莫及的。母亲先切萝卜片，萝卜片薄薄的，晶莹透亮，带着一圈或红或绿的萝卜皮，简直就是一件件工艺品。萝卜片依次被斜放在案板上，母亲左手扶着，右手快速而均匀地切丝，一阵嚓嚓声后就是又细又匀的萝卜丝了。母亲将萝卜丝放上盐，加上芝麻油，又脆又香。我很小就跟母亲学会了擀面，可唯独没有学会母亲的刀工，因为我总害怕刀会切了我的手，不敢大胆地练习，再加上我初中就离开家住校上学，一直到后来工作都很少回家，锻炼的机会比较少，所以一直没有学到母亲的这项本领，现在需要切土豆丝、萝卜丝时总是切片时有厚有薄，切丝时要慢慢地一刀一刀很小心地去切，哪有母亲那飞刀出丝的技艺！这也是我莫大的遗憾。我常为自己不能在女儿面前一展这样高超的技能而深感惭愧，不过比起秋水长天君切出的枕木一样又粗又厚的萝卜丝，我的技艺算是好的了。

准备工作之二是采集做浆面条的菜，青菜没有特殊要求，根据菜地所有，苋菜、空心菜、小白菜苗、萝卜苗都可以，但是有几样是做浆面条的必备菜品——紫苏、鱼香叶、花椒叶、小茴香叶、葱花，每样不必多，一小把足矣，将这几样菜洗干净，用刀切得碎碎的，用盐腌上，加上芝麻油，放着备用。

所有的准备工作都做好了，就可以做浆面条了，用泡好的浆水煮面，浆水不够还可以再加凉水，加入备好的菜，最后将腌好的菜加入锅内，一搅拌就可以了。你会闻到浓郁的酸浆的香味，还有浓浓的紫苏、鱼香叶、花椒叶、小茴香叶、葱花的混合香味，真的非常诱人。我家做浆面条时，母亲一定会多做一些，因为每个人都会多吃半碗或者一碗。喝浆面条的绝配是大蒜，一家大小每人左手端着一碗浆面条，右手拿着筷子和几个大蒜瓣，吃口面条配口大蒜，实在是人间难得的美味。

后来有人不泡浆而用醋，不用那些调味菜叶而用芹菜，也可以做浆面条，但是母亲每次给我们做的都是地道、正宗的浆面条。所以在我的心中真正的浆面条是母亲做的那种，那才是母亲的味道、家的味道。

我还爱吃母亲炒的南瓜。我们老家叫它倭瓜，老家的倭瓜都是绿皮的，有的有花纹，有的没有。南瓜瓤是黄绿色的，和现在菜店中卖的黄皮黄瓤的南瓜不同。我很怀念小时候吃的南瓜，还常回老家千里迢迢地带来西安。前些日子，弟弟要来我家，问我给我带些什么，我说："你给我买两个绿皮的倭瓜带来吧，我在这里买不到。"弟弟给我带了三个倭瓜，长途跋涉500千米送到了我这里。我仿佛回到了家，仿佛见到了母亲，吃到了倭瓜菜。

母亲将倭瓜切成片，油中加上大蒜和新鲜的花椒叶子，炒菜的过程中大蒜和花椒叶子就不断地散发香味，菜熟了，南瓜就更香了。我和弟弟都特别爱吃南瓜菜，常常能吃一碗，直到现在我们两个依然爱吃，继承的还是母亲炒菜的方式。可惜的是我住在城里根本就没有新鲜的花椒叶子当调料，只能用花椒壳来替代，但是味道总是不一样。

前些天因为有事我回了趟老家，准确地说是回到了弟弟家。弟弟已经在城里买房，老家的宅子早已没有人住了，父亲也跟着弟弟住在城里。我在家吃了四顿饭，弟弟给我做的都是我们小时候母亲经常给我们做的饭菜，有三顿饭弟弟给我炒了倭瓜菜，和母亲炒出的味道一模一样，花椒叶的清香、油炸大蒜的味、倭瓜的香味深深地渗入我的五脏六腑，唤起了我关于家的所有美好记忆。晚上弟弟专门为我做了浆面条，虽然浆水不是现泡的，用的是醋，但是调味菜一样也不少，他还创造性地加上了肉末和粉条。终于再次吃上了有我家味道的浆面条，那天晚上我吃了满满一碗浆面条，还就着大蒜，那一刻，我仿佛回到了我们的老院子，一家人坐在那棵老桂花树下，一起喝着浆面条……

我知道这倭瓜菜和浆面条是弟弟特意为我做的。年过八旬的老父亲是不可能给我们做这样的饭菜了，但是我知道他和我们一样在回味着老家的味道，回味着我们的母亲带给他的味道……

我和弟弟不仅仅血脉相连，我们的舌尖还永远共同存留着母亲的味道和家的味道，这种味道只有我们能懂，这种味道是我们姐弟间的桥梁，不论天涯海角，家的味道、母亲的味道都会将我们紧紧连在一起！

白露为霜

北方的冬天，下霜是常有的事。雨天之后的早上是很容易既下霜又起雾的，雾大时十几米乃至几米之内就不辨牛马，但是这样的清晨，大人小孩照样会钻进这般仙境中去忙碌。若是没有雾，下霜的早晨别有一番景致。

大地白茫茫的一片，像覆盖了一层薄薄的小雪一样。河边，路边，荒地上，各种干枯的野草上凝结了一身晶体样的霜。它们像是一群淘气的孩子在童话般的原野上捉迷藏，眨巴着亮晶晶的眼睛，偷窥着小伙伴们的动静。瑟瑟的寒风一吹，它们一齐摇曳着，仿佛拍着可爱的小手，尽情地宣泄着它们的快乐。太阳一出，整个大地则被照得熠熠闪光，异常晶莹。

村边小河的上游有一片芦苇，叶子已经失去了春天和夏天时的油绿，变得又干又白，顶上的芦苇花也早已凭虚御风不知所往。一夜霜降，清早的芦苇丛更显萧瑟、静穆，宛如一位位身着素衣的女子，站立成林，冷风乍起，婆娑似舞，莎莎似歌。无风时似相互欣赏，有风时似彼此赞叹。春天的芦苇可以做成嘹亮的芦笛，夏天的芦苇丛则成为我们避暑嬉戏的青纱帐，冬天白雪覆盖的芦苇更是美丽无比。不知何故，我小时候曾经特别喜欢披霜的芦苇。长大后，我读到了《诗经·秦风·蒹葭》中的诗句："蒹葭苍苍，白露为霜。所谓伊人，在水一方……"诗中凄美哀婉的意境立刻深深吸引了我，抒情主人公苦苦追寻的感伤惆怅感人至深，诗中的苍苍蒹葭也因此具有了一种忧伤的情调。好诗总是有一种兴发感动的无比魅力，让人产生无限的遐想。一读这首诗，我脑海中总是浮现出一幅蒹葭丛生、烟波渺茫的图景，而这蒹葭分明就是家乡河边的芦苇丛。我也终于渐渐明白了小时候喜欢披霜芦苇的原因，原来是它凄美动人。后来又看了一些相关的注解，但总觉得与内心的认知相差甚远。有注解认为"苍苍"是茂盛鲜明貌，有的注解认为"苍苍"是淡青色，秋天的芦苇叶子上凝结着霜露，因此颜色显得苍老。我对这样的注解惑然，也实实不敢苟同。霜和露是水在不同温度下的两种形态，空气湿度达到一定程度时，地表温度低于零度时就会形成霜，高于零度则会凝结成露。"秋处露秋寒霜降，冬雪雪冬小大寒。"霜降是秋季的最后一个节气，表示天气变冷，但不一定下霜，下霜是隆冬时节常有的天气现象，冬季芦苇早已干枯，何来绿色？所以"苍苍"应该理解为一片苍白之色，苍茫之貌，给人的是凄清之感，而非茂盛鲜明。也许是受到已有生活体验的影响，我内心一直无法接受前种解释，读《蒹葭》所引发的联想总是已定格的画面：深秋或是隆冬季节，河边苍茫的芦苇丛上白霜一片，河水迂回曲折缓缓流淌，景色凄清，烟波万状……由于作者的不确定性和意象的模糊性，这首诗的主题历来众说纷纭。一说是刺襄公未能用礼将不能固其国，一说是襄公求贤尚德，还有的认为是其思贤招隐，有的认为是想念朋友之吟，当然也有人认为是抒写思慕追求意中人而不得。这首诗我读了很多次，每次都有一种难以言说的感动，并且固执地认为作者一定是周代一位多情学子。他是在执着地追求理想中的佳人时，写下了这首意境朦胧凄美、千古传诵的情歌。自打《蒹葭》这首情歌唱进了我的心，家乡披霜的芦苇又多了一层诗意，两者之间便有了超越时空的联系：一个是诗，诗中有画；一个是画，画中有诗。

田野上的冬小麦，绿色的长条状的叶片上蒙上了白霜，显得更加苍翠，像是浓酽的绿茶色。一眼望去，一畦一畦绿白相间的双色平行线，仿佛有规则地行走着的方阵，在冬天的舞台上尽情挥洒着这个季节少有的亮丽。

门前、院后、河边、田间地头的树木，光秃秃的枝丫上也披了一层白霜，它们默默静立着，若有所思，不知是否在回忆自己经历过的春夏秋冬。村口的沙梨树正在寒霜中孕育它的果实。沙梨成熟得较晚，果实的形状像个小小的葫芦，呈优美的"8"字形，上小下大，比例完美。果皮是黑褐色的。沙梨树累累硕果入冬了还挂在树上，主人不去采摘，淘气的孩子也不去偷吃，因为不经霜雪的沙梨是又苦又涩的，必须经历了几场霜雪，沙梨才会变得越来越甘甜，也才能发挥它的药用价值——止咳。伤风感冒久咳不止的人，拿霜打的沙梨熬汤喝了，十有八九就好了。还记得小时候谁要是生病咳嗽，就能喝上一碗加了白糖或是红糖的甜丝丝的沙梨汤，那可是一件令人羡慕的事情，他（她）准会端到人多的地方喝了，让旁边的小伙伴眼馋得恨不得也生场病咳嗽一阵，因为只有这样才能喝上诱人的沙梨汤。

对越冬的菠菜、香菜等蔬菜来说，寒霜是它们不可或缺的成长因素。小时候听母亲说，经过霜打的菜吃起来发甜。的确如此，霜后的菠菜叶子不是嫩嫩的黄绿色的，而是墨绿色的。霜后香菜叶子还会呈紫红色。经霜的菠菜含碱量小，味道尤其甘甜。现在虽然离开了家乡生活在城市中，到菜市场买菜时，我还是一眼就能认出哪种菜是大棚生长的，哪种是露天生长的，我当然会不计价格选择后者，吃着这样的菜我总是想起家乡下了霜的菜园。它虽然不像鲁迅先生笔下的百草园那样趣味无穷，但是在我的心里是永不褪色的记忆。

山坡上的红薯地里，一下霜就隆起一个个白色的小"蒙古包"，包上的红薯叶子已经被霜打成黑色，蔫蔫儿的，耷拉着脑袋，很失意的样子。包下住着红薯家族，有又粗又壮的大红薯，也有又精又小的红薯娃儿。一大早到红薯地里刨红薯的大都是家里的孩子，他们左胳膊挎个篮子，右手拿把镢头，或是把镢头扛在肩头，一路走着，嘴里故意使劲儿呼着热气，好让它变成一股股白烟，仿佛这样自己就成了传说中吞云吐雾的神仙。手、脸、耳朵被冻得热辣辣地疼。到了地里，挨着以前刨过的茬儿，先扯去土包上的枯叶，然后用镢头刨开土包，就刨出了红薯家族中的所有成员，再用冻得发红发硬的小手擦去上边的泥土。装满篮子之后，就用纤细的小胳膊挎着重重的篮子走走歇歇回家了。挖回的红薯，一部分用做早饭，一部分煮熟了喂猪。到家后，妈妈赶紧接过篮子，拿出红薯，洗净，削皮，砍成一块一块的，丢进热气腾腾的玉米糁粥里，盖上锅盖，红薯和玉米糁一起翻滚着，散发着甜甜的香气。吃早饭的时候到了，大人小孩都端着一碗红薯玉米糁粥出来，汇聚到固定的饭场。人们双手捧着热乎乎的饭碗，有的站在太阳能照到的墙根，双脚不停地跺着好暖和一点，有的则蹲着，很少会有人坐到其他季节才坐的石凳上，偶尔有哪个不知冷热的小孩子坐到上边，准会被大人训斥："快起来，不怕把你的屁股冰两半儿了！"受到呵斥的小孩子就会赶紧站起来，不敢再坐了。大家嘴里一边哧溜哧溜地吃着饭，一边有一搭没一搭地说着村里村外的新闻，侃着闲话。那时早饭的菜就是一家一碗凉拌萝卜丝，有条件的加上一点拿自家芝麻到磨坊换来的香油，没条件的就只加上食盐。谁家要是连萝卜丝也没拌，准会接到七家八户的邀请。大家都知根知底的，谁也不会担心有什么传染性疾病，大家在一起就跟一家人一样，随意、亲切。现在每天到街上买花样繁多的早点时，常常会疑心里面有没有加上对身体有害的添加剂，总是很怀念小时候吃的当时看来不好而现在看来十分健康的早饭。

吃早饭的时候，太阳就慢慢地从东边的山坡上爬上来。听大人说早上的霜下得越重，天气晴得就越好，所谓"浓霜猛太阳"讲的就是这个道理。太阳金辉一洒，整个大地都亮了起来，每一片白霜都闪着鱼鳞一样的银光，跳跃着夺人的眼。

大人们该下地干活了，小孩子也该上学了。背上妈妈给缝的书包，行走在田间小路上。阳光下小径两边干草上的白霜像是两条闪着波光的河流向远方延伸开去，通往孩子们心中那个模糊而遥远的未来。我们一边追逐着一边嬉闹着，唱着从哥哥姐姐那里学来的跑了调的歌。不知何时，小雪一样的白霜已经悄悄融化，蒸发，消失得无影无踪。

麦田物语

中午，站在教工宿舍五楼的窗口，往外一望，不经意间发现窗外是大块大块已经成熟的麦田。麦田在夏日午后强烈阳光的照耀下，发出刺眼的光芒。微风吹过，掀起一波一波的麦浪，虽然远离麦田，但我熟悉这过风麦语。听，那窸窸窣窣、嘈嘈切切、沙沙作响的是麦子间的呢喃低语。它们是在诉说成熟的喜悦，抑或在叹息即将离开土地的不舍，或是在暗泣麦根、麦秆、麦粒将要骨肉分离的痛楚……当阵阵麦浪伴着窃窃私语滚过我的心田时，那针尖样的麦芒仿佛同时刺遍了我的全身……

记得小时候，每到麦子成熟的季节，可谓是家家总动员，大人孩子齐上阵，为麦收忙得不亦乐乎。只要拿得了镰刀的，都要下地割麦子，年龄太小的也要挎个篮子到麦田里把遗落的麦穗拾起来，尽可能珍惜每一份劳动成果，做到颗粒归仓。那时我就常常和父母一起到田里收麦。太阳很毒，常把我的皮肤晒得黝黑；麦茬很尖利，常把我穿着凉鞋的脚扎破；小小的手、细细的胳膊、窄窄的肩膀很稚嫩，却能把麦子割倒，捆住，背起。所有的农村孩子都如此，都会在焦麦炸豆的时节自觉地投入农忙中，不用大人指使，更不用督促。

麦收时最吸引我的是大人们扬场的技能。那时没有条件用脱粒机，打麦子都是黄牛拉着石滚碾麦子，碾好后，把麦秆挑走，把麦子拢在一起。此时的麦子是和麦糠在一起的，就需要把麦子和麦糠分离，扬场的技能就在此时发挥了作用。扬场有一个必备条件——风。一有风，大人们就会用大大的木锨就着风势把麦子高高扬起，风越紧，大人手中的木锨舞得就越快。只听到嚓嚓的声响，一声紧似一声，风中麦子和麦糠就分开了，轻轻的麦糠如同羽毛般随风飘走，重重的麦子就如同一粒粒黄金散落地上，金黄的麦子越堆越多，银白的麦糠越积越厚，不一会就是一座金山、一座银山。我看得眼花缭乱，十分佩服，很想试一试，但每一次都被大人嗔怪："去，这是你女孩子家干的活计？"我常常在大人扬场的时候欣赏他们舞蹈般的劳动，力量之美在汗水中尽情挥洒。他们扬起的是期待，扬起的是希望，扬起的是他们的整个世界……

麦收时最高兴的事情是在打麦场张着口袋帮大人装麦子。黄澄澄的麦子哗哗流下，热烘烘的麦子味混合着些许尘土扑面而来，一会儿就盛满了口袋。爸爸扎好口袋，拖到旁边，一袋袋码在一起。看着打麦场上忙碌而热闹的丰收场景，看着人人脸上洋溢的实实在在的笑容，劳动的快乐和幸福将我层层包裹、浸润。从此有一种观念在我的心中扎根、发芽、结果，有一个声音一直告诉我——劳动创造美好生活。

麦收时最惬意的事情当是晚饭后随母亲以及其他的婶婶、姐姐们一起到门前的小河里洗澡。浸泡在被太阳晒了一天的温热的河水里，听着阵阵蛙鸣和虫鸣，一天的疲劳和燥热全被欢快流淌的河水带走，只留下轻松和凉爽。洗完澡，我和姐姐们把带着的凉席铺在门前平整的晒场里。温和的夏夜，凉风习习，我们一个挨一个躺下，看着满天星星，一首一首地唱歌，一首首地背学过的唐诗，唱到倦了，背到累了，才不知不觉睡去……

上了中学、大学，和家人一起收麦子的机会越来越少，直到现在，少到没有了机会。我就如同那放到高空中的风筝，乘着风势愈飞愈高，愈飞愈远，远到离开了父母的视线，高到再也看不到昔日的农田。

收麦子已成记忆，如果不是麦芒的刺痛，我不知道会不会将之永久封存。小时候到田里干活的辛苦换成了每天乘公交上下班的劳累；小时候头上顶着遮阳的荷叶也要和小伙伴们一起到处乱跑，如今即便打着漂亮的防紫外线遮阳伞，也依然不愿在天气炎热时走上街头；每天在卫生间沐浴热水器供给的热水却怎么也感觉不到小河中蒸腾的太阳的味道，虽然依旧可以听到哗哗的水声却没有了天籁的和鸣……

望着窗外白灿灿的阳光，我明白此刻大地是烫手的，也知道此时的自己一定没有勇气拿起镰刀，戴上草帽走进麦田。如果真的那样做，我明白一定会有两种结果：一是任何一处暴露的皮肤很快会被强烈的阳光灼伤；二是很快会出现头晕恶心的中暑症状。

是我不想再次走进麦田还是不能再次走进麦田？我是想走出麦田还是想回归麦田？

看着眼前的滚滚麦浪，我的内心久久无法平静……

馒头与面包

馒头与面包放在一起，你会选择哪个？

以前物资匮乏，人们远行带干粮都是蒸一锅馒头用布袋装上，一路上饿的时候吃些馒头即可充饥。现在物资充裕，人们出门坐车可带的吃食越来越多，面包是其中的一种。拿出面包来充饥很常见，若是拿出馒头反而显得土气。学生们早上贪恋睡觉，顾不上到餐厅吃早点，大多会带上早餐到教室吃，所带食品中面包占比较大，没有发现带个馒头在教室吃的。选择面包的年轻人是比较多的，可能因面包的口感、面包的形状、面包的花样，我不知道。我不会选择面包，我会选择馒头，因为馒头自然的面香，因为馒头没有香精色素的添加，因为馒头是我小时候的味觉记忆。

生长在北方的我，小时候馒头是主食，早晚喝稀饭是要吃馒头的。在农村，男人要下地干活必须得吃饱，只喝稀汤是耐不住重体力活的，吃了馒头才顶饿，所以女主人就要蒸馒头。只要不是家里缺粮食，馒头都是要蒸的，如果小麦不足，就会把小麦面和玉米面、红薯面、荞麦面等粗粮掺在一起蒸馒头，老家称之为花卷馍馍。其实花卷馍馍很好看的：小麦面和玉米面掺在一起蒸的馒头黄白相间，小麦面和红薯面掺在一起蒸的馒头黑白相间，小麦面和夏面（磨小麦时最后的那道面，颜色发黑，比较粗）掺在一起蒸的馒头褐白相间。不同色彩和线条的组合就是画呀！记得小时候妈妈蒸馒头有两种，全白面的馒头是让奶奶和客人吃的，我们都是吃花卷。一个馍筐中有两种馍，我们姊妹三个非常自觉地拿花卷，不经妈妈授意绝对不会拿白馍吃。后来生活条件好了，都是纯白面的馒头，反而觉得花卷馍挺好吃的。玉米面花卷有涩涩的颗粒感，红薯面花卷甜甜的，夏面花卷很筋道。

除了早晚吃稀饭时吃馒头，我们前半晌、后半晌饿的时候也吃馒头，因为那时候没有什么零食。在外边疯玩，饿了就跑回家，掀开馍筐的盖布，拿出馒头掰上一半，吃着就跑出去继续玩了。有时候小伙伴也想吃，偏是他们家里的馒头吃完了还没有来得及蒸出来，于是我就会多拿一些给大家分着吃。这时吃的馒头都是凉的，凉凉的馒头别有甘甜的味道，可能是因为饿，吃起来分外香甜好吃。那时候商品经济尚不发达，纯朴的人们哪里知道什么添加剂，自己家里种的小麦，自己磨的面粉，自己用酵母发面，妈妈手工揉的面团，用柴火烧铁锅蒸的馒头，从头到尾都是纯天然纯手工。那些个馒头吃起来真的是天然香甜。小时候的馒头香已经成为自己的味觉记忆，后来到城市生活，买回的馒头一吃就知道好不好，因为外面买的馒头大多口感不好，有时候我也会自己蒸馒头吃，虽然费点功夫但是吃得放心吃得舒服。我的肠胃不好，平时不敢吃凉的东西，但是吃凉的馒头一点问题都没有，因为小时候我的胃已经习惯了这种吃法，不仅不会难受，反而感觉很舒服。

　　面包之于我则没有这种自然的情感联系，我也吃过很多种面包，都只是暂时充饥而已，留下来的味觉记忆都不好。我不喜欢香精的味道，不喜欢奶油的味道，不喜欢那种酵母的味道，不喜欢点缀的葡萄干、花生、瓜子碎，不喜欢包裹的香肠、果酱、肉松或者生的蔬菜。起初还可以接受偶尔吃一吃，后来干脆不吃了，宁肯吃馒头都不愿意吃面包。去西藏时坐火车，路上时间比较长，需要带些吃的。我们带的有面包和临走时吃剩下的两个馒头，我和秋水长天君都不想吃面包。结果路上两个馒头吃完了，面包剩下了，最后不得不扔掉。

　　记得有个朋友到异国他乡度假，微信朋友圈晒出了自己蒸的馒头。配的文字是："某些人的胃终于无法忍受切片面包，于是搜索网上视频，学着自己蒸了一锅馒头。"我想他们之于馒头和面包的感情大概和我类似吧。

　　馒头代表着东方，面包代表着西方；馒头代表着传统，面包代表着现代。许是人的年龄越大就越回归，这种回归就包含味觉的回归。越来越喜欢小时候的味道，喜欢自然的味道，这种回归是心的回归。

我家的"黑里"

"黑里"是我家的一条狗，这是一条狼狗。它有一双黑黝黝的大眼睛，目光锐利；它有一个三角形的黑鼻子，嗅觉灵敏；它有一双直竖的耳朵，如杜甫在《房兵曹胡马》中写的"竹批双耳峻"；它长着一身乌黑发亮的毛，如同披了一件黑色的斗篷。黑里高大健壮，如同一个勇士。

因为它通身黑色，妈妈便给它起名"黑里"。这个起名字的方法和农村给小孩子起名为小黑、白妮儿、铁蛋儿、二狗的方法有异曲同工之妙。于是黑里这个名字就叫开了，它自己也就认了这个名儿。听到我们一叫"黑里"，它马上就支棱起耳朵来。

黑里是被爱养狗的弟弟领回家的，回来时刚生下没几天。弟弟年龄小，根本不会喂养它，妈妈又忙碌，我看它小小的，又可爱又可怜，于是一口奶粉一口饭地把它养大，所以它和我最亲。我们一起度过了许多快乐时光。

黑里非常聪明。它还小的时候，我训练它在我走路时在两腿间走"8"字，拉着它练习了两次，它就会了。我一边走路一边唱歌，它在我两腿之间穿行，像一个会滚动的黑色小绒球，可爱极了。我若给它说："去，把弟弟叫起来。"它就会跑过去，在弟弟的床前又叫又拽被子，直到弟弟起床为止。为了训练它抓扑，我还常常专门把喂给它的食物高高抛起，它总能稳稳地、准准地接到，然后自豪地享受美食。

因为是狼狗，它要经常吃肉，过些天不吃肉，它的"竹批双耳"就会耷拉下来。我们就知道它嘴馋了，就会赶紧给它吃肉。特别神奇，一吃肉，它的耳朵立马就直溜溜地竖起来了。

黑里是捉蚂蚱、逮野兔的能手。小时候最有趣的事情莫过于带它和小伙伴一起上山坡疯玩。它最会捉蚂蚱，看准一个，猛地一蹿，两爪一按，准能捉住。但它并不吃，只是为了好玩儿。我便把那大大小小的蚂蚱穿成一串儿带回去喂鸟或鸡。黑里蚂蚱捉得漂亮，野兔逮得更让人叫绝。那次，雨过天晴，我们一群小孩儿上山玩，碰到一只野兔从灌木丛中蹿出来。大家惊呼之时，黑里已如离弦之箭，穿梭在树丛中追赶野兔。不大会工夫，只见它飞快地跑回来，嘴里竟叼着那只又肥又大的野兔。在我们的欢呼声中，黑里呼呼喘着气，摇着尾巴，眼神中分明流露出骑士凯旋时的喜悦与自豪。黑里因此在村里的小伙伴中名声大振，我带着它也觉得特别神气。

还有让人佩服的事儿呢。有一次它生病，我带它到村卫生所，医生说需要给它打针。我拍着它的头对它说："黑里，听话，打了针，病很快就好了，咱们就可以一块儿去玩儿了。"它顺从地摇摇尾巴，卧下了。这可是一条狼狗呀，医生虽然经验丰富，但还是有点胆战心惊地给它扎上了针，出人意料的是，它竟动也没动。那位医生拔出针头后，擦着额头上的汗，长长地舒了口气，惊异得连连说："难得一条好狗，难得，难得！"

让我最感动的是黑里对我的好。只要我从学校放学回家，它就和我形影不离了。我坐在凳子上，它就会卧在我脚边，或者安安静静地卧着，或者用它的舌头舔我的脚，有时候会在我身边转来转去，用它光滑的毛在我身上蹭来蹭去。不论是出去玩，还是下地干农活，它都和我一起。有一次它陪我上坡挖白草疙瘩，天很热，坡上又没水，我怕它热，让它先回去，但无论怎么赶它，它就是不走，一个劲儿吐着红舌头，呼哧呼哧地喘气，一直陪到最后，我们才一起回了家。还有一次，我挖了红薯回来，拿的筐子有些重，走一段路就得停下来歇一歇。它大约是看懂了我有些吃力，就冲我汪汪直叫，我立即明白了它的意思，于是将筐子放到它的背上用手扶着。它驮着筐子，慢慢地走着，生怕筐子掉下来。终于到家了，我拿下筐子，抱抱它，它用头蹭了蹭我。

后来，我在离家好几里的镇上上初中，每周只能回家一次，每次离家，黑里总要依依相送，一程又一程，我三番五次让它回去，它都不肯。我每次回家，它总热情相迎，蹿到我身上，用前肢抱着我，在我身上嗅着、亲着、咬着。它经常用它锋利的狗牙轻轻地咬我的手，一点也不疼，仿佛爱抚一般。我不知道它是如何将这个力度控制得如此巧妙，但我知道它和我的心是相通的。随着年岁的增长，我明白那其实也是一种亲情、友情，那是久别重逢的激动、快乐和幸福的表达。

再后来，我到外地求学，会很长时间都见不到它，不论离别多久回家，它还是和以前一样，与我没有陌生感，没有疏离感。

大概狗的生命都是有限的，黑里突然离我们而去。当时我并不在家，妈妈告诉我这个不幸的消息，我哭了！和亲人离开我一样难过。黑里就是我家的一员，是我的亲人！我不知道它离开人世的那一刻会想些什么，它是否会想到我，但我会一直记得它，想着它。

黑里那汪汪的叫声，那对竖立的耳朵，那双黑潭般的大眼睛，那身披黑缎的矫健身影在我心中早已成为永恒。

仓鼠记

　　小女二八生日之际，其同窗以二仓鼠为礼物遗之，兼赠鼠粮、尿沙、浴沙各一袋，鼠笼一，笼内一食盒、一水瓶、一游戏转轮。

　　二鼠性迥异。一鼠喜静，整日酣睡；一鼠好动，于笼内上蹿下跳，于游戏转轮上转玩不已。不论白天黑夜，轮转之声不绝于耳，它似乎不睡觉，不知疲倦。夜深人静之时，其玩兴不减，轮转之声于室内尤响，很是聒噪吵人，我只得将卫生间房门紧闭以隔离噪音。更为甚者，该鼠性凶残，将其同伴咬死笼内并吞食部分肉体。面对同伴惨死，无一丝悲伤，更无一丝内疚、自责、悔过之意，依然独自吃喝玩乐。

　　若非女儿玩物，吾定早弃之，决不会容忍它和我共处一屋。因吾之恨鼠之情由来已久。

　　年少时在老家土墙瓦屋居住，概因连年丰收，五谷丰登，老鼠甚多。粮食被老鼠糟蹋是极普遍的，堆放的粮食袋子常常被老鼠咬破。农民不得不买来一些粗瓷大缸盛装粮食，上面用水泥板盖住，这样方可保存粮食免遭鼠害。凡是可食的东西只要防备得不够严密都可能遭到老鼠侵袭。鼠类还咬坏我们的衣服、被褥和书本，实在是防不胜防。

　　夜晚是老鼠活动最盛的时候。鼠辈常于屋子顶棚之上奔走跳跃，打斗嬉闹，发出各种音色的吱吱声；或于地上窜来窜去，物什倾倒，吵闹之声常常将年少嗜睡的我和姐姐吵醒。气愤之余，拉开电灯，拿根竹竿朝顶棚狠狠敲打一通，于是众鼠皆警，个个蜷缩收敛，屏息止行，一切归于宁静。等我们关灯睡下，不久，鼠辈就又开始肆无忌惮地狂欢，睡眠状态极好的我们还是会被几次三番地吵醒。实在是恨鼠入骨，当时特别期望自己拥有金庸小说中武林大侠的奇异本领，一掌、一剑或者一运气就让这群鼠辈立刻毙命。

更可恶的是这帮啮齿类动物不仅恣意吃喝玩乐，还任意拉撒，床下，桌下，窗台上等犄角旮旯的地方都有它们拉下的屎粒，留下的溺渍。清扫之务很是繁重，常常拉开抽屉，屎粒赫然，尿迹斑斑，刺鼻的异味扑面而来，令人作呕，故我们从不敢往抽屉中放任何东西，甚至将抽屉拉出来堆放在外面不用。

鼠辈不仅夜晚猖狂，白天也越来越胆大。常见大鼠小鼠跑来跑去，傍晚院内纳凉，还可以看到它们成群结队从电线或是晾衣绳上快速通过，不知赶往何处赴约或是赴宴。有的老鼠硕大得实在惊人，约莫半尺长，毛色光亮，看来生活水平颇高。当时年幼的我常常想：会不会真的有老鼠精呢？老鼠成了精会干什么呢？不会也变成人并相中了一位俊美书生与之生活在一起吧？

长大后读书读到柳宗元的《三戒》之《永某氏之鼠》，文中这样描述鼠害之甚："昼累累与人兼行，夜则窃啮斗暴，其声万状，不可以寝。"柳宗元所写字字形象，句句可感。当读到后来居者"阖门撒瓦，灌穴，购僮罗捕之。杀鼠如丘"这样的文字时，真的是感到大快人心。

苦于鼠害的我们也想了很多办法。其一，下药毒鼠。这种办法对减弱鼠害虽有一定效果，但是也有弊端，老鼠若死于室外倒好清理，若死于洞中，日久腐烂，则会发出恶臭，弥久不散，着实令人头痛。其二，买来老鼠夹子逮鼠。每每看到老鼠被老鼠夹子夹住，四肢乱蹬，吱吱乱叫，痛苦万状，我们就会欢呼雀跃，将它就地正法。其三，养猫捉鼠。可能猫吃老鼠多了就没胃口了吧，往往越来越懒，总睡大觉，老是见鼠不动。因此我慢慢地连猫都不大喜欢了。其实这些方法都收效甚微，因为老鼠太多了，家家如此，你家治了，别处的还会跑来，看来治鼠也需要全村联动。

鼠害困扰多年，后来我离家外出求学、工作，在家住得越来越少，但是只要在家住，其状况一如既往。后来全家搬往城中，方彻底摆脱鼠害。

今小女养鼠，实非吾愿。她在有闲的时候逗鼠玩耍，为其活泼可爱之状咯咯发笑，似乎其乐融融。时而也邀我一同观看。由于内心厌鼠已久，它那骨碌碌的眼睛、光滑的皮毛、粉红的小爪儿，凡此在女儿看起来十分可爱的特点，实在难以唤起我的怜爱之情。但是人各有好恶，不能将吾之厌鼠之情强加于她，于是姑且令该鼠于笼内活之。

也许是仓鼠嫌笼子空间太小，抑或是一鼠太过寂寞，它在笼子里是愈来愈不安分，咬坏了自己玩耍的转轮、洗澡的浴房、喝水的胶管。不仅如此，它开始在笼子里飞檐走壁，乃至在笼子顶部倒挂攀爬，将笼子上刷的白漆啃得斑斑驳驳，露出铁丝本色。它的身体日渐肥大，失去了小巧可爱之态。我天性对气味极其敏感，尽管女儿经常为它打扫卫生，但是卫生间还是不敢关门，若把门关上一段时间就会闻到它身上所散发的异味，令人生厌。

对这只仓鼠的隐忍一天天被它的可恶行为消磨。我觉得无法再忍耐下去，就和女儿商量将它放生或是送人，女儿就是不依。没办法只好悄悄将它放置在本层楼梯步梯角落处，那里空气流通，气味不至于聚集。谁知被女儿发现，就问："我的仓鼠呢？"只得如实回答。人家气呼呼地将仓鼠提了回来继续放在卫生间，还振振有词地说："外边又没有暖气，把仓鼠冻死了怎么办？"面对她对仓鼠生命的尊重，我实在无语，所能做的只是趁她不在家时悄悄地将仓鼠放在外边，配备必要设施不让它冻着，饿着，等她回来之前再把仓鼠拎回来。

一日，朋友来我家，说起仓鼠，她很是同情我的遭遇。她讲了她侄女也养仓鼠，家人也颇反对，其奶奶甚为感慨，这人人喊打的东西怎么现在这么养尊处优呢！要让人来伺候它吃喝拉撒！最后女孩儿的爸爸好不容易将仓鼠送人了。他提着笼子，拿着鼠粮，站在小寨的繁华街头，不断询问过往行人，谁愿意要就把仓鼠送给谁。很多人都把他当成坏人，认为他有什么不良企图，或者认为这人有病，等了很久也没能送出去。最后在旁边银行休息时，一个银行职员看到了很是喜欢，这才欢天喜地、如释重负地送给人家。

我在想，我家的仓鼠何时可以送人呢？

仓鼠，仓鼠，何时去汝，适汝乐土！

南国水果香

　　秋水长天君从海南旅行回来，给我们带回了一箱海南的皇帝蕉和芒果。回到家里来不及休息就迫不及待地打开箱子，清洗，削皮，切块，给我吃。我刚吃下芒果，他又马上把香蕉递到了嘴边，真的不知道吃什么好了。再一次品尝真正成熟的南国水果的美味，我明白秋水长天君的心，他一直很在意我和女儿的需求和愿望。秋水长天君回来时女儿上学不在家，等把她接回来，他同样迫不及待地催女儿洗手吃水果。女儿左手拿着芒果的硬硬的内核，右手拿着水果刀，像啃肉骨头一样吃芒果，看着她傻傻的贪吃的样子，秋水长天君开心极了。我想这大概就是普通人的小幸福吧。

　　有一次和朋友小聚，喝茶间闲聊起了吃水果，我就和大家讲了我的经历。当年我共买了三次香蕉，但三次全扔掉了。买的香蕉看起来外观挺好，个头大大的，外皮金黄，谁知剥开后果肉却是硬硬的，因为不熟，很难吃。起初以为自己是碰巧买到了不熟的香蕉，不承想第二次第三次都是如此，后来就不敢再买了。我的几个同事也遇到过这种情况。

　　香蕉这种水果不易存放，在原产地，香蕉在很不成熟的情况下就被割了下来，运到北方后还是青的，水果商就用一种化学药品喷到香蕉上，皮很快就金黄了，由于成熟度低，就可以存放久一些，当然可以卖得久一些而不至于坏掉。

　　大家都很感慨，现在的食品安全实在堪忧。

　　过了一段时间，朋友到海南出差，回来时给我们航空托运了两箱水果，一箱是大芒果，一箱是皇帝蕉。他来给我们送水果时我们都还没有下班回到家，因为还有事，他就把水果放在了我们小区门卫那里。下班后把水果带回家，打开看一看，我才知道成熟的南国水果长什么样。那芒果很大，拿在手里沉甸甸的，可以真实地感受到芒果果肉的分量。它的表皮是黄色中掺杂着紫红色，蜜汁从头部渗出，淌在果皮上有一道亮亮的结晶的印痕，可以猜出它有多甜。尝一尝，果肉肥厚、爽滑、甘甜，清香宜人。皇帝蕉的外皮是金黄色的，一簇两排的小香蕉都顶着一个黑黑的小尖帽，仿佛在宣告它们的成熟。剥开它，皮极薄，果肉黄白色，吃一口，又滑，又细，又甜，还有一股淡淡的天然的清香。我还发现越是成熟的香蕉越易于存放，直到表皮都干了黑了，剥开后里面的果肉依然是完好的、鲜美的。

朋友的情谊令我和秋水长天君感动。在做这件事情之前，他没有和我们说起什么，送来水果也没说什么，就淡淡的一句话："我带回来一点水果，你们尝尝！"我们也不知道带这两箱水果费了他多少周折，不知道他花了多少托运的费用。这件无言的小事蕴含着朋友的一片真情，这份真情将永远留在我们的心中，温暖一生。

自从吃了朋友带回的芒果和香蕉后，我在北方的水果市场上再也没买过这两种水果，但是我和女儿都很想再吃到南国那美味的水果。这对于我们北方人而言不是那么容易的，因为我们并不总是有到南方的机会。秋水长天君曾经戏言："在吃水果上你也'曾经沧海难为水，除却巫山不是云'呀！"

记得秋水长天君海南临行之前跟我说："我这次去海南别的带不带都无所谓，我一定要给你们托运回来海南真正成熟的芒果和香蕉。"他的话一下子触动了我的心，原来他不仅仅铭记着朋友的情谊，而且还一直惦记着要满足我们吃上海南真正成熟的芒果和香蕉的心愿。当时我笑了笑，心中甜蜜却胜过吃芒果。

生活中令我们感动的往往是一些琐琐碎碎的小事、一个眼神、一句话、一件小小的礼物，乃至有些傻气的举动，我们从中读出了真情，读出了友爱，而这些正是我们前行的动力，是滋润我们心田的甘泉。

我想起了读研时的一件事。我的舍友有个新疆的朋友，这位新疆朋友出差要路过西安，但不能下车停留，她想要给我的舍友带一些新疆的葡萄干。于是两个人就商量好到站台接东西。我的舍友从西安南郊的大学城，用了将近两个小时到达北郊的火车站，在站台上见到了她的朋友，接到了她千里迢迢带来的葡萄干，又同样花了近两个小时回到了学校。回来后一边欣喜地给我们讲她见朋友的过程，一边热情地将葡萄干拿出来给我们品尝。她朋友带的葡萄干有好几种，颜色不一，但是都是很大的颗粒，很甜的味道，而且很干净，没有一丝尘土，不像我们平时在市场上买的，放到嘴里一不小心给碜了牙。这应该是我生平吃到的最好的葡萄干了。记得当时我们在宿舍一边吃，一边感慨，感慨葡萄干的美味，更感慨那位朋友的情谊。舍友当然感到很自豪、很幸福、很开心。

自那之后，我买葡萄干时挑选的标准就提高了，不是在宿舍吃到的那种品质的我就不愿意买，当然我也买不到，所以也不怎么吃葡萄干了。直到有一天，我的一位新疆的学生在暑假过后返校时给我带来了一包葡萄干，孩子说这是自己家晾的葡萄干，没有添加任何东西，可以很放心地吃。学生的一片诚意让我很感动，我和学生一起打开了袋子，一看如舍友朋友带的一样，心中不禁为之一动，一下子体察了舍友的那份幸福和快乐，终于又吃到上好的葡萄干了。我尝了一颗，真甜，我和学生都笑了，我们的心中都充满了甜蜜。

如同友情一样，有的东西是拿金钱买不到的。

公交杂记

　　乘坐公交车几乎是每一个在大城市居住的人的共同经历，但是人们乘坐公交的情况是不尽相同的。有人乘坐公交是偶尔为之，算是生活中的调料，自然不能深入了解其中的真味。真正深悟其味的是那些几乎天天要乘坐公交的人，也就是通勤族。乘坐公交车已经成为他们生活中非常重要的一部分，上下班都要挤公交，有的路远的甚至单程就要在公交上度过两个多小时，可能从城东到城西或者从城南到城北，如此乘坐公交怎能不深悟其味！

　　若在大清早或是夜间乘坐公交还比较好受，人相对少一些（只限某些线路，有的线路早上也非常拥挤），再加上路上车辆行人相对较少，公交车可以畅通无阻。坐在车厢里，迎着凉爽清新的风，公交车飞奔向前，那感觉颇好，因为你花了很少的钱却几乎拥有了专职司机为自己驾私家车一样的待遇，那时你仿佛觉得车是自己的，路是自己的，前方是自己的，未来是自己的……可是这种情形往往不常有，更多的时候乘坐公交的感觉很不好，瞧瞧上下班高峰期乘坐公交车的狼狈，品品拥挤不堪的车厢内的滋味，那可是苦不堪言呐！

　　在上下班和上学放学的高峰，公交线路和公交车都是超负荷运行。此时的公交十分拥挤，尤其是一些热门线路更是怎一个"挤"字了得！站牌旁早已经黑压压站了一大片候车的人：有的踮着脚尖翘首以待；有的不时看表，望眼欲穿；有的踱来踱去，烦躁不安……所等待的公交一到，大家一窝蜂一样飞奔到车门前，那速度不亚于刘翔百米冲刺。车厢内已经人满为患，门口还有很多人渴望挤上去赶快回家，车上的电子语音不停在重复着："上车的乘客请向后门移动，上车的乘客请向后门移动，上车的乘客请向后门移动……"但是人还是移动不了，司机就会大叫："上来的往后走，上来的往后走，上不来的坐下一辆，上不来的坐下一辆……"上去的心中暗暗庆幸：终于上来了，不用等下一辆了！上不去的随着车门咣当一声无情地关上，只好无奈地摇摇头继续耐着性子等待下一辆，为下次挤车做冲刺的准备。等车一到，刚才的一幕再次上演。幸运的等上一趟两趟，不幸的可能要等上三趟四趟。公交站牌这个舞台就一直轮番上演这样的挤车剧。

在拥挤的车厢内要尽快找个立脚之地，这其中可是大有学问的呀！车厢内最拥挤的时候人会站成七排。自两边靠窗座位向内依次为：坐着的第一排，无疑这些乘客算是最舒服的了；靠座位站着的为第二排，上车后若能站在这个位置算是很幸运的了，因为你可以扶着座位后背或者抓住窗户旁边的横杆，还可以呼吸到从窗户吹进来的清新的空气；第三排则是站在第二排之后的那些人，这类乘客就没那么自在了，他们要高举一手抓住头顶的扶手，而且难以呼吸到新鲜的空气；第四排就是夹在两边各三排之中的这一类乘客，他们是最不好受的，一则他们被挤在正中间手没处可扶，很难保持平衡，二则太挤，上下车的人要从他们的身边挤来挤去，三是不能呼吸到一丝新鲜的空气，会觉得呼吸十分困难。鉴于此种情形，如若不是车厢内如铁桶一般难以通过，最好不要站在第四排的位置，而且不要站在车厢的前半部分，最好的办法是径直往车厢的最后边走。再挤的公交车最后面都没有前边和车门处挤，走到后边也比较容易找到一个立脚和手扶的地方，而且实践证明，站在最后等到座位的概率会是前面站在第二排位置的乘客的三至四倍。

晚上的公交车比早上的车要挤得多，吵得多，慢得多，好像不同时间早起出门的人一下子都回来了一样，车厢变得异常拥挤。一小学生作文中的一句形容可谓妙极，他写道："一辆实心的公交车缓慢地爬了过来。"经典无独有偶，一天下班坐某路公交车，一路挤得无法形容，当时真的想变成一只鸟，展翅飞翔，那一瞬间最强烈的感受就是，人尤其是城市人，是地球上最痛苦的动物。在一个站点，车迟迟不能开走，一位乘客可能忍无可忍了就对司机师傅喊道："师傅，你能不能把所有的人拉完？！"司机师傅喊道："不能！""那你怎么不走？！""我倒是想走，可是门口还挂着两个人，我就是走不了！"于是满车哄笑！还有一次，快到站点时，售票员喊道："有没有下车的？下车的乘客请提前往后门移动。"有人说："有，就是走不动，移不了！"售票员喊道："移不了也得移，总不能在中间给你开个门吧！"车上一片哄笑。

高峰期乘车不仅要忍受"挤"，还要忍受"味"。车厢里的味道似乎总是很浓，也可谓"五味俱全"！众人汇集在一起时热烘烘的人味，还有不同的香水味，不同的洗发水味，不同的口味，不同的体味……冬天人们怕冷，总是紧闭车窗，所有的味道就闷在一起，很是污浊。但是夏天更甚，闷热异常，你可以分明感受到来自身边零距离的人们身上那滚滚热气的袭击，还可能会受到某种十分刺鼻的异味的侵扰，可是你却无处躲避。

第三要忍受的是吵。车厢内总是有人叽叽喳喳说得热火朝天，还有人操着不同口音大声打电话，移动电视上无聊的广告和动画片也来凑热闹，喋喋不休，聒噪不止，听得人很心烦。

第四要忍受的是堵。堵车大概是常有的事情，少则几分钟多则一个小时，耐心等待吧。不同颜色不同型号的车在路上密密麻麻地排着，一眼望不到头，此时你会非常深切地感到什么叫绝望：你焦急、烦躁，可是你却很无奈。可能有无数的人在心里祈祷：西安快一点把地铁修好吧，把人们都装到地下。这时车上就会有很多人打电话，共同的内容一定是在抱怨堵车。

挤车一族也许会期盼什么时候我们的公共交通设施发达而舒适，上车排队不会拥挤，车上的老、弱、病、残、孕专座，健全人宁肯站着也不去坐，更不用说去争抢，如果那样的话该有多好。

小小公交车厢，芸芸众生舞台。在这小小的公交车厢内，每天都上演着不同的戏，认真看仔细听，那就是人生。

清晨的公交车上会有穿着校服的女学生拿着书背课文或者背单词。在高考的马拉松赛跑中需要的正是这种勤奋的精神和会利用点滴时间的方法和意识。也会有穿着校服的少男少女在车上卿卿我我，让人不由得为这种青涩的早恋担心，不知道他们的爸爸和妈妈知道了会多么地忧心，而他们也正在走过自己的花季和雨季，不知道这段经历会给他们的心灵留下什么样的印迹。还会看到一些小男生一边吃着早点，一边毫无顾忌、津津乐道地谈论着时新游戏、没完没了的作业和班头的种种绝招。除了这些学生，还有一类是民工，从他们带着的头盔、沾满灰尘的衣服，以及手中拿着的工具就可以知道，他们又要开始新的一天的辛勤劳作。城市的高楼大厦在他们粗糙的手中拔地而起，地下复杂的管网在他们挥洒的汗水里四通八达。他们是全家人生活的希望，也是家中的老母妻儿生活的经济来源。早起的人中还会有一波一波的保洁女工，她们结伴而行，在某一家保洁公司为某一家单位做保洁。她们总是拎着相似的小桶，拿着清洁的用具，一上车就开始争抢座位，一路叽叽喳喳说着工作说着老板，说着孩子说着老公。她们大都远离家乡，跟随老乡或做建筑的、做小生意的丈夫来到城市，为了贴补家用而做起了保洁，真的不知道如果城市没有了她们会是什么样。在清晨的公交车上也有睡眼惺忪的上班族，他们大都离单位比较远，所以要早早起床，早早坐车，否则就会迟到。由于睡眠不足，所以尽量要充分利用时间在车上睡上一觉。他们如同早起晚归的鸟儿，为了觅食而过着公交奔忙的生活。车上也会有一些拎着大包小包赶往火车站的人，也许是探亲，也许是远游，也许是外出打工……

晚上公交车上都是辛苦了一天、渴望栖息的生灵，大家身心疲惫，归心似箭。你留意一下会发现，站立的人们，两只脚更换支撑身体的频率很快，尤其是穿着高跟鞋的上班女性，脚放在高跟鞋里一天实在太累了，但是还要在车上站很久，她们就会在左脚支撑身体时把右脚悄悄地从鞋中拿出一点，就好像电影《罗马假日》中的公主一样，过一会再给左脚一个放松的机会。此时她们特别渴望有一个座位，但是这样的幸运光顾的机会往往很小。那些坐在座位上睡得很熟的人，一定是路途较远的，他们实在太困了，不论车厢里有多吵，都不会影响他们婴儿般的睡眠，头随便一靠，就进入了梦乡。更有那些有神功的，站在车上，手抓着扶手就可以睡着。

公交文明在车厢中也会有变奏曲。车厢中会有争吵，因为你碰了我，或者我踩了你，斤斤计较，自然各不相让。但同为苦难一族，何必计较！车厢中有的人的确无视别人的存在，坐在座位上还将双手扶在前边的椅背上，让站立的人没有手扶之处；有的人将两只手分别扶于前后椅背上，或者上边的横杆上，占了很大了地方，使身边的人无扶手之处。其实一只手扶稳就已经可以了，我们可以把空间和机会给别人留一点。车上也会有感动。有时挤到某处，没处可站，就会有站在旁边的人把身子侧一侧，给你腾出一个容身之地，每每这时我心中充满了无限的感激，算是挤车生涯中留下的一丝温暖。有时有人下车腾出一个座位后，旁边的男士就会很谦让地对身边的女士说："你坐吧。"尊重女士、礼让女士的男士很有绅士风度。但是我们也会看到有的男士一旦看到座位就不顾一切、奋不顾身抢先占领的情形，实在令人叹息。

　　车厢中大部分人会在有老、弱、病、残、孕和抱小孩的人上车时让座位，但是也有的人视而不见。我想也许坐在座位上的他或她真的很累了，但是不管怎样我们都应该把座位给那些最需要的人。我们都会有老的时候，我们也会家有孕妇，也会抱着孩子乘车，也会……真的很希望人人都有推己及人的仁者胸怀，有善良之心，有传统美德。

　　公交车上有人会将水果皮、瓜子皮和其他的食品包装袋随手扔在座位旁边；而有的人则会走到门边将垃圾扔进垃圾桶里；有的人会在座位上远投垃圾，可能会"进球"，当然也可能不进，一般不进者都不会走过去将垃圾拾起来扔进垃圾桶里；还有一类人会一直将垃圾拿在手中，直到下车再扔到路边的垃圾桶中。

　　公交车上有的人会和身边的乘客有意攀谈，然后介绍自己的业务，以期得到更多的机会。公交车上人们公开的私密谈话会让你了解社会的方方面面，从国计到民生，从吃穿到住行，真的是谈天谈地谈自己，无所不谈。

　　公交车上趣事多多，有好事而多才者编出这样的段子，列举一二，聊博一笑。

　　一是追车。早上公交车已经从站台启动了，一个急着赶车的人在后面挥着手边追边喊："师傅，等等我！师傅，等等我呀！"这时一乘客从车窗探出头来冲他说了一句："悟空，你就别追了。"

　　二是让座。一位老人上车，一个年轻姑娘赶紧起来让座，老人说："你坐吧，我两站就下车了。"姑娘还是坚持让老人坐，而老人执意不坐，这时另一个人过来说："你们都不坐，那我坐了。"

　　公交司机性格各异。有的人性急，开车很快，不想等待，想办法在人流车流中穿梭前进，方向盘打得极为灵活，一会儿神龙转首，一会儿则会来个乌龙摆尾，真个是左右腾挪，如鱼得水，尤其在上下班高峰期坐这样的师傅的车不会让人等得心焦。另一种情况正好相反，开车不紧不慢，眼看着快要迟到，嗓子眼直冒烟，但是司机依然慢吞吞地启动，慢吞吞地行驶，而且一直让乘客往里移动好再塞一些人上来。遇到前面有车堵着，就把车一停，两手合拢，身子往方向盘上一趴，休息一会儿，似乎一点也不心急。实在是心态好，境界高，淡定！有的司机开车技术过硬，车开得是又快又稳，而有的司机技术实在不敢恭维，那是一脚刹车一脚油门，把乘客闪得跌倒一片，尖叫一片。

公交车是城市生活不可或缺的一部分，公交车上的时光也许并不美好，但是如果没有了公交车，人们生活也许少了一些便利。对公交车说"爱"说"恨"都不容易，用"爱恨交加"来形容人们对公交的感情也许更为贴切。所有乘坐公交车的人一定盼着能够有一天坐公交车不再拥挤，不用再拼命，不再毫无尊严。

初到西安，西漂的岁月里，坐了几年的公交，经过努力，终于可以不用坐公交上下班，但是坐公交的经历和体验是永远难忘的。曾经的岁月都值得珍藏。

赋闲的日子

人生有一段赋闲的时光未尝不好，可以让自己放慢脚步，享受生活。博士毕业后有段时间因联系工作，办理入职手续，未正式上班，有两三个月的时间赋闲在家。赋闲的日子和平时有很多不同。

赋闲的日子我可以早睡，可以听着喜马拉雅的有声书睡觉，不必像以前一样为了赶任务熬夜到凌晨两三点，困倦至极，倒头便睡。赋闲的日子我可以一直睡到自然醒，一觉醒来也许八九点了，不必像以前一样晚上一定要定好并确认定好了闹铃。赋闲的日子里，醒来后可以穿着睡衣，慢悠悠地洗漱，为自己的脸补上一层水，再抹上一层露，再涂上一层霜。可以给自己做一份嫩嫩的鸡蛋羹，黄黄的鸡蛋上面撒上红红的枸杞和绿油油的小葱花，再淋上香喷喷的芝麻油，我可以细细品味那股清香、柔软、嫩滑。当然还可以变着花样给自己做各种各样的早餐，坐在餐桌前从容地边吃边听书。不必如上班的日子，闹铃一响逼迫自己起床，匆忙穿上上班的正装，三下两下洗脸刷牙，简单涂上一层乳液，穿上头天晚上擦好的鞋子冲出家门，到单位后去餐厅买上一份不怎么变化的早餐，填了肚子了事。赋闲的日子，我可以在早餐后将床收拾得干净整洁，铺上我喜欢的床单，闻着它散发的洗衣液的清香和太阳的味道，不必像上班时候那样任它凌乱直到下班回家。

吃完早餐，我可以坐在书桌旁写写文字，写我的经历、我的感受。这些文字如泉水一般自然流淌，不用雕饰，不拘程式，写给我自己，不用专家审核，不用编辑审阅。我可以看一些书，想看则多看，不想看则少看，随意而已，不必如看文献资料，为了论证得充分合理，必须看完足够的量。我可以边吃水果边看看小说、散文，或者其他我感兴趣的闲书。我还可以打开电视看看纪录片，随意翻翻美食节目、娱乐节目，不必像平时那样好多天不开电视，偶尔打开看看新闻联播即关掉。

我可以在累的时候练练太极、瑜伽，舒放自己的身体。可以到阳台上和我的花草一起晒晒太阳，给它们浇浇水，松松土，看看新发了几片叶子，又开了几朵花。我可以看着天空发一会愣，可以看着一片落叶出一会儿神。我可以在秋水长天君回家前做好健康而又有营养的晚餐，等着他一起吃饭。晚饭后可以和秋水长天君一起到外边散步，还可以一起去看场电影，走进《哈利·波特》的魔幻世界，去认识那些奇异的动物还有不可思议的魔法。

赋闲的日子，我可以找一个中医大夫为我开几剂汤药调理一下身体，让自己好好地休养生息。将盛药的砂锅放在火上，带着药味的水汽袅袅升腾，在眼前弥散，随之走进一个世外仙地：一个童子正在轻摇蕉扇，药汤沸然，缕缕青烟悠悠而散；一个鹤发老者坐在石凳上手捧一卷，低首沉吟，我走上前拱手施礼，相与弈棋品茗，对花而谈，不知日之将夕。

赋闲的日子里，我可以用一天来看一出昆曲，在缓慢婉转的唱腔中打磨岁月的流痕，在柔软飘逸的水袖内领悟人生的进退，在一顾一盼的眉眼里领略万千情愫，在一举一动间读懂娴静如菊。一曲《牡丹亭》就是一天的静美时光，而其间岁月的流转又何止百年千年？

赋闲的日子里，风清气和的午后或是冬雪飘飞的黄昏，一个人也可以泡壶茶，摆上棋，和自己对弈，为自己斟茶，让管平湖先生那低缓深沉的古琴曲在耳畔隐约回响，让赵松庭老先生的笛声在阳台上悠扬，茶气氤氲了暮色，也融入了自己的心情。

赋闲的日子里，我可以出去旅行，去看看外面的山水风景，去品尝当地的美食，感受另外一种风土人情和思想文化。

赋闲的日子我可以给昔日的老友发个短信，打个电话，写一封邮件，谈谈我们的过往，问问今天的生活。

赋闲的日子发现，其实自己就是这个尘世上的一介微尘而已，所谓生命的厚度、高度、深度都是自己设定的旋涡，自我压迫的五行山。生活只是自己的，与别人无关。

"玩"对课

刘勰说："春秋代序，阴阳惨舒，物色动之，心亦摇焉。"当面对草长花开、晴空排雁、青山绿水、细雨白雪诸多自然美景，我亦心摇，不仅感之，亦想写之——用唐诗一样的语言写之。我相信不仅仅是我，还有更多的人也如是想。其实每个人都有诗心潜在，追求诗意生活的梦想暗长，只是人们多认为当今社会已经不可能再那样优雅诗性地生活了，也没有那样的学习环境和教育体制了，所以写诗尤其是写古体诗已经是历史遗梦。但是古人为我们树立的诗意生活范式永远在召唤那些有诗心的、渴望诗意生活的人们。

我的身边就有这样一群人，不为成为诗人，不为超越古人，只为了让生活多份优雅，更加诗意。大家聚在一起学诗，"玩"对课，其乐也融融，其情也洽洽。

写诗的基本功是对课，对课也就是练习对仗。要掌握对仗先要懂平仄、词性、结构、词类，懂了这些就可以练习对课。对仗要求句中音步平仄相间；上下联平仄相对，词性、结构、词类相同；上联以仄声收尾，下联以平声收尾。懂得这些基本知识只是基础，最重要的是反复练习，方能掌握对课要领，才能对出有意境的巧对。熟练掌握了对课技法，之后按照粘对规律作诗也就水到渠成了。

现代的课堂上老师不教对课，学生也不练对课，所以一代代新型教育体制下长大的孩子都不会对课，没有对课的才情了。如果现代教育体制下教学内容有对课作诗的话，凭着现在孩子的聪慧，对课作诗不仅不难做到，恐怕还会涌现令人意想不到的大量诗歌佳作。只要对传统文化有一腔热爱，即使没有从小对课学诗的童子功，半路出家也是可以渐渐练好对课、写出格律诗的。我相信，优秀的传统文化有着生生不息的生命力，在今天同样有生长的沃土，还会开出更加绚丽的花朵。和我一起"玩"对课的有来自不同行业的人，有从政的、经商的、从教的、行医的，也有家庭主妇、普通工人、专业军人，大家教育背景不同，知识水平有差异，但是大家都有一颗爱诗的心。

我的对课是在微信群中"玩"的，虽然功力尚浅，但是与之前相比是越来越进步了。一日翻看自己存在手机备忘录中的对课作品，惊讶地发现数量已经不少。日积月累、滴水穿石、量变到质变，这些短语的真意在对课练习中再一次得到印证。

我通过西周私塾（简称"西周"）结缘作家西岭雪，五天的课程虽然结束了，师生同学间的情谊如绵绵长流延续不止。西岭雪老师建立西周私塾大家庭的微信群，一直和大家交流，给大家批改诗作，解答疑难。为了提高大家的对课能力，经常组织大家在群里"玩"对课。

我们对课的形式有三种：一是老师出上联，大家对下联。二是限定上下联的尾字，大家对出一联，如"冷""香"对，或者"梦""愁"对，"影""红"对。三是连句成诗。目前第一二种练得最多。对得又快又好的会领到老师发的"冠军包"（冠军红包）、"三甲包"或者"专包"，如果出现基本的平仄、词性错误就会被罚发"自罚红包"，这个红包常常在发出的五六秒内被一抢而光。这是一个虚拟的课堂，来自天南海北的"西周"学员会在自己有空闲的时候浏览一下群消息，知道当天的对课题目，再看看同学们都对了什么下联，然后思考完成自己的作业，对好后发送到群中。如果当天太忙顾不上对，也有不少人会另外挤时间完成，随后再上交作业。西岭雪老师看到后就会做出点评，批改作业的评语也很能体现她的犀利风格，指出错误常常是又快又准，评语简短有力。不好的常用"无趣""无理""不工"之类的评语，符合要求的就是"过关""一般""平平"这类评语，好的就用"好""赞""工""巧""自然""清新""大气""有气象"等评语。每一次对课，她都要花费很多时间来及时评改大家的作业，不求任何回报，只为了那句承诺：一日为师，终身为友。她感召着大家，一起行走在诗的路上。

西老师也会在微信群里根据对课情况补充相关对课知识，比如：扇面对要求对应的句子分别符合对仗要求；非律对的平仄必须在断句处相对；无情对就是对仗虽工整，但对句和出句意义上没有联系。这些补充都让大家增长了知识。不仅如此，西老师还会从对课写诗的思路技法上启发大家，提醒我们要用诗的思维去建构自己的语言，不仅仅是写实，更要虚实结合，更要有意境和韵味。西老师也会在大家思路阻塞时为我们做示范，她在这方面业有所攻、术有专长，可谓是才思敏捷，一口气就是好几组妙句。她鼓励大家"要敢于用字，把感觉和生活连接起来"，比如她的"剪来竹影窗前绿，碾出茶香杯底红"，就来自自己在茶社喝茶的体验。她还鼓励我们"要多练，把文字技巧练得更熟练的同时，把思想心底练得更纯粹"。她的很多范对都很巧妙，如"香浮心醉杯中月，曲寂魂书梦里风"，都给了我很大启发。

起初，自己的对课基本都停留在写实的层面，后来在学习中有意改进，不求过关，更求工巧。于是我尝试西老师教的这些方法，也可以在"风、月"对中想出"梦里乾坤终是月，书中情愫岂无风"的句子；当我在"绿、红"对的练习课上对出"池塘春草点诗绿，园圃新花染画红"的对子并得到老师肯定时，我慢慢悟出其中的真谛。

我初参加对课有点三天打鱼两天晒网，因为那段时间手头有紧要事务要处理，偶尔打开微信看到对课题目，还没有对出来呢，就不得不离开了。有时候等我晚上很晚看到大家白天的对课内容时，早已经下课了，只能忙里偷闲对上几次。后来不那么忙碌了，能多参加对课练习了，发现自己的对课水平已经落下好大一截了，有不少伙伴对得可真是又快又好。心生羡慕的同时，暗暗下决心好好参加对课。因为练得少，就会出现顾头不顾尾的情形，会错用入声字，会出现三仄尾或者三平尾这样的低级错误。当西老师一针见血指出我的错误时，我如坐针毡，如芒刺在背。自己作为古代文学专业的博士，功底如此薄弱，深感羞愧。这种羞愧不是在同学、老师跟前要面子，不是怕暴露自己的不足，而是深感自己专业能力不够全面，意识到自己的短板。我知道这一切都是自己学习上的缺陷和练习不够导致的。西老师说话直率，犀利，曾在群中开玩笑说我这个文学博士要沦为准学渣了。我也曾以玩笑的口吻说，我要多练习对课，争取从学渣晋升为学霸。其实我心里想的是，我一定得让自己的对课能力提高，掌握对课进而掌握诗歌写作规律，不仅从志、情的角度还要从声韵的角度更好地理解古人的诗歌，掌握生活转化成诗的规律。尽管西老师在"家门"内批评学员从不留情面，但我们都知道，只有这样及时纠错，我们才会更快进步。正因此，大家更喜欢她。

基于这样的情况，我督促自己要按时参加对课练习。每次对出下联都要反复仔细审查，生怕一不小心出现了基本格律错误。发出去的时候心中很是忐忑，不知道自己的对子能否通过老师的验收，但是"丑媳妇总得见公婆"，只有勇敢发出去接受老师的评阅和同学们线上评价，才能找到差距，更快进步。

经过几天的练习，我感觉到自己有进步了，对课不会出现上述错误了，可以做到合乎规范了，要提高的是立意和遣词造句。慢慢地，我也可以对出让西老师称赞的对子来。比如有一次出对是"蚕衣扬袂竹枝舞"，我对作"金兽销香锦帐春"，西老师评价说引李清照词的做法很聪明，正如黄庭坚所总结的"点铁成金"之化用法，其实就是在继承中创新，化旧文为新篇，确实可以让文字更加鲜活。还有一次出对是"弦间心事花间诉"，我对作"江面雨声心上听"，老师评价我这个对子好而工！西老师曾因为我的对子好而给我发专属红包，收到红包时我甚是开心，不为红包中的金额，而为这份肯定和赞扬，为自己的进步。其实大家和我是一样的，收到西老师的赞扬红包时，都很开心很激动。起初对课我只对一个完成作业，后来我会多对几个，力求对得更好。记得有次我们作"梦、愁"对，我当时对出了"烟雨空蒙仙境梦，飞花零落世间愁""大漠孤烟报国梦，长河落日望乡愁""春来花入梦，秋来雁含愁"三个对子，得到了老师的红包，很受鼓舞，课后我又对出"为赋新词诗入梦，聊翻旧书雨添愁"。也有很多伙伴总是才思敏捷，对出好几个对子。其实完成对课作业已经不是我们的目标，我们希望自己能用诗句来记录生活。刚开学，天降瑞雪，梅花盛开，我咏出了"昨夜雪花飞入梦，今朝琼玉伴梅香"的句子，我感到，慢慢地我也可以像古人那样用诗来记录生活了。

大家在一起"玩"对课，可以相互学习，互相启发。有的小伙伴对的对子真的是又快又好又巧妙。比如一次对课出句为"无情有恨梅花夜"，志春同学对作"纳月盛风荷叶杯"，腾腾同学对作"如雾似烟柳絮风"，都得到老师和大家的一致好评。某日出句"一树杜鹃春烂漫"，就出现了如"满园菡萏夏斑斓""满城茉莉玉玲珑""半溪芦苇风招摇""半江明月夜阑珊"等诸多好对。还有雪珍同学为"黄莺双语花深处"所作的属对"白鹭群飞天尽头"，非常工巧。我觉得他们都比我对得好，在学习中感到了差距，也产生了动力。

大家在群里会相互启发，看到别人的对子，会引发自己的联想和想象，于是想出属于自己的对子来。有时候也会从对方的用词中受到启发，恍然走出用词的瓶颈。比如，我在作"泪、心"对时，就是受到丽娟同学用"古寺灯稀风泣泪"中

"泣"字的启发，再加上杜甫的诗例，才对出了"闲桂落时风泣泪，流年逝处鸟惊心"的对子来。

我们还会相互纠正错误，修改用词。被指出疏忽之处，不仅不会不高兴，反而会很感动，所以玫瑰、握手、赞扬、拥抱这样的表情符号使用频率是极高的。好多人都曾经为找不到一个合适的字词而大伤脑筋、苦思冥想。我有一次对课，第一个对得不够好，属于"无情对"，自己就憋了一股子劲儿想再对一个，但是大家都对出了好多好对，不能重复，又没有合适的，想了好久终于想到了一个自认为还算好的，第二天一大早发到群中，等着老师评判。和我一样的还有一位同学，在我刚刚发出去后也发出了她的对子，说为了这个对联一晚上都没有睡，这种精神头真的连自己都感动了。大家也常常会因为一个用字而展开讨论，推敲哪个字词用起来能更好地表情达意，会赞叹某位同学的某个词用得巧妙，似乎都有点杜甫"晚年性僻耽佳句，语不惊人死不休"的追求，也确实会如贾岛、姚合那样"吟安一个字，捻断数根须"的推敲和斟酌。经过这样的练习，如今更加体会到了曾经被人嘲讽的"苦吟"诗人的处境。他们"苦吟"其实不是酸腐，而是对文字的敬畏，不是没有才情，而是为了更有情采。即使是以天才诗人著称的李白作诗也不都是一挥而就，许多诗作他都经过了反复修改。

同学之间还会相互交流经验。雪珍同学的对子对得好，进步非常快，原来她是下了硬功夫的。她陪伴儿子完成老师布置的作业，母子两个每天一起抄写一首王维的诗，用了大半个学期抄完了王维的诗，逐渐悟出了王维"诗中有画"的写诗之道，更明白了怎样用平实清新的语言写出有意境的诗句，可谓得诗中三昧。这样的经验说明，看似笨拙的方法往往有着出人意料的效果。她的分享也让我很受启发，文学研究正是从原始文本、基础文献出发的，只要扎扎实实读透了每一篇文本、每一部文献，就一定会有发现、有收获。

在"西周"对课，收获的还有满满的情谊和友爱。有一件事令所有人都很感动，非常细心的志春同学将大家的对课作业及老师的评语都整理汇集，让每个参与对课的人都感受到了诗的温暖和力量。

对课，已经成为我生活的一部分，哪天西老师因为有事没有组织对课，我就感觉少了什么似的。希望我们的对课一直"玩"下去，可以"玩"到出口成章，下笔如神。

我在"西周""玩"对课，还"玩"出了自己对本职工作的促进和思考。我的工作与古典文学的传播和弘扬有关，对联和古体诗正是其中的一部分。我会在唐宋文学的教学过程中给学生一把用格律解读诗歌的钥匙，这收到了更好的教学效果。

由于在练习对课的过程中加深了对对联的认识和了解，所以外出旅行我会关注景区楹联，每到春节会关注各单位和各家门上贴的对联。我会从专业的角度考量对联的优劣，优在何处，劣在何处。我也常看到一些连基本要求都不符合的对联，比如上下联尾字同为仄声字或者同为平声字，句中平仄不交替，上下联平仄不对立，词性、结构相同等，甚至有很多单位、人家大门上贴错上下联的位置。每当看到此种情形，心中感到异常难过，同时，也会积累下来作为教学的案例讲给学生听，让他们懂得对联的常识。

由对联我想到了传统文化传承的问题。对联尤其是春联是我们中华民族所特有的文化习俗，根植于百姓，承载着诸多文化内涵，至少从宋代开始一直沿袭至今。我们在继承祖先传统的时候应该尊古守正，用对形式，写好内容。其实对联使用的相关知识很少很简单，但是前辈人对后辈人的知识普及没有做到位，学校教材又不涉及，导致一代一代年轻人因为忽略而轻视，不在乎其内容，也无视其形式了。对联这种传统文化形式的尊贵和光泽就这样因为没有了敬畏而在时代的流光中渐渐地磨损，不知何时它会消磨殆尽。由此可见，传统文化太需要我们珍视、保护、传承、发扬了。"谁是诗中疏凿手，暂教经纬各清浑"，元好问呼唤诗歌发展能够正本清源，发扬汉魏优良文学传统。今天的文化传承更是如此，时代召唤担当历史责任的"疏凿手"，传承优秀传统文化是当务之急，国务院办公厅已经印发了《关于实施中华优秀传统文化传承发展工程的意见》。优秀传统文化的传承发展任重道远，每一个有责任有担当的华夏子孙都应该在生活中学好传统文化，用好传统文化，保存它纯正的文化基因，不要像对联传承一样跑了味儿，走了调，变了形。在"西周"学过对课、诗律的人不仅自己懂得了一些传统文化知识，也会教给下一代及身边的一部分人，这也是传承，也是弘扬。

我在"西周""玩"对课，不为超越古人，只为诗意生活，更为了能为文化传承做点自己能做的事情。

《关山月》习琴记

　　《关山月》是我自学古琴的第三首曲子，在自学的道路上我一直在前行。

　　这首古琴曲虽然短小，但是练习的时候却有很多的难点，其中的一个难点就是轮指。轮指就是用名指（即无名指）、中指、食指依次快速连续弹出三个相同的音，弹出的音要均匀，发出的音非常像用琵琶弹出来"大珠小珠"的音色。这首曲子里边轮指用得非常多，有按音还有泛音，深情处要落得慢，激越处要落得快，需要反复练习。为了把轮指练习好，我不知道练习了多少遍。经过无数遍的练习，我终于可以弹奏轮指音了，也可以发出像琵琶那样珠落玉盘的声音了，但是我弹出的音色还控制得不够好。我经常看乔珊老师的演奏视频，反复听她弹的轮指音色和音效，经过一段时间练习，我感觉自己弹出来的轮指音又好了很多。我相信经过反复的练习一定会弹得更好。

　　《关山月》这首古琴曲的另外一个难点就是一指两弦的指法，需要大指在七徽位上连续过弦。教过我古琴的老师向我强调了要领，过弦时要用到大指关节按弦，刚开始练习的时候，大指关节按弦非常疼痛，但是坚持每天忍痛练习，大约一周以后，就逐渐不疼了。现在我就可以非常自如地用大指关节按弦了。

　　第三个难点应该是节奏了。这首曲子的节奏快慢相间，张弛有度，前面和后面的节奏缓慢，中间节奏较快。我反复听乔珊老师弹奏的《关山月》，听山东诸城派琴家高培芬的讲解，还在 B 站（哔哩哔哩）上看了一个《关山月》的教学视频，在反复听、看、学曲子的过程中，渐有所悟，逐渐就掌握了这个曲子的节奏，自己一句一句地按照这样的节奏去练习。我将自己弹奏的录下来反复听，把节奏不准、节拍不够的地方做好标注，反复练习，逐渐改善，现在对节奏的把握好了很多。在学习节奏的过程中，还有一点感触很深，那就是领悟了古琴弹奏为何要上急下缓。这首曲子下行按音弹得缓慢，可以更好地表达情感，能够体现驻守边关的将士那种苍凉感和思念家乡的忧伤感；而急促的上行按音则能体现他们报效国家的慷慨豪壮之气。手指在琴弦上的缓急，要随着情感的变化而变化，我体会到了弹琴重在领会琴意的含义。

现在虽然可以把这首曲子完整地弹下来，但是有很多地方处理得还不够好。比如说反撮，撮音要两弦同声，有力度，干净利落。还有就是轮指，三个连音的颗粒感要均匀清晰。这些地方我还需要继续练习，才能做得更好。戴晓莲老师讲这首曲子的弹奏技巧时说这首曲子要大猱大吟，赵晓霞老师弹奏时也做到了大猱大吟，而我的吟猱指法做得还不够自如，还需要进一步反复练习。

练习古琴要做到指与弦合，弦与音合，音与意合，指法熟练灵巧是基础，反复练习是必要。大拇指、中指、名指上的茧子长了一层又一层，直到手指的任何部位按弦都不会觉得疼痛，手指与琴弦才算是合而为一了。经过日积月累的练习，现在我的大指、中指、名指早已不疼了，但自己很清楚距离炉火纯青的境界还有十万八千里。

《关山月》这首琴曲的歌词是李白的诗《关山月》，琴曲和诗歌非常相契，从琴曲中可以感受到关山大漠的苍茫，感受到戍边士卒内心的苍凉悲怆，感受到他们对家中亲人的思念和牵挂……一遍遍循环往复地弹奏，感知一代代守望边关的明月，古今相同。

左手名指：为古琴而生

相比其他手指而言，名指在生活中用得较少，因为用得少，灵活度当然就会相对弱一些。自从习琴后，我有一个强烈的感受——名指尤其是左手名指乃为古琴而生。

弹奏不少乐器都是要用到名指的，钢琴、古琴、二胡、吉他等，也都会用到左手名指按弦（键），但是哪一样乐器也没有古琴那样将左手名指的作用发挥到淋漓尽致的地步，而且弹奏古琴对名指有非常高的要求。弹奏古琴时右手要用到名指，主要做打、摘的指法动作，此外轮、滚、拂、拨剌等动作都会用到右手名指。这些指法都有一定难度，但经过一段时间练习，名指可以如同中指一样灵活，可以在发音的同时控制好音色、轻重、节奏。最难最复杂的当属左手名指所承担的任务。

古琴左手名指的指法被称为"栖凤梳翎"势，这个词非常形象地形容了左手名指弹琴时用的手势，如同栖息在梧桐树枝上的凤凰，意冲天前，非常认真地梳理自己的翎羽。这个画面给人无限美好的联想，但是要练好左手名指的所有指法实属不易。

古琴的三种音中最具魅力和感染力的当属按音，而按音要用到大指、中指和名指，且名指和大指用得最多。大指本就比较有力，所以古琴中大指指法动作都很容易做到，使用名指就有点难了。用左手名指弹琴要用指尖外侧甲肉相连处按住琴弦，中部关节弯曲，末关节发力，在臂、腕的带动下，做绰注、退复、吟猱等动作，让音色富于变化。古琴指法变化最多的在左手，很多指法都要用到名指，可以说，弹奏古琴，名指非常关键。

学古琴，左手名指必须要闯的第一关就是力度关。古人强调弹奏古琴要有

"入木三分"的力度，还要"按令入木，用力不觉"，意思是力度要恰到好处，出音才能坚实、纯正、不浮、不飘，音色才会有厚度。因为左手名指平时用得很少，根本没有力气，甚至不能和中指分开独自发力，按弦无力就弹不出所要的音，还会出现杂音、乱音、怪音。需要按住琴弦准确的徽位反复练习，练到手指发软、酸疼、红肿、起茧是自然的事情。我刚开始练琴时，左手名指总是和中指、小指连动，不能独立，更不能发力，弹出的音自然不好。后来经过反复练习，现在伸开五指，可以自由伸缩名指，且可以不连动任何一个手指，弹出的音当然就好了。如同一个依赖性极强的人走向独立，需要经过无数次的锻炼。

左手名指必须要闯的第二关就是练习走手音时的疼痛关。走手音也就是按音，为了表达情感，手指要在琴弦上上下滑动，使音色富有表现力。例如，用名指从六弦十二徽上绰到十徽，或从四弦七徽下注到七徽九分再上到九徽，等等。起初练习时，由于名指不够有力，非常疼痛，会出现红肿甚至破皮受伤的情形，但是必须循序渐进，坚持每日练习，过一段时间，磨出厚厚的茧子，经历掉茧、再磨茧、再掉茧的循环过程，名指就不疼了，而且有力了，就可以在琴弦上自由弹出需要的走手音了。左手名指和自己达成了和解，指尖外侧形成并留下了茧块，因为只有这样，古琴才可以接受自己。

左手名指必须要闯的第三关就是跪指。跪指是古琴弹奏中一个令人生畏的困难。跪指主要用在高音区的摇起指法中，古琴高音区的两个音位之间距离很近，弹琴时左手已在琴者的正面胸前，若要摇起，不能像低音区或中音区那样用名指指端按弦，左手名指要向掌心内充分弯曲，也就是说，名指要跪下来，其他四个指头自然张开，保持手型的优美，用名指末关节背面按弦，大指才能在适当的位置摇起，弹出需要的音，完成音乐要求。其难一，名指背部的皮肤比较薄嫩，比指尖外侧指肉的皮肤要嫩得多，初弹非常疼痛，会按出一条明显的压痕，必须经过反复练习磨出茧子，方可逐渐不再疼痛。其难二，名指弯曲跪下很是不易，名指要弯曲成钩形，这一手势被称为"文豹抱物"，意思是按弦必须坚决、果断、有力。起初做这个动作会感到很别扭，极不舒服，且力度不够。名指单纯跪下按弦就有一定挑战性，更具挑战性的是还需要上下滑动做吟猱之音，娇嫩的皮肤在琴弦上有力度、有节奏地滑动，其难度可想而知。学习跪指的不二法门就是反复练习，熟能生巧。每一个习琴者都必须闯过这一关，最终才能达到娴熟自如的程度。

习琴人的左手名指上都有两处硬硬的茧块，这个茧块是时间磨出来的，琴人的功夫就体现在处处老茧上。当看到琴者在舞台上很轻松、很自如、很熟练地弹出一首曲子时，我深深懂得他（她）付出了多少时间反复练习。记得有古琴老师说过，一首再小的古琴曲没有上百遍的练习都不可能弹好，此言不虚。尤其是看到女琴者身着传统汉服，仪态娴雅，双手秀美，弹奏琴曲行云流水，我便知道她们的左手大指、中指、名指上都有厚厚的茧子。

古琴乃修身修心之器，如同文质彬彬的君子，端方中正，它有自己的个性和操守。与古琴对话交流并非易事，必须在弹琴技法和学识修养上达到一定程度，方可真正走进古琴艺术的世界。实现与古琴交流的第一步可能就是将双手手指奉与古琴，在手指一次次、一年年与古琴琴弦的亲密接触中，琴者认识、懂得了古琴，古琴了解、接受了琴者。

为了古琴，左手名指做到了独立坚强；为了古琴，它弯曲自己不惜跪下；为了古琴，它忍受疼痛咽下眼泪；为了古琴，它结出老茧藏起柔弱。左手名指的一次次练习就是为了与弦合，与音合，与意合，最终达到琴、人合一的境界。左手名指在琴弦上灵动而舞，古琴回应以悠悠弦歌。轻重徐疾间，它们在悄悄对话，那是心灵的低语，那是情感的融合，更是生命的默契。

左手名指，为古琴而生。

又是午后阳光普照时

庚寅虎年秋冬季节，经济管理系1004班的你们刚刚走进大一第一学期。教室在一号教学楼C区，南向，下午的一、二节课是2点至3点50分，如果有阳光，那么阳光一定会透过两扇大玻璃窗照进来。冬日上课偶有阳光不足为奇，巧的是一个学期以来，1004班每周三下午的大学语文课都是在温暖阳光的照耀下上的，从未改变。一样的阳光，一样的教室，一样的你们，一样的我。

一个学期以来，这样的情景一直重复着，尤其令人称奇的是周三下午的天气从未发生过变化，几个月来天气时有变化，常有寒流袭来，但是每到周三总是阳光明媚的天气，就这样一直持续了一个学期，无一例外。有一周天气很冷，上午天一直阴沉沉的，但一到中午天气竟然放晴了，阳光依然很好，不知道是巧合还是天公有意作美，无论如何，都足以让我们师生共同珍藏这片阳光、这份温暖、这种机缘。

一样的教室，一样的桌椅，擦得干干净净的黑板，擦得干干净净的讲桌，墙上还是那张印有各种中外知名品牌汽车的标识图，后墙上还是那似乎从未改变的板报。

一样的你们，上课前已等候在教室，桌子上准备好了书本，有时还会齐声朗诵我们学过的诗文。听着那朗朗的读书声，我感受到作为老师的莫大幸福。这读书声也感染了其他的任课老师，有好几个老师向我表达了类似的感受。有时你们在海阔天空地谈论着什么，温暖的阳光照在你们的身上，照着你们还很稚嫩的脸庞，如同被母亲的手温柔地抚摸着，你们一定觉得十分舒适、惬意而且幸福。再加上刚吃午饭不久，正适宜小睡一会儿，那些中午没有休息的同学不知不觉间就进入了梦乡，因为这阳光实在是太轻柔了，真的是"虽然课很好，午眠不觉晓"。

我知道他们不是故意的，更不是不爱学习。看到沐浴阳光的个别同学睡得那么香甜，真的不忍心叫醒他们，有时就权且"慈悲为怀，放他一睡了"。但是作为老师，大多数时候实在不忍目睹此类情况，真的是"欲叫不忍，不叫不能"，实在是太纠结了。在这些同学的梦境之中，不知道是在和老、庄、苏、辛或者是于神女峰前扼腕叹息的舒婷对话，还是在和周杰伦、王力宏抑或是诉说神话的王菲交流。不知道可以唤醒你们的是同学们热烈的讨论、老师激情飞扬的讲解，还是窗外鸟儿的鸣叫，抑或是那随风飘落打在窗棂上的树叶……

一样的我——你们的大学语文老师会在课前准时出现，放下手中的书本、讲义和水杯以及肩上的背包，习惯性地掏出手机调至静音或震动状态。如果课前还有时间则会和大家闲聊一会儿新近发生的新闻，然后正式上课。虽然老师是一样的，但是我们的课却是不同的。《诗经》那古朴的歌吟是否将你们带到遥远的年代？司马迁发愤著书的精神是否令你们感怀？《春江花月夜》的美景可否让你们沉醉？苏轼坎坷的人生、圆融的境界能否给你们以启迪？《三国演义》中的战火硝烟、机智权谋是否令你们惊心动魄？《红楼梦》中的悲欢离合是否令你们感叹唏嘘？你们是否读懂了郭沫若、闻一多、余光中、舒婷……不知道多年以后在你们的记忆中，短暂的大学语文课会是日渐清晰，还是日益模糊？我们当初提高大家阅读鉴赏品味和能力以及提升大家人文素养的初衷是否可以成为我们共同努力的目标？想到未来的茫然，心中不禁无限凄然……

对我而言，在我的从教生涯中你们是唯一。下一轮我将会在不同的天气，在不同的教室，面对不同的学生，讲授不同的内容。我没变，我面对的一切都会改变，尤其是你们让老师难以忘怀。责任心很强的赛赛班长，思维灵敏的课代表赵晋楠，勇于表现自己的甘肃同学李丹，高大魁梧的周浩，总是笑眯眯的张文宝，非常热心的张翔宇，字写得很漂亮的何星星，主张张扬个性的张远，受到过我的一次批评之后一直各方面表现很好的司马迁的同乡王波，见解独到的郭世伟，被我不止一次叫错名字的彭杨、蔺双宏，特别有礼貌的杜呆阳，还有胖胖的王宇，有时认真听课有时打瞌睡的史作良，上课一贯认真听课的张鹏、王建永、李海城……还有那些总是默默无言的同学，上课回答不出问题很窘迫的同学，不带书的同学，不会记笔记的同学，背不出诗词的同学……不管是谁，在老师的眼里，都是可爱的。

老师忘不了课堂上你们充满好奇的眼神，忘不了一些同学听讲认真而沉醉的神情，忘不了你们精彩的发言，忘不了你们出人意料的见解，忘不了你们颇为优美的文笔，忘不了我们师生共鸣时的幸福感受……不知道你们中有多少人将老师的话记在了心里，有多少人把老师的话扔在了风中……

望望窗外法国梧桐树的树梢，在我们走过的两个季节里，它们一直在窗外默默无语地伫立，每天看着教室满了又空，空了又满，有时安静，有时热闹。它们枝头的叶子已经由青变黄，由多变少，日益稀疏，少到只有孤零零的几片在风中摇曳，不知它们是冷得瑟瑟发抖，还是在悲叹同伴的凋零，抑或是在对我们说些什么，你们——1004班的同学，你们听懂它们的话了吗?

时光匆匆，岁月无情，一个学期结束我们就将要别离，我会到新的班级上课，你们会上新的课，虽在同一校园，同踏一个地球，但是我们将不会像现在这样在课堂相遇。在时间的长河中，我们不过擦肩而过，如此短暂一遇。1004班的同学们，你们、午后的阳光、这间洒满阳光的教室都将永远留在老师的记忆中、生命里!

我给老战士们当老师

2007年秋季一个天高气爽的日子，我来到了某军区西安老战士大学讲授中国古代文学。走进教室那一刻，我的心被强烈地震撼了。

从教已过十年，这样的课堂、这样的学生我还是第一次遇到。教室里坐的全都是白发苍苍的老人，他们中有年逾古稀的，更有年近八旬的。听学校负责人介绍说，他们中有空军战士，也有陆军老兵，有赫赫将帅，也有普通士兵。他们中有不少人参加过解放战争或是抗美援朝战争，并且荣立过不平凡的功勋，听说有一位老战士身上的弹片至今还没有取出……

解放战争、抗美援朝战争的伟大、艰苦和悲壮，解放军战士、志愿军战士的英勇、无畏与可爱早已经在中学时代通过书本在我的大脑中存盘。没有想到的是，今天我居然站在了这些亲历战争的英雄们的身边，要给这些当年没有机会学习、今天仍然渴求知识的前辈们讲授中华民族灿烂辉煌的文化，向他们传达中国古典文学无穷而永恒的魅力。

他们早已在教室静静地等候文学课的开始，而我的眼前挥之不去的是硝烟弥漫的战场，大脑中有关战争的记忆一下子被激活，冲锋的号角似乎还在吹响，枪炮的轰鸣仿佛还在继续。此刻我多想听他们讲一讲当年战役的艰苦卓绝，多想握一握他们拿过刀枪的苍劲有力的大手，多想看一看他们身上留下的片片弹痕……

无限的敬意在我的心中汹涌，而座位上的英雄们却是那么平静。平静如一片大海，波澜不兴；平静似一座高山，岿然屹立。从他们的脸上看不到一丝居功者的自傲，有的只是饱经岁月沧桑之后的安详。如果你不了解他们背后的故事，你会认为他们和普通人没有什么两样。

我的心被一种无形的力量强烈地撞击着，有一个念头迅速占据了我的头脑：

我要尽自己所能为他们——这些曾经为共和国的和平安宁抛洒热血的长辈们做点什么。于是我从容而坚定地走上了讲台，开始在文学的殿堂里与英雄们对话。

每一周我都会在周四上课前精心准备要讲的内容，思考如何能把课上得通俗易懂，妙趣横生，使他们能够学有所得，学有所乐。每一次我都尽可能早一点来到教室，但是每一次都有一些人来得更早，占到前面几排的座位，因为他们年龄大了，耳朵不大灵敏了，视力也不是很好，所以要早一点到教室占个靠前的座位以便听得更清楚，看得更清楚。有一位老人特别令人感动，他的腿受过伤，上楼时慢慢地走还可以，下楼就不行了，须扶着栏杆倒着下，就这样他还是在晨练后爬三层楼的台阶，先来占个靠前的座位，然后回去吃完早点再来上课。

每一回来上课，黑板已被擦得干干净净，讲桌被收拾得整整齐齐，一杯泡好的花茶正冒着热气，讲台边的花正吐露芳香。每一次课都在温馨中、在老人们热烈的掌声中开始。课堂上他们就像是一群天真可爱的学生，瞪着渴求知识的眼睛，坐得端端正正，听得认认真真，记得仔仔细细。下课了他们还会就不懂的问题刨根问底，就这节课所讲的内容展开热烈的讨论。特别在讲到诸子散文的时候，他们就孔子、孟子的儒家思想，以及老子、庄子的道家学说在当今社会的现实意义讨论得非常激烈，哪些是值得赞同发扬的，哪些是需要否定摒弃的，哪些是应当一分为二看待的，丰富的人生阅历使得他们对儒道两家文化的内涵有着很清醒很辩证的认识。置身于这样的探讨之中，真是其乐融融。他们中有一些人非常热爱写格律诗，把自己的习作交给我看，我们一起斟酌遣词造句，品评平仄对仗，各抒己见，真是其乐无穷。没有想到他们——这些年过古稀的、经历过战争的老人对中国的古典文学还有如此的热情，他们那么热爱祖国的传统文化，和我一样希望能够把我们中华民族光辉灿烂的文化发扬光大。

他们把我当老师一样尊重，把我当孩子一样关心。上课前，下课时，问长问短，嘘寒问暖。处在这么多长辈的关爱之中，我真是一个幸运的人，真是一个幸福的人。有一次去上课，我有点感冒，嗓子又干又疼，有位细心的阿姨听出我上课说话声音有些不对，下课后赶紧给我一粒金嗓子含片让我吃下，散学后又把剩下的全塞给我，说继续含着会好一些。那一刻一股暖流涌遍了全身，我觉得自己就像是依偎在母亲的怀中一样甜蜜、幸福。

学校和干休所的领导也给了我很多的关怀。教师节邀请任课的老师参加部队举办的联欢会，遇上下雨天就会事先为我们准备好雨伞……我们中华民族尚礼的美德和风尚在他们身上得到了最充分的体现。

于是我期待着每个周四的到来，就好像要见到我的亲人一样；我期待着每一堂古典文学课，这里是我学以致用的平台。在这里，学习没有功利和负担，读书只有轻松和愉悦，上课不是工作而是分享。在这里，没有名与利、荣与辱、是与非、得与失，这里是纯粹的课堂。生活的冗繁、琐碎的烦恼、工作和学习的压力，所有这些被我们这些生活在和平时代的人无限放大的所谓郁闷，与战场上的枪林弹雨、流血牺牲相比又算得了什么呢？他们因为错过了人生中的最佳学习时间，所以倍加珍惜，正当拥有的人们又该如何呢？从这个特殊的课堂，从这些白发老人的身上我明白了该如何珍惜，珍惜自己拥有的一切；我体验了如何去善待，善待身边的每一个人、每一株花、每一棵草。

"世事洞明皆学问，人生练达即文章。"这些普通而伟大的老人其实是摆在我面前的一部部人生大书，厚重而深刻，需要我在时光的长河里细细地品读。他们的笑容、他们的眼神、他们的话语闪耀着的哲思的灵光，流淌着的智慧的暖流，漫过我的全身，浸润着、滋养着我心灵的园地。

这间教室将是令我终身受益的课堂，这些老人将令我终身难忘。

第三辑·衣上秦风

万重山色留心间

自西安到商洛之间的路，简称"西商路"。我家住西安，工作在商洛，于是西商路就成了我的上班路，如今我已走过了四个春夏。这是一条绝妙的风景之路。春夏秋冬、阴晴雨雪、朝暮晦明，秦岭都有不同的风景。每一次穿越秦岭都是一次愉快的风景之旅，每一次上班下班都成了一次短途旅行。四年来我得以遍览尽阅秦岭无限风光，西商路上的万重青嶂、云光岚彩已经成为我梦境的底色！因为熟悉而愈加喜爱！

我第一次穿越秦岭去商洛上班是在冬天。寒冬萧肃，木叶脱落，秦岭裸露的山岩如瘦硬的骨骼。在秦岭山间穿行，仿佛面对一个正在经历生活磨难和艰辛的人，他的脸上有岁月刻下的沧桑，他的眼中含着隐忍带来的沉痛，但他伟岸，坚毅，凛凛有浩然之气。此去商洛，非心所愿，我坐在车上愁绪纷然，思接千载。在古代，这条路是自长安经蓝田东行的必由之路，于是走出了著名的商於古道。这条路曾经是贬谪之路，唐代官员大部分贬谪之地都在东南，左迁东南多走商於古道。张九龄被贬荆州，颜真卿被贬峡州，元稹被贬江陵，白居易被贬谪江州……都是经此路到达贬所。唐代诗人韩愈在元和十四年（819）上书谏迎佛骨被贬广东潮州，行至蓝关写下"云横秦岭家何在，雪拥蓝关马不前"的诗句，他心中的悲愤和愁苦当如天上惨淡的浓云无法消散！我从当前缕缕游思中明白了自己内心深处的隐痛，我离开大西安去往小山城，虽非贬谪也非流放，但是心境还是有些复杂。脑海中不由得跳出了崔涤《望韩公堆》中的诗句，"孤客一身千里外，未知归日是何年"，还有裴夷直《上下七盘二首》"从此万重青嶂合，无因更得重回头"的诗句，内心愈加黯然。摇摇头，挥去伤感的思绪，搁下曾经的阅读体验，看窗外那连绵起伏的山。车子在山间随着山势曲折迂回，一山转过一山迎，仿佛一个婴儿在母亲温暖的怀中被轻轻摇晃，我慢慢地进入了梦乡。秦岭好大呀，大得可以在车上睡一觉，醒来车子还在山间行驶。秦岭的博大是可以抚慰人心的吧？醒来，我的心异常平静，看到有鸟从山上飞过，于是想起了平凹先生的话："水里的鱼飞到天上便是鸟，天上的鸟落到水里便是鱼。"我不禁问自己：你是鸟还是鱼呢？自己答曰：是落在地上化成一滴水的云。云与水，鱼与鸟，状态不同，都是自由自在的，想到这里，不禁悄悄地笑了。

我所在的单位坐落在群山之中，依山势而建。我住的公寓就在山上，地势高敞，空气清新。"遥岑远目"，"玉簪螺髻"，每日皆可欣赏天然山水画卷。鸟去鸟来山色里，孤云独闲今古同。"我觉其间，雄深雅健，如对文章太史公"，秦岭时时都在涵养目遇者的性情。独坐看山，仿佛与李白、杜牧、辛弃疾隔空同坐，山不同，但感受相通，遥望秦岭让我更懂他们，更懂他们的诗，我也明白了老子祸福相依的真言。此来商洛四载，眼前的秦岭早已矗立心中，入我梦中，相看不厌，料青山见我应如是。于是，我的心中便有了诗情，笔下流淌出诸多书写秦岭的诗文。记得一次雨后山行，自然咏出"雨霁云生绕翠微，独循曲径觅芳菲。山桃开尽杜鹃落，一涧清流逐梦归"这首绝句。有时候翻阅积累下来的写秦岭的文字，蓦然发现自己对秦岭已有了深厚的感情。

上下班来回的路上自然要看秦岭。冬天的秦岭尽管寒肃，其实别有生趣，山上飞泻而下的瀑布最清晰，如同一条白练悬空而垂，或如长剑倚山，晴日熠熠闪光，阴天越见明媚。哪怕是从车窗外一闪而过，它们都会在心里定格。身边涧底水落石出，累累巨石横亘河道之间，白净得耀眼。细流在大大小小的石间缓缓流淌，几乎听不到声响，但我能想象它们夏日奔涌而下的气势，听到它们震耳欲聋的轰鸣。现在它们默默无语，绕过大石，钻过石缝，奔向自己的目标和未来。秦岭在默默为我阐释着"上善若水"的古老哲理，这大概就是庄子所说的"天地有大美而不言"的真谛吧。

冬天的秦岭最妙的是下雪，一下雪，秦岭就成了童话。俗话说"雪下高山霜打坳"。冬天，关中平原没有下雪时秦岭就下小雪了；关中平原下小雪时秦岭就下大雪了；平地上的雪都化掉时，秦岭依然有积雪；常常在山外是小雨，走着走着，山内就下雪了。牧护关是 312 国道秦岭段海拔最高的地方，高处不胜寒，这里的雪总是比别处下得更大，积得更厚，在别处看不到雪时，这里依然有很厚的积雪。唐代诗人祖咏"积雪浮云端"的妙语流传后世，可谓道尽了秦岭的雄奇秀丽。当秦岭身披皑皑白雪的时候，展现在眼前的就是一幅宋代雪景图，那么富有诗情画意！那莽莽苍苍的山峦愈加雄浑壮丽，山上干枯的植被一下子纷纷盛开"繁花"。在这样的山中穿行，如同走进童话世界，偶遇七个小矮人，和松鼠、猴子一起在苍崖古柏上攀缘行走，会忘却所有尘世的烦忧……

冬日严寒的背后是秦岭所有生命的蕴藏，等春风吹过，万物复苏，秦岭迎来了烂漫的春天。春山在望，草木蔓发。山上的绿意一天天在变化，从"草色遥看近却无"的朦胧到突然有一天"草色连天"的恣意，你会惊叹时间的力量。草绿了，树绿了，秦岭焕发出新的活力，向我们昭示"剥尽复至"的自然规律。伴随春天的脚步，在风香春暖的日子到秦岭山上赏花吧：黄色的迎春、红色的杜鹃、粉色的山桃花、紫色的丁香、白色的槐花，更有那空谷芬芳的幽兰，还有太多根本叫不出名字的各色山花。"寻幽殊未歇，爱此春光发。溪傍饶名花，石上有好月""一路缘溪花覆水，不妨闲看不妨行""风来花落帽，云过雨沾衣"，唐代诗人的秦岭春行体验和今天依然相同。走在秦岭间，如在画中游，满山的美景令人目不暇接，山花的香气扑面而来，沁人心脾。大自然涌动的生命气息和蓬勃力量让我的内心充满了感动。秦岭草木，不论身处何地，不论扎根的土层厚薄，不论干旱严寒，它们的生命都是如此顽强，这些生命就是伟大的秦岭之魂！

夏天的秦岭万重青嶂，千峰竞翠，那是现实版的王希孟青绿山水画《千里江山图》，那青绿是饱蘸了颜料画上的，苍翠欲滴，生动鲜活。尤其是走101省道，在翻越秦岭的盘山路上，停车路边，举目远眺，最能感受秦岭的壮阔之美。"绝顶忽上盘，众山皆下视。下视千万峰，峰头如浪起"，唐代诗人白居易的诗句写尽了秦岭雄浑险峻的气势。众峰崔嵬，积翠铺陈，绿潮翻涌，壮哉！美哉！每在秦岭山间，我都特别渴望有双鸟儿的翅膀，可以御风而行，飞过层层山峦，飞越道道沟壑，和翠华山上的指路仙人握握手，掬一捧太白山大爷海中的清水，摸一摸秦岭深谷中的树梢。我想李白到达太白山时一定也有这样的愿望，不然他怎会咏出"愿乘泠风去，直出浮云间"的诗句呢！夏天的秦岭可是天然空调，一进山，逐渐凉爽，行车仪表盘上显示的温度会逐渐降低，到秦岭腹地，早晚皆会感觉到寒冷。

记得有一次夏夜温度显示为1℃。水的清凉更是可触可感，也就是在酷暑天气我才敢下河亲水，不然那份过分的清凉真的有点招架不住。秦岭山中的任何地方都是避暑度假的好去处，约上三五好友，带上吊床、帐篷、水果、点心，在浓密的树荫下，清凉的河水边，度过最美好的消夏时光。

秋天的秦岭比春天更加绚烂多姿，色彩丰富得令人惊叹。画画的女儿常常感慨，要是有大自然这么丰富自然的颜料多好！大自然才是最好的画师，画笔一挥，就是一幅秋意长卷图。深秋季节，树叶有各种层次的绿、黄、红，还有紫色，每座山都不一样，异彩纷呈，无须刻意取景，对准任何一个地方随手一拍就是一张美图。秋天的秦岭到处都洋溢着丰收的喜悦，谷底山腰，火红的柿子挂在枝头，只要你足够勇敢和灵巧，就可以上树任意摘取。最重要的是，那一树的柿子就是一幅画呀，也许是为庆祝丰收点起的灯笼。山上还有红红的山楂、山茱萸，黑紫色的野葡萄，一身绒毛的猕猴桃，浑身包刺的野山栗，味道甜甜的拐枣……每到秋天，每周都会有去山里走一走的强烈愿望，不然就辜负了秦岭的天然馈赠。

宋代郭熙在《林泉高致》中说："山以水为血脉，以草木为毛发，以烟云为神采，故山得水而活，得草木而华，得烟云而秀媚。"秦岭的云光岚彩为秦岭增添了神采，增添了秀媚。雨中、雨后的秦岭云雾蔼蔼，那云雾如轻纱一般环绕在山腰、山尖，如同披着朦胧面纱的佳人依偎着情人，极尽妩媚之致，极富温柔之态，那份缠绵缱绻无声诉说着对秦岭的深深爱恋。每当这样的天气在秦岭山间行走，我都有点恍惚，疑心自己是不是走进了仙境，会不会遇到神仙，会不会变成神仙。雨后天晴，碧空如洗，置身山中，才能切实体会到"空山新雨后"的妙处。其实经典的诗句都是生活的真实体验。天上的云朵大约是秦岭最心仪的吧？云与山就这样永远相望，云卷云舒，千峰竞翠，有时两者虽遥不可及，但是彼此留意。云飘来，在山上留下自己的倩影，于是山有了"阴晴众壑殊"的心事，云飘走，带走了山的翠色，于是山有了"天光云影共徘徊"的心愿。

月夜下的秦岭最是迷人，秦岭的月夜就是一首无声的月光曲。众山拱月，空无纤尘，孤月一轮，冰清玉洁，辉洒万壑。静坐山间，和天地对话，你会真正懂得苏轼"与谁同坐？明月清风我"的内涵。行走山间，月亮默默陪伴随同，黑魆魆的群山的轮廓比白天更像是一张张仰视天空的虔敬的脸庞。它们容貌各异：有的像是秀气的女子的脸；有的像是坚毅的大秦武士的脸；有的有着高高的鼻子，很像是大唐时期长安城中的波斯人……月映千山万川，普照芸芸众生，那一刻的世界异常静穆，内心好像被月光清洗了一般澄澈透明。人来自自然，必归于自然，希望就这样在月光下静静坐着，永远静静地坐着。

秦岭的星空璀璨得令人惊讶。城市的灯火遮蔽了星空，我们很难见到星星了，但是你在夜晚深入秦岭，会有意外的收获。天幕低垂，群星荟萃，我想，大唐的诗坛也当如此吧！那最亮的一颗是李白，另一颗应该是杜甫，还有王维、白居易……唐代一串串诗人的名字如天上的星星闪耀在我的心中。一个人来到凡世走一遭，能将自己的诗文流传后世，代代传诵，此生足矣！仰望星空，找找小时候就认识的启明星、北斗七星，找找那条引起无限遐想的天河，那种陌生又熟悉的感觉令人落泪！秦岭静谧之夜，我不仅能看到了满天繁星，还看到了小时候的自己。曾经在河南一个小山村看星星的小女孩儿，现在是一个在陕西秦岭山中看星星的中年人。其实，星星一直在，只是看星星的时空和心境在岁月流转中变迁。好在，斗转星移，不变的是内心的本真和对美好生活的执着追求。

人生亦如秦岭四季，四时之景因时变化，时时处处是风景。在商洛学院工作的几年，两个小时的上班路不漫长不辛苦，而是享受是惬意。频入秦岭，方能领略秦岭的神采；常行秦岭，才能读懂秦岭的博大。读懂秦岭，就能获得内心的安宁。行走秦岭，就会懂得王维何以置辋川别业，秦岭的高山、碧水、清风、闲云、明月是他的诗，是他的梦，是他生命的归处。

天趣植物园

　　非常值得庆幸的是，初到西安就住进了风景如画的西安市植物园。天天生活在公园里，是很多人梦寐以求的事，也是许多人难以企及的，而我们十分幸运地住进了这样的天然氧吧。

　　植物园一季一景。春天可谓百花争艳，满园春色。先是凌雪傲放的梅花，接着是报春的使者迎春花，金黄灿烂的色彩给料峭的早春增了些许暖意。随着天气日益变暖，开放的花就多起来，玉兰花、桃花、海棠、木瓜、李、梨、棠棣、樱花、丁香、郁金香、风信子、牡丹、芍药、蝴蝶花，虞美人……能叫出名字的，叫不出名字的，多得难以胜数，可谓是此花开罢他花开。络绎不绝的游人，成群结队拍婚纱照的俊男靓女，让人感到春的热闹非凡，春的无以抵抗的热情泼辣。

　　植物园内植物有上万种之多，很多植物都要开花，每一种植物开出的花与旁的花绝不雷同，或娇艳，或素雅，或朴实，或丰满，或单薄。花的颜色异彩纷呈，纵使是丹青妙手恐怕也难以调出如此繁复的色彩来。花的形态亦是千种风情，风格各异：成串的紫荆，如绣球一般的琼花莢蒾，如调皮可爱的猫脸又像蝴蝶的三色堇……还有一种花叫不出名字，很是奇特，花柄穿过叶子，每个叶片上都开一朵红色的花。生物的多样性在这里得到了充分的体现。每一种花都有自己的魅力；每一种植物都有自己的春天。每一种生命都在彰显自己的美丽，仿佛是把积聚了一季的力量全部抛洒，尽情地渲染，在春天的花园里一展自己青春的风采。在各种各样的花竞相开放的时候，园内的绿叶绿草也在悄悄地酝酿着生命的春天。它们把绿储得满满的、浓浓的，铺天盖地，你在不经意间猛然发现绿色已经充满了周围的每一个角落，它们那么慷慨大方，丝毫不吝啬。

夏天的植物园别有一番洞天。浓荫覆盖，好一个清凉世界。这里温度要比外边低5℃左右，可以称得上天然空调。在树荫下的石几旁坐下，拿一本喜欢的书，看上一会儿，闭目养养神，看荷花、王莲静静地开放，听蝉在枝头长鸣……

秋天的植物园好像是被哪位画家涂染了一样，金黄的或是火红的树叶昭示着秋天的来临。看纷纷扬扬的树叶飘落地面，让人想到游子漂泊了一生终于回归故里，终于扑进了母亲的怀抱，那份亲情是那样地炽热、真纯。尽管满树凋零，我感到的却不是肃杀、凄凉，而是踏实与满足。满树挂着的分明是成熟！你瞧，红灯笼似的柿子，又大又圆的核桃，还有木瓜、桃子、梨、甜丝丝的拐枣……许许多多的药用植物也结出各种各样的果实。丰硕是秋天最好的代名词。

冬天的植物园是童话的世界。下雪了，皑皑白雪覆盖了园子里所有的植物，铺满了每一个角落。古老的雪松，高大粗壮的枝丫上面压着厚厚的雪，墨绿的针叶在白雪的映衬下显得愈加苍翠。那种静穆让人屏息静气，对自然万物顿生崇敬，人在自然面前显得那么渺小、无力，甚至有些卑琐。植物园内有很多条道路，道路两边树木参差，交臂生长。白雪一盖，走在路上，如同进入了冰雪洞天。那些藤蔓植物在冰雪中更显风韵了，柔柔的细条披着一件白色外罩，或在风中摇曳着，或在雪中静立着，那份风情恐怕只有雪花最了解了。雪中漫步植物园，恍然走进了童话中的仙境，亦真亦幻。

植物园是知识的海洋，在这里可以认识许多植物。除了我们常见的之外，稀有植物让人大开眼界。这里有许多稀有的热带植物，温室长出的伊拉克蜜枣，独木成林的榕树，浑身长刺的刺楸、枸骨，像猴头的猴头蕨，果子像秤锤的秤锤树，长有两种不同叶子的复叶槭……

植物园是鸟的天堂。麻雀、喜鹊、野鸡、斑鸠，这是我一见就可以认出来的，叫不出名字的就更是多得没法说了。一天中不管什么时候，随处可见鸟儿或欢蹦乱跳、或凌空飞翔的身影。见到游人它们并不害怕，照样觅食，踱步。在这里人与自然和谐相处。这里鸟鸣声声，天天举行音乐演奏会，不分时间，不分场次，不用指挥，不要乐器，不需舞台，不必化装，更无须乐谱，随时随地开演。每个鸟儿一副歌喉，你一声，我一句，此起彼伏，高潮迭起。此曲只应天上有，人间哪得几回闻？这是天籁之音、人间仙乐，闻之令人爽心，听之使人怡性。早上、午后、傍晚，散步植物园尽情地享受着自然的恩赐，此福不知是几世方可修得。此生能如此，足矣。

植物园一季一景，一处一景，景随步移。银杏坡是一片大小粗细相间的银杏树林。秋天是银杏坡最美的时候，满树金叶飘零，满地黄叶堆积，徜徉其中如处画境。另一处胜景是荷塘月色，荷叶田田，荷香幽幽，蛙声阵阵，垂柳依依，小桥曲径通幽，草丛夏虫啾鸣，天上银辉尽情涂染。那份宁静、安详，不是朱自清的散文所能包容的，那里还有每一个身处其中的人的美丽遐想。具有南国风情的棕榈园，披一身棕黑的长袍，手持大把的绿扇子，像是一团卫士整装待发，又让人联想起西安的兵马俑，沉寂中，它们似乎在无声地诉说着什么。此外别有景致的是竹林。傍晚的竹林是最有生气的，此时鸟儿归来，这里是它们栖息的家园。你听，叽叽喳喳，它们聊得多热闹，或许在谈各自一天的见闻、收获，或喜或忧，我们不必求懂。那是另一个世界，另一种生命形式，也许它们有我们人类所不能企及的东西。一阵风吹来，竹叶簌簌作响，那是竹子的语言，鸟儿也许同样不懂。

在植物园居住的这段岁月，与花草树木相伴，与禽鸟鱼虫为友，与清风明月同坐，时有濠濮间想。后来自己走上了园林文学研究之路，或许和这段生活有关。

偷得浮生半日闲

　　春暖花开的季节，风和日丽，桃花盛开，放下手中的事务，放下心中的烦忧，我来到了子午峪山脚下。

　　秦观《好事近》词中说"花动一山春色"，子午峪的春天是这句词的最好阐释。这里是花的海洋，一片一片的桃树林正鲜艳绽放，颜色有深有浅，花有全开、半开、未开种种，远看，桃花似粉似白，实在可人。在桃树林中还有少片的梨树，梨花还未全开。和桃树红花落尽、绿叶成荫不同，梨树的叶子伴着花蕾同时长了出来，所以在桃树林中很是惹眼。还有一些绿柳间杂在桃林里，与桃树、梨树相映成趣，色彩很是养眼。放眼小五台的山上，也是树树桃花随意点染，它们在大山宽厚而浓绿的怀中显得娇艳无比。

　　漫步百花丛中，花林之外农家鸡鸣鹅叫之声相闻，农家乐小院中欢声笑语不绝于耳，有人在荡秋千，也有人在打麻将。时时还会飘来饭菜的香味，那是有人在农家乐的花树下用餐。不时会看到游人在赏花、拍照，偶尔还能看到辛勤劳作的农人。这是不是新时代的桃花源？陶公笔下的桃花源是："土地平旷，屋舍俨然，有良田、美池、桑竹之属。阡陌交通，鸡犬相闻。其中往来种作，男女衣着，悉如外人。黄发垂髫，并怡然自乐。"这里的农人生活几同，不同的是桃花源中人为避秦时战乱来此，遂与外界隔绝，而这里的人却是世代居住秦岭脚下，还有一些可带动一方经济的外来游人。

　　我将自己泡在花海中赏花，熏香。行走之间，远处的古柏吸引了我的注意，走近一看，原来是两株巨大的柏树。据旁边的文字介绍，这两棵柏树已有一千六百多年的历史了。古柏露出地面的根屈曲盘旋，枝干苍劲有力，躯干三人方可合抱，它默默地诉说着自己的悠长岁月。那苍翠的绿叶告诉过往者，它的生命何其坚强。我注意到树下有一尊石头像，看旁边的文字介绍知道这是农业始祖后稷的头像。这时一位老伯拿着锄头走过来，我想问问这石头像的来历，就迎上去向老人询问。老人很热心地给我讲了起来。后稷热爱农业种植，教农人耕种，重要的是他特别爱农人爱粮食。有一年，天降大雨将庄稼都淹了，粮食都泡在水里烂掉了，后稷伤心生气而死，临死的时候对他的后人说要把他的头颅放在野外，他还要继续看庄稼生长，五谷成熟。后人为了纪念他就为他造了这尊石像，尊之为"舍公爷"。老人说自从有这个村子，人们就一直供奉着这位舍公爷。这位舍公爷还经历过一番波折呢。之前有一个人在石像的眼角部位钻眼儿，要装炸药，不承想眼儿还没钻好，就有一石片飞溅到他的眼中扎了进去，没过几天这个人就死了。老人说他亲眼见证了这件事，从此就再也没有人敢再破坏石像了。那个被钻眼儿的部位现在已经用水泥补上了，鼻头部位也有一些损坏，也有水泥补的痕迹。后来有人要出高价收购，但是村上人都不同意也不敢将它卖掉。这舍公爷可是护佑百姓平安、保佑五谷丰登的农业圣贤啊！老百姓都知道，敬畏始祖就是保护自己。

老人还告诉我们，附近的南豆角村还保留着明末清初修建的南北两座门楼。我又来了兴致，决定过去看看。先看到的是南门楼，上面有比较模糊的"南极增辉"四个字。门楼有两层楼高，底座用大块的石头砌成，上面是黄土烧砖垒成。门楼中间的门已经没有了，但是残留的门框还可以看到。门扇上面是半圆形的，现在还在，用黑色的铁页包裹，钉有铁钉。门楼一二层连接的地方用砖砌成了很漂亮的纹饰，给这座雄伟的门楼增添了一分秀美之气。门楼左侧有石级可以通往二层，门是用老式的穿条锁锁着的。

子午峪在从前一直有重要的战略意义，南豆角村就在子午峪口，当然具有防御功能，当年修建门楼显然就是为了防御。北门楼和南门楼建制一样，只是门楼上写的是"胜利门"，大概是因为1935年7月名将徐海东率部在此与国民党激战获胜，所以被命名为胜利门吧！北门楼似乎被用作了佛堂，虽然门是锁着的，但是右侧台阶用水泥砌过，很新，而且门上贴的对联显然与佛教有关，台阶两侧还贴有佛像。看到这些不由得很感慨，或许让古代遗迹保持原貌才是对它最好的保护。

回来的路上遇到了一位老奶奶，热心地问我们要不要荠荠菜。看着她蹒跚的样子，本不打算买的我还是走到了她的跟前。她采的荠荠菜看起来不是很好，稍稍有点老。她一边用地道的陕西话向我夸她的菜嫽得很，一边告诉我说她八十多岁了，没有事，在野地里胡寻了这些菜。看到老人这么期待，我就掏钱买下了。我想不管我有没有功夫去摘干净这些野菜，有没有时间去做一次荠荠菜饺子，我也要为了照顾老人的心情而买下她的菜。她在垂垂暮年，尚有余力在春天的田野采挖野菜，实属不易，有人买她的野菜，便是她劳动价值的体现。感受到劳有所值，她一定会很开心。我家亦有一位八旬老人，默默祈福他也能像这位老奶奶一样有体力、有心情在春日到田野去挖野菜，去晒晒暖阳，去闻闻花香。记得有人说过这样的话："人至中年，少了些获取占有之心，只有些与彼相遇便是最好之意。"是啊，相遇就是最好。

　　暮色渐沉，花林渐静，鸟儿的鸣叫声成了傍晚音乐会的主旋律。如果说桃花的海洋是视觉盛宴，那么鸟儿的和鸣就是一场听觉的盛宴了。坐在花树下，闭上眼睛，欣赏这天籁交响。一曲，蓝天澄碧，白云悠悠；又一曲，江天一色，清辉如霜……

　　返回的路上，秋水长天君总结道：今日我们赏了花，熏了香，访了古，寻了幽，怡了情，开了心，有收获。我想起唐代李涉的《题鹤林寺僧舍》："终日昏昏醉梦间，忽闻春尽强登山。因过竹院逢僧话，又得浮生半日闲。"浮生闲暇，方得享受生活的乐趣。

国槐花开满长安

西安有许多街道种植的是国槐，高大粗壮。每年夏天七八月（农历六月），国槐花开，树树淡黄的小花，风雨一来，飘落一地，西安仿佛一下子穿越时空，带着唐诗的韵味，回到了长安。

国槐树皮呈灰褐色，生有纵向裂纹，羽状复叶，春发秋落。圆锥花序顶生，呈金字塔形，花为淡黄色，未开的俗称"槐米"。秋天结出串珠状荚果，种子卵球状，干后呈黑褐色。国槐的花和荚果都可入药。国槐树荫浓密，走在树下，甚觉清凉。国槐最美的是槐花，尤其是花开时节，"毵毵金蕊扑晴空"（郑谷《槐花》）。走着走着就会有花瓣飘落下来，落在衣服上，落在头发上，我就会想起白居易《春早秋初因时即事兼寄浙东李侍郎》中"闲从蕙草侵阶绿，静任槐花满地黄"的诗句，心中满是诗意。

长安种槐历史很悠久了。汉代长安城内太学旁就遍植槐树，还形成了槐市。据《三辅黄图》载："仓之北为槐市。列槐树数百行为队，无墙屋，诸生朔望会此市，各持其郡所出货物及经传、书记、笙磬乐器，相与买卖。"读书人每逢初一、十五聚集在太学旁的大槐树下，交易书籍等物品，槐市就逐渐形成了。后槐市借以指学宫、学舍。

其实在太学旁种植槐树还是有讲究的，槐树最初作为社树受人崇拜。《五经要义》云："社必树之以木。"《周礼·司徒职》曰："班社而树之，各以土地所生。"庙社外是要种植树木的，且种植树木的种类各有不同，《尚书·逸篇》曰："太社惟松，东社惟柏，南社惟梓，西社惟栗，北社惟槐……"《周礼·秋官》云，周代朝堂外正面种植三棵槐树，"朝士掌建邦外朝之法。左九棘，孤、卿、大夫位焉，群士在其后；右九棘，公、侯、伯、子、男位焉，群吏在其后；面三槐，三公位焉，州长众庶在其后"。郑玄注解朝堂植槐的寓意："槐之言怀也，怀来人于此，欲与之谋。"后来，人们以"三槐"作为三公之代称，而以"槐省"指三公的官署，因此国槐也称为宫槐。可见种槐是蕴含着位列三公的远大期许的，读书人在种植槐树的学宫会时时受到自然生灵的激励。

皇宫殿宇间往往多种植槐树。《三辅黄图·汉宫》云："今案，甘泉谷北岸有槐树，今谓玉树，根干盘崎，三二百年物也。"唐代国子监前面栽种的都是槐树，今天的书院门街道两边还有高大的国槐。槐树的文化含义不仅和政治理想密切相关，还和科举考试紧密相连。

"槐花黄，举子忙"，意思是"槐之方花，乃进士赴举之时"。在唐代的长安，槐花开放的季节，正是士子们准备进京参加科考的时候。那时进士科的考试是在春天举行，故称春试，举子们需及早做好进京准备。有的因为路途遥远，动身进京的时间可能得更早。槐花开放释放的是一个信号，那就是动身进京科考的时间到了，所以槐花就与科考建立了意义上的关联。遥想唐代，槐花开放的时节，有多少士子满怀希冀，收拾行囊，背负书箱，踏上了进京赶考的路途。盛开的槐花是他们的希望，落在身上的槐花是他们的未来。

说不清楚原因，我非常喜欢国槐开花。最初的喜欢缘自陕西师范大学雁塔校区的国槐大道。在师大读研一的夏天，第一次走在开满鲜花的国槐大道上，与国槐一见倾心，也才发现树形高大的国槐竟有这么秀美的一面。校园里的国槐大到可以跨过宽阔的路面枝丫交错，遮蔽夏日的艳阳。阳光透过密实的树叶的缝隙洒下来，斑斑点点，光线甚好，却不灼热。开花时节，国槐米黄色的小花零落一地，校园的这条路就是一条花锦了，走在上面感觉太奢侈了，脚步都不由得放轻了，生怕踩重了碾碎了一地的美好。记得我当时是在这条路上来回走了几遍，那种人生初见的美好感受便一直留在心里。

后来就发现国槐在西安非常常见，非常普通，许多街道都是以国槐作为道旁树的。查阅资料知道唐代长安无论奢华的宫廷，还是普通街道，都会广植槐树，所以唐诗记述了长安街上高槐成荫的景象。孟郊《感别送从叔校书简再登科东归》说"长安车马道，高槐结浮阴"；韦庄《惊秋》说"长安十二槐花陌"。在"百千家似围棋局，十二街如种菜畦"的长安城，一排排一行行高大的国槐形成了绿色的屏障，将一条条街道整齐分隔开，这种景象独属于长安。李肇《唐国史补》卷上记载，贞元年间，"度支欲砍取两京道中槐树造车，更栽小树"，渭南县尉张造予以驳回，度支使最后只好作罢。可见唐代长安还是非常注重保护槐树的。

后来又读了很多关于国槐的唐诗，才发现国槐是唐诗，唐诗有国槐。读王维《辋川集》，知道了他的辋川别业有国槐小径，他还曾作《宫槐陌》："仄径荫宫槐，幽阴多绿苔。"裴迪唱和："门前宫槐陌，是向欹湖道。"这条小径虽窄小，但两旁的槐树却很高大，投下浓荫，遍生绿苔，顺着这条槐陌就可以到达美丽的欹湖。王维和裴迪在这条槐树道上来回往复，吟诗论道。国槐记住了他们的友情，留下了他们的诗行。诗中的"宫槐"，依据《周礼》记载应当就是国槐，也有宫槐就是守宫槐一说。《尔雅》："守宫槐叶，昼聂宵炕。"郭璞注曰："槐叶昼日聂合而夜炕布者名为守宫槐。"意思是守宫槐的叶子有昼合夜开的特点。但是南朝梁元帝《漏刻铭》诗中所言"宫槐晚合，月桂宵晖"却与《尔雅》的解释是相反的。我又查阅了《尔雅翼》，著者宋代的罗愿对此说也提出怀疑，他依据《说文解字》认为，聂乃开之义，炕则当相合。这与《尔雅》注者郭璞之说正相反，认为郭氏有可能误解了。罗氏又参之以目验，说"今江东有槐昼开夜合者，谓之合昏槐。盖启闭以时，有守之义"。现代科学研究证明，槐树以及其他豆科有羽状复叶的植物叶子大多存在"昼开夜合"的特性。这种"睡眠"现象，是植物适应环境的一种保护性反应。罗氏之说和科学研究足以解疑释惑。另外，由此看来，国槐、宫槐、守宫槐当指同一类植物。

国槐开花时正值炎夏，蝉声此起彼伏，所以在唐人的笔下，槐花与蝉鸣便一同进入了诗篇。罗邺《入关》："古道槐花满树开，入关时节一蝉催。"科考放榜，归乡之时大约也是槐花开放的时节。郑谷《贺进士骆用锡登第》："苦辛垂二纪，擢第却沾裳。春榜到春晚，一家荣一乡。题名登塔喜，醵宴为花忙。好是东归日，高槐蕊半黄。"槐花一送一迎，黄蕊不改，或及第或落第，人生已经大不相同了。

如今一城的大槐树依然荫庇着半城的神仙生活，花开的时节，树树国槐安详地看着来来往往的人们。风一吹，槐花簌簌落下，花瓣摇落在孩子翻开的书页上，落在乒乓球台上，追逐在晨跑人的脚下，飘落到穿行的车顶上，散落在护城河的水中。在城墙旁的大槐树下，一帮老西安在忘情地唱着秦腔，槐花静静地落在他们的板胡上，落在他们的锣鼓上，也落在他们高亢苍凉的唱腔里。"静任槐花满地黄"，这就是我们期待的岁月静好！

每年见到槐花，无论开落，心中有的是如花般的喜悦，全然没有李昌符（《全唐诗》一作杨凝）"蝉吟槐蕊落，的的是愁端"的意味。可能心境不同，看到花落触发的情感也不一样吧。

长安的国槐，因为浸润了唐诗的芳香，每年花开都是那么美好。国槐花开就是唐诗花开；槐花落满长安，唐诗就落满心中。

库峪的槐花

库峪的山水之美自不必言说，我最喜欢的是库峪的春槐花。库峪的槐花很多，但是需要深入峪内方可看到。

第一次去库峪是五一之后的某个周末，入山口杨絮漫飞，如下雪一般。走着走着，看不到杨树了，但见路边、河边、山上有很多槐树。槐花怒放一树白，有的树枝被压得弯弯的，空气中弥漫着槐花的清香，呼吸间都是槐花的芬芳，而山外的春槐花早已经过了开花的时令。山内山外气候有差别，槐花花期就不同了。正如白居易在《大林寺桃花》中感慨的那样："人间四月芳菲尽，山寺桃花始盛开。"我们看到库峪的槐花，真也如白居易一样有"恍然若别造一世界"的感觉。后来6月份走312国道经过秦岭牧护关，那里的槐花方始盛开，漫山遍野，雪白一片，阵阵槐花香随风飘来。还有一年到青海湖，时值8月，内地的油菜都结籽收割了，青海的油菜花还在开放。这不能不令人感叹大自然的神力，因为地理位置的差异，同一种花可以在不同时令开放。

感叹之余继续前行，看到越来越多的槐花，也许太多了，当地山民并不采摘，任由它们自开自落。看着这么多的槐花，心有所动，想采摘一些回家做槐花饼、槐花饺子、鸡蛋炒槐花。想到这些春天的美味就想起了小时候，那时，每到春天家家都会采槐花。记得我们那里槐树并不多，就那么几棵，等槐花开放时，妈妈们就商量好哪天采槐花。大人小孩儿聚在树下，某个强壮的爸爸上树将槐树枝砍下来，树下的大手小手就开始争相采摘槐花，手快的就多得一些，手慢的就少得一些。采回来的槐花雪白雪白的，根蒂部分微带点黄，放一朵在口中，能尝到甜丝丝的味道。妈妈会用槐花给我们做麦饭、蛋炒槐花，那种香甜永远留在我的唇齿之间。长大后住在城市中，很多年都吃不到妈妈做的槐花，但吃槐花的愿望却随着年岁的增长日益强烈。有时候在蔬菜店偶尔见到卖槐花的，就会买一点儿回来吃。这次在库峪见到这么多的槐花，年少时的味觉记忆一下子涌上心头。

我们要自己采槐花！当这个念想占据了我的心头，我的眼睛就开始搜索目标：哪棵树合适我们采槐花呢？我搜索的结果是——采不成。看着一树树槐花挂满枝头，但是我们的双手都无法触及，我们又没有任何工具。正在失望的时候，我看到河对面有两棵正在开花的小槐树，目测是可以够得着低处的槐花的。于是秋水长天君将车靠边停下，我们走到河边，但是河面较宽，水流湍急，过河困难。我们在河边逡巡半天，我有些沮丧地说："还是算了吧，就这样看看吧。"秋水长天君说："我脱鞋过河给你采。"刚到 5 月，山间的河水是非常凉的，我不让他过河，他坚持，我拗不过，就随他了。我看到他过了河，拨开一人多高的杂草，终于走到了槐树边，开始摘槐花。因为我们并没有任何容器，他将摘下的槐花装进自己的口袋，将防晒衣的袖口扎起来，装得满满的，实在没处装了，才又涉水回来。我将他口袋中的槐花装在我的遮阳帽中端着，洁白的槐花散发着清幽的香气。因为是自己采摘的，所以觉得香气更加浓郁。虽然少，但总算采到了槐花，而且是大山中没有任何污染的槐花，心满意足的感觉无以言表。

回家将槐花放在水盆里，淘洗，焯水，团团儿。第二天清晨，我们就吃上了新鲜的槐花饼，那种味道就是小时候的味道。

因为这次采槐花的经历，我对库峪有了一种特殊的感情，一到春天我就惦记那里的槐花了。又一年五一假期，我和秋水长天君商量去采槐花。准备了两个塑料袋子，兴致勃勃地到了库峪，但是却没有看到槐花的影子。我纳闷：它们都开过了吗？它们被人采完了吗？继续前行，走到以前发现槐树最多的地方停下来仔细观察，原来槐花还没有开，才刚刚鼓出一点点花苞，离开花还有一段时日。我们虽然没有采到槐花却知道了大致花期，准备耐心等待，大约两周它们应该就可以开了。可惜，两周后我们因为有事没能及时去库峪。大约又过了一些时日，终于有机会再次来到库峪，但是沿途所见的槐花都已经开败了。我们来得有点晚了，心中颇为遗憾。我知道越往山里走，气温越低，槐花开得越晚，说不定我们可以遇到晚开的槐花呢。秋水长天君耐心地开车前行，终于看到河对岸有槐花还在开放，他再一次涉水而过。但是槐花已经有些老了，只能挑迟开的某一串采，这样采起来就会慢一些，但是他还是给我采回来一袋子嫩嫩的槐花。为了让我获得采摘的乐趣，他一串串摘下来，让我坐在河边将一串串槐花一把把捋下来。我们觉得仿佛回到了《诗经》中先民生活的时代，这不是"采芣苢"般的快乐吗！

"采采芣苢，薄言采之。采采芣苢，薄言有之。采采芣苢，薄言掇之。采采芣苢，薄言捋之。采采芣苢，薄言袺之。采采芣苢，薄言襭之。"我们吟诵着，即兴自谱曲调唱着。快乐原来就是这么简单！放心自然，和自然万物共同组成一个世界，亲手获得大自然的赐予，享受食物自然的香甜。原来文学也这么简单，用朴素的语言表达真实体验，或许就能千古流传。

库峪的槐花年年开放，我们每年春天都有一次美丽的约定。相遇，是为那份纯粹的清香；相遇，是为那声田野的呼唤！

问春不语

    2020 年的春天似乎很长，很慢，没有哪个春天如同今年一样，人们都期待春天快点过去。春天走了，疫情也该过去了，一切都好起来了。

    因为新冠肺炎疫情，大多数人都在家宅了二十多天了，没有走出过家门、小区、社区，没有看到城区外的世界。我很久没有到外边去了，不知道春天的脚步走到哪里了。外边拂面的风儿是不是已经有了暖意？小草是不是已经萌芽？柳树的枝条是不是已经泛青，或者已经有了小芽？桃树、李树、杏树的花苞是不是已经孕育？……问春春不语！

    坐在阳台上，能看到外面四季常青的雪松树，那棵年前就已经开花的蜡梅还在开着，那些落了叶的树静静地立着，好像没有什么动静，仿佛春天到来还需很长时间，它们需要耐心等待，等待发芽、开花、绿叶成荫子满枝。

    往年，春天到来的时候正是人们放飞心情的时候。天气暖和的每个周末，城外的田野、秦岭的各个峪口都会有很多的车辆。草木蔓发，春山在望，感召着很多的人到郊外踏青。我们会一直跟随春天的脚步从草木萌芽看到各种花次第开放，感受春天的气息，感受春天带给我们的希望、生机、力量和由此而来的欣喜、感动。我曾经抚摸路边黄杨枝头鼓鼓的芽苞，我曾经抚摸桃树枝头鼓鼓的花苞，它们通过我的手指传递着生命的能量，告诉我它们要发芽，它们要开花。生命的意义就在于不可阻挡，随着自己的节奏一往无前。我曾经用手轻轻地握住即将绽放的玉兰花蕾，它光滑细腻的花瓣传递给我它内心的清凉；我曾经闻过茉莉淡淡的清香；我曾经给烂漫盛开的樱花说"繁枝容易纷纷落，嫩蕊商量细细开"；我曾经在成串的紫荆面前赞美它的热烈；曾经在山桃花面前感慨它的质朴……春天真的是太美好了，美好得让人不舍，不愿意它匆匆离去，所以白居易说"长恨春归无觅处"，辛弃疾说"惜春长怕花开早"，他还想留住春天，说"春且住，见说道，天涯芳草无归路"。往年的春天过得好快，一转眼某一种花就开了，不知不觉间某一种花就谢了。春天的美，令人目不暇接。

今年，我们不能走出家门去户外，整个世界一片安静，车停了，人隐了。我有时候会想，外边的树、鸟会不会觉得今年很奇怪：为什么一下子这么安静？没有了熙熙攘攘的人群，没有了来来往往的车辆，没有了纷纷扰扰的喧闹，这是怎么了？为什么这么长时间一直都这样？我想树木、鸟儿可能会感受到这种前所未有的变化。我们还曾盼着烟花三月能下楼，现在只盼着春天早点离去。即使未见春光却也盼着春天快一点过去，矛盾的心理是我们对平安的渴望。疫情阻断了我们和自然的交流对话，拘于一室之内，我们无法触摸自然的脉动，无法感受自然的呼吸，无法将自己安顿在自然的怀抱。但是，春天过去了，疫情也就过去了，牺牲一个春天，但愿人类能够平安。

我知道，虽然我们不出去，春天依然在，该发的芽正在发，该开的花必然开。春天有自己的节奏，它要从容而优雅地走过，我们留不住也赶不走。正如疫情有自己的走势，该好的时候自然会好。到那个时候，到大自然中去，好好看一看，好好走一走，和天地好好说说话。

空山噪鹃鸣

　　在秦岭北麓的山中，在群山环绕的商州，常常可以听到噪鹃的鸣叫声。它的叫声有点孤独，有点忧伤，甚至有人说它的声音有点凄厉，听了令人难过，所以很多人不喜欢它的叫声。

　　最早听到这种鸟叫声是在秦岭野生植物园，在空阔的山间，在看不见的枝头，从高远的天空不时传来响亮、清晰的叫声。当时并不知道这种鸟的名字，我从它的声音中听出的是孤单、彷徨、忧伤，仿佛只有一只鸟在四下飞翔鸣叫，在着急地寻找同伴。这是否是啼血哀鸣的杜鹃？在我的认知里，只有望帝化成的杜鹃才会发出如此悲伤的鸣叫。李白在《宣城见杜鹃花》中写道："蜀国曾闻子规鸟，宣城还见杜鹃花。一叫一回肠一断，三春三月忆三巴。"可见杜鹃的叫声如同"猿鸣三声泪沾裳"一样让人心生凄伤之感。在杜鹃花开的季节里，杜鹃鸟也来赶春了。元和十一年（816），白居易为江州司马时，曾经从山上移栽山石榴。山石榴，一名山踯躅，一名杜鹃花。白居易作《山石榴寄元九》言："……杜鹃啼时花扑扑。九江三月杜鹃来，一声催得一枝开。"杜鹃花开时，正是杜鹃啼鸣的时候。不知道秋冬季节杜鹃去了哪里，只知道春天杜鹃花开时它就准时回来了。

　　我查阅资料，发现杜鹃又名子规、布谷。布谷鸟我是知道的，河南老家就有布谷鸟，是在柞蚕上山的时候，也就是收麦子前后，经常可以听到布谷鸟的叫声。那是两声连叫，皆为降调，确实如农谚所说的类似"阿公阿婆，割麦插禾"的声调，然而布谷鸟的叫声响亮但不哀伤。听蚕农说布谷鸟会吃山上的柞蚕，所以蚕倌儿很恨布谷鸟，把它的叫声听成"不够不够"，即没有吃够的意思。他们会冲着鸣叫的布谷鸟不满地说："不够不够，你什么时候也吃不够！"而现在鸣叫的当非布谷，应该是传说中望帝化成的杜鹃。杜鹃也会两声连叫，但每一声都一样，同声中有转调，从降到升，极尽婉转忧伤之致。

后来到了商州，在四面环绕的山中也经常听到这种鸟叫。尤其在寂静的夜晚，它孤单地飞，孤独地叫，仿佛在诉说着伤心的往事，如泣如歌。于是我在心里，将布谷和杜鹃分作两种鸟。小时候认识的催促农事的是布谷鸟，叫声悲戚的是杜鹃鸟。

后来，意外地发现一个视频号上介绍了这种鸟。原来这种鸟名叫噪鹃，我在视频中听到了一模一样的叫声，果然和布谷鸟不是同一种鸟。也许是不同地方的叫法不一导致了某种混淆吧。我想，蜀地叫声令人肝肠寸断的所谓杜鹃会不会就是这种噪鹃呢？因为没有在春天到过蜀地，没有听到过蜀地杜鹃的叫声，所以不敢妄言。

后来，我又留意到在噪鹃到来之前已有一种鸟在白天夜晚鸣叫，它也是两声连叫，但是调子不同，如同音乐中 I×××I 的节奏。叫声也有点孤独，但没有噪鹃那么忧伤。我并不知道这种鸟叫什么名字，曾经问过当地人，他们也不知道，希望有一天我们明白它的名号和习性。有时候会同时听到这种鸟和噪鹃在高空鸣叫，有时布谷鸟的叫声也参与其中，或许春天这三种鸟共同生活在秦岭山中。

雨中仙境小五台

壬辰夏七月六日，阵雨不断，拘于室内索然无味。吾提议雨中郊外小游，家人欣然赞同，商议就近到小五台山一游。于是收拾行装，驱车出发。

小五台山乃西安南郊台沟村之后山，属秦岭支脉，群峰连绵，山势陡峭，植被繁茂。

走进台沟村，两旁屋舍俨然，整齐的二层小楼修得精巧漂亮，农家小院收拾得干净利落，一看就知道来此游赏的人不少，给当地带来了可观的经济收入。

到达山下，把车停好，向山进发。登山小径呈"之"字蜿蜒，谷中小溪淙淙流淌。高大的乔木和低矮的藤木杂然相生，荫翳蔽天。树上众鸟和鸣，各种夏虫欢唱，加上淅沥小雨敲打枝叶之声，女儿不禁感叹曰："此乃天籁之音也！真乃世外桃源也！"最有意思的是有一种不知名的鸟在鸣叫，叫声很是好听，秋水长天君淘气地去应和鸟儿，鸟叫一声，他就学着和一声，鸟再叫，秋水长天君再和，如是多次。那鸟许是将他误认为同伴，叫声变得更欢快了。吾笑言："那鸟许是在求偶吧，你就别让人家空欢喜一场了！"逗得大家大笑，笑声在山谷中回荡，我们的心共同飞扬。

爬山过程中，女儿像只欢快的小鸟，一路欢声笑语，不时对沿途风景做着点评，颇具鉴赏水平；又像一只身姿矫健的小鹿，一直遥遥领先。若走到某处稍平坦的歇脚处，就会停下等等我们，还会放开嗓子吼上那么一两声，引得我们也禁不住来个尽情释放。当我们"哎""喂"的高音响彻山林的时候，心情真的很舒展，偶尔还会有旁人和上一两声。不时还能听到山上或山下有说话的声音传来，王维诗中所写"空山不见人，但闻人语响"，今日一游，体会更真切了。

一路不同风景带来不同感受、不断惊喜。那屈曲盘旋的老树干、陡峭的石壁，抑或很大的树洞、神秘的石窟……总是引发我们很多稀奇古怪的联想：那老树上是否住过神仙？那石窟是否有原始人聚居？那树洞可是松鼠的爱巢？……当然在欣赏自然美景、耳沐天籁之音的过程中自然是大汗淋漓，如此看来根本不需要到养生馆做什么经络疏通，也不必到韩式汗蒸馆被动出汗了，到大自然中爬爬山，做免费有氧运动，何乐不为呢！

爬到山顶，脚下雾霭弥漫，仿佛真的置身仙境，自己飘飘然成了神仙。亲见水雾从眼前飘过，忽而消散，忽而聚拢，来去无定；俯视山下，丛林叠翠，深浅不一。不知道这野生的丛林在这里已经生长了多少年，只觉得这山、这树、这林灵心明然，令我们心胸为之豁然开朗。站在山顶，顿生一念，想成为一只鸟，展翅飞翔，不为高远的蓝天，只为能和眼前的绿色亲近，让我的翅膀掠过无边的丛林，让我的手指轻轻抚摸绿树的尖顶，让我的身躯穿过轻纱般的迷雾，让我的心和这片密林交融。

为什么我们现代人离不开山和林？为什么我们置身于山林之中会感到身与心的回归呢？我想也许是因为我们的祖先是从山林中走来，他们对于山林的情结已经成为一种基因世代遗传，所以我们必须亲近自然，否则我们的心便远离了家园漂泊流浪，所以每当烦躁时就会有走向山林的愿望。

就在这高山之巅还住着一些修行之人，有耄耋长者，亦有弱冠少年。他们在此打柴，耕种，饮雨水，食菜蔬，参禅打坐，修炼心性，过着简单而快乐的生活。也许正如陶潜所言："纵浪大化中，不喜亦不惧。"人生活法万万千千，选择自己心属的，不必在意世人的眼光。看到这些修行之人的清净生活，不禁慨然，也许我们这些凡夫俗子碌碌一生，直到生命的最后方能了悟，心灵的宁静才是我们的终极归宿。但是在明悟之前我们依然是滚滚红尘中的一介微尘，不肯停止前行的脚步。也许生命的意义在于不同的经历带给我们不同体认，让我们最终明白生命的真谛。

当我们驱车驶进高楼林立的城市，小五台山在我们的身后渐渐远去，但大山的宁静和肃穆则永远留在了我们的心中。

商山行记

　　商山是四皓隐居之地。四皓是一个在中国文化史上极其响亮的称呼。他们是秦朝末年四位博士：东园公唐秉、夏黄公崔广、绮里季吴实、用里先生周术。他们见秦政暴虐而退隐，秦败汉立，高祖征而不至，却辅佐太子成为惠帝。商山四皓在文献资料中的记述斑斑可考，《史记》《汉书》《高士传》等著述中皆有记载，他们的事迹在民间亦广为流传。白发长须定格了四皓的容颜，晔晔紫芝成就了隐士的味道。在商山的风里、雨里，都有四皓的气息；在商山的话里、歌里，都有四皓的传奇。商山在秦岭众多山脉中不以奇险著称，更不以秀美名世，却因为四皓而名扬天下。

　　商山也引发了无数文人墨客的向往之情。长安放还后，李白途经商州到洛阳，曾留下诗歌《过四皓墓》："我行至商洛，幽独访神仙。园绮复安在？云萝尚宛然。"不知道李白是否登上了商山，但他一定拜谒了四皓墓，看到古坟荒凉，他心中的情感一定十分复杂。他意识到功业和清名在历史长河中不过是倏忽一瞬，但又渴望成就功业青史留名。他恰恰是在失意京华后过四皓墓，怎能不渴望如四皓一样与君王有风云际会的机遇呢？我相信李白在过四皓墓之时，一定在寒月之下度过了一个不眠之夜。

　　白居易曾经"七年三往复"，多次来过商州，还登上过商山，留下了《登商山最高顶》的诗："高高此山顶，四望唯烟云。下有一条路，通达楚与秦。"他应该是比较喜欢这里的山水的，所以说"我有商山君未见，清泉白石在胸中"。

　　我对商山的所有认知都停留在纸笺文字中，一直想去商山看看这个地方的山形水貌，在商山的空气中感受四皓留在这里的文化气息，总是机缘不到。如今终于有机会前往商山一游。住在丹凤的诗人远洲先生诚意邀请，终于在壬寅年初夏乙巳月癸酉日周五成行。

"江山有胜迹，我辈复登临。"我们午饭后从丹凤县城骑电动车沿着丹江河去商山，一路看到丹凤段的丹江河比商洛段要宽阔，两边的山向后退，使得这里地势很是开阔，没有商洛市地形的狭窄感和山势的拥仄感，看来四皓选择这个地方隐居还是有所考量的。听远洲先生介绍说，尤其在夏天的时候，南北两山的云都汇集到丹江河上，风云聚会，变幻莫测，气象万千。他的话让我不由心生向往，期待着夏季再来丹凤，在丹江河上欣赏一下风云聚会的气魄，或许可以在云雾幻变中依稀看到四皓的身影。

下午1点到达商山脚下，开始上山。据说商山的形状有点像"商"字，远洲先生给我说文解字，经过一番敷衍，感觉有那么一点像了。我们是沿着商山的左侧山岭上山的，据说山顶海拔不到2000米，我想我是徒步登过华山和峨眉山的，这个高度对我来说应该没有多大难度。但上山途中发现，此山坡度很大，台阶很陡，走起来也是很费力气，陡峭处更是气喘吁吁，腿又酸又软的。心里对自己说，千万不要小看任何一座山，人在自然面前永远都不可狂妄自大，只有脚踏实地一步一个脚印俯身前行，方可如愿达到终点。

我们是一路行走一路聊天，天南海北，话锋所至，皆为随意。聊到了商山四皓，聊到了千古骚人，聊到了远洲先生有关秦岭的诗歌和他对秦岭的热爱，聊到了俄乌冲突和国际形势，聊到了传统文化的继承和发展……我们与地上的虫、树上的鸟、林间的风、蓝天上的白云，共话商山。

一路行走，远洲先生一路教我认识秦岭名物。这次认识了秦岭著名的野生丹参。现在正是丹参的开花季，对生的卵圆形叶片、蓝紫色的小花，路边随处可见，辨识度很高。我知道商洛的野生丹参因药效好而很有名，但一直没有见到过，这次可是认识了。还见到了野生的桑葚，正是它成熟的季节，果实黑紫色，没有水果店卖的大。我们采摘一些直接入口，甜甜的味道却是水果店卖的无法相比的。正好采桑葚的地方有一段四皓寺的残墙，墙旁边有一个村民搭建的为四皓供奉香火的简易小棚子，棚子简易到连塑像都没有。我们将采摘的新鲜桑葚虔诚地放在香炉旁边。我在心中默念，祈愿天下和平，国泰民安，疫情早日消散。路上还见到了野菜石兰，据说用它做的浆水菜味道非常鲜美。还采到了野生金银花，未开的白色，已开的金色，真的是名副其实。最值得一提的当然是四皓诗歌中所说的紫芝了。来之前我就对紫芝十分好奇，四皓歌中说"莫莫高山，深谷透迤。晔晔紫芝，可以疗饥"，我便很想知道商山四皓用以疗饥的紫芝到底是什么样的。远洲先生是本地人，对当地名物十分熟悉，结合实物给我详尽讲解了紫芝。紫芝也就是商芝，是一种蕨类植物，商洛山间随处可见，因呈淡紫色，雅称紫芝。其幼芽看起来似拳头，故又名拳芽，营养丰富，味道极佳。当地有一道名菜就叫商芝肉，被看作延年寿益的"仙肴"因为这是四皓吃过的野菜。在李白的诗中，它们是"秀目霜雪颜桃花，骨青髓绿长美好"。或许四皓正是因常吃商芝才鹤发童颜、健康长寿的。5月早过了紫芝幼芽的采摘期，只能看到商芝长势茂盛的羽状复叶，有的连片生长，郁郁葱葱。期待在来年春天还能够来采摘拳芽。

渐行渐高，视野开阔处，举目远眺，秦岭连绵起伏，村庄田畴尽在目下，登临的豪情充溢于胸。渐行渐远，置身山林之中，鸟鸣婉转，浓荫遮蔽，山风清凉，花香袭人，顿生林泉之意。到达商山山顶时，树木葱郁，举目皆白云，诚如白居易所说的那样"高高此山顶，四望唯烟云"。

尽兴下山，在溪涧用商山流出的水洗洗手脸，清凉入心。滋养商山四皓和商山子民的山泉水也许古今相同，只是洗涤的感受各不相同。在国道上，远望那座如"商"字的山峰，回望那座我们刚刚入乎出乎的商山，不禁心生羊祜之叹。商山静静地矗立几千年，来的人，它张开双臂能接纳，走的人，它拱手相送不挽留。来来去去，都在它的眼眸里；人事代谢，都在它的松涛里。

秋绪飘扬

又是一年树叶飘零，季节交替。走在略带寒意的路上，不禁想起了曾经读过的写秋的诗文。《诗经·小雅·四月》中写道："秋日凄凄，百卉具腓。"屈原在《离骚》中说："日月忽其不淹兮，春与秋其代序。惟草木之零落兮，恐美人之迟暮。"宋玉在《九辩》中感叹："悲哉秋之为气也！萧瑟兮草木摇落而变衰。"陆机在他的《文赋》中也道："悲落叶于劲秋，喜柔条于芳春。"曹丕在《燕歌行》中也发出了类似的感慨："秋风萧瑟天气凉，草木摇落露为霜。"自古以来无数文人墨客为秋之萧杀寥落而感伤，草木的摇落让人想到了生命的短暂、岁月的无情以及才华意志的不能实现。"岁华尽摇落，芳意竟何成？"（陈子昂《感遇》）草木之衰败同样也会引起无尽的悲凉之感，"昨夜西风凋碧树，独上高楼，望尽天涯路"（晏殊《蝶恋花》）。宋代欧阳修在著名的《秋声赋》中更是把秋天的肃杀之气形容得如严霜刀剑般冰冷逼人："盖夫秋之为状也，其色惨淡，烟霏云敛；其容清明，天高日晶；其气慄冽，砭人肌骨；其意萧条，山川寂寥。故其为声也，凄凄切切，呼号奋发。丰草绿缛而争茂，佳木葱茏而可悦；草拂之而色变，木遭之而叶脱。其所以摧败零落者，乃其一气之余烈。"

正如《圣经》所言，"草必枯干，花必凋残"，一切有生之物都必然如此，我们的生命尚且如此，又何必戚戚于自然的更迭呢？

不过，秋的萧条冷落也不失为一种美，那就是凄美。元代"秋思之祖"马致远的《秋思》正是因为这种凄美而千古流传。王实甫的《西厢记》"长亭送别"一折，阑珊秋意在即将与张生分别的莺莺的眼里显得那么凄凉："碧云天，黄叶地，西风紧，北雁南飞，晓来谁染霜林醉，总是离人泪。"凄凉也是一种美。

其实我很喜欢秋天飘零的落叶，在我的眼中那也是一种美，一种凋零之美。

且不说落叶化作春泥更护花的无私与高尚，只那份随风飘落的美感就足以让人为之击节叫绝。黄的、红的或是黑的叶片，歌着，舞着，开始它生命的又一个轮回。一个生命的诞生是美丽的，一个生命的结束同样是令人震撼的。走在积满厚厚落叶的地上，我们感到的是生命的可贵。当脚和这些生命对话时，想到的是怎样使自己的生命在陨落的时候能够掷地有声。

秋也有它爽朗的一面。诗人刘禹锡的《秋词》就云："自古逢秋悲寂寥，我言秋日胜春朝。晴空一鹤排云上，便引诗情到碧霄。"毛泽东《沁园春·长沙》亦云："看万山红遍，层林尽染，漫江碧透，百舸争流。鹰击长空，鱼翔浅底，万类霜天竞自由。"天高云淡，秋高气爽，万山红叶，鹰鹤翔空……何其俊朗明快，读之心胸为之豁达，气度为之洒脱。

秋天的美在于秋是成熟收获的季节，最动人的当是农民收获时的笑脸。一车车拉回的玉米、大豆、稻谷……，一篓篓新摘的苹果、梨、橘子……农民脸上洋溢的幸福只有播种耕耘的人才能真正理解。在忙着清理干枯的秸秆时，新一轮的播种又开始了，新翻的泥土掩盖了留在地里的枯叶，散发着芬芳，希望的种子一头钻进它的生命之所，孕育新的收获。

秋天其实是一个充满生机的季节。秋天是菊的花季。不知道有多少颜色、多少花形在公园、在花盆中斑斓着美丽与生机。还有一种野生的菊花正在漫山遍野，一丛丛、一簇簇，把金黄播撒，把它特有的带有苦味的馨香传扬，在枯叶干草中传递生命的欢欣和力量。

我之于秋的感觉，如同母亲之于自己的孩子。秋和春、夏、冬一样是四季的孩子，不过是它们性格各异、脾性不一罢了。无所谓喜春之来临、悲秋之将至，以客观的欣赏的眼光去看待四季，如同看待性格各异、各有优劣的孩子、学生乃至芸芸众生。我喜欢每个季节，那是大自然造物主的恩赐，让我们能领略只有地球上才有的四季美景。正如做老师，可以感受来自不同生命的精彩和美丽。

回首，我们已走过四季；前行，我们正走在四季。

中秋随想

　　中秋节这天女儿比平时更早完成了作业，提议我们一同到楼顶赏月。我早已看出来，她热切地期待着这次和月亮的美丽约会，也想早点品尝各式月饼的味道，所以尽量提高自己的学习效率，想多一点时间和我们共享这个美好的夜晚。

　　我们一起准备好了祭月的食品来到了三楼楼顶，孩子有条有理地摆放着各种口味的月饼，各种各样的水果、干果，还郑重其事地邀请月亮品尝，然后我们三人铺上凉席，席地而坐，一边赏月，一边品尝着丰盛的果品，一边海阔天空地畅谈着。

　　当晚的天气并不好，月亮并非皎如明镜，而是蒙着模糊的晕圈，记得谚语说"日晕有雨，月晕有风"，看来天气可能有变。月亮在云层里钻来钻去，捉迷藏一般，忽隐忽现，不过昏黄的月光、朦胧的情致也别有一番韵味。果然，天公不作美，后来月亮好像是掉进了水里似的，再也不出来了。天上下起了丝丝小雨，我们匆忙收拾了东西回家，在窗前无月的中秋夜孩子很快就进入了梦乡。想想她刚才祭月赏月时的兴奋和激动，看看她现在的平静和安详，不由感慨孩子内心世界的澄澈和明净。她能月出而喜，月隐而眠，那么自然，这种状态是一个成年人要历经多少人生的磨砺才可以回归的呀！苏东坡一生仕途坎坷，几经贬谪，人生的苦难成就了旷达的胸襟，"人有悲欢离合，月有阴晴圆缺，此事古难全，但愿人长久，千里共婵娟"的透彻明悟是他人生阅历沉积的结果，而世上又有多少人度过了人生的艰难岁月，却仍然无法回归童年时的天真和自然？今夜又有多少人对月或喜或悲呢？身居异乡的游子举头望月，会顿生"露从今夜白，月是故乡明"的思乡之感；身隔天涯海角的亲人朋友会有"海上生明月，天涯共此时"的感伤；热恋中的情侣和失恋的人儿恐怕对月所产生的感触也会迥然不同吧？

月本无情人有情。嫦娥奔月的古老神话传说早已深深植根于我们中国人的心中，一看到月亮我们会自然联想到月宫的寒冷、嫦娥的寂寞。她一定在思念她的英雄后羿，"嫦娥应悔偷灵药，碧海青天夜夜心"。望月而生思念之情已经成了定型的传统思维模式，歌曲《明月千里寄相思》即是这种思维模式的艺术写照。歌中唱道："人隔千里路悠悠，未曾遥问心已愁，请明月代问候，思念的人儿泪长流。"这首歌广为传唱，不知引发过多少人的相思情怀。轻纱一般柔美的月光，寄寓着有情人的多少情思，或许多得无法承载，所以它一泻千里，普洒人间。

我对嫦娥奔月的美丽传说始终有个疑问：我们中国人那么喜欢大团圆的结局，这个故事为什么不让后羿和嫦娥一同奔月，在月宫过上美满幸福的生活，偏偏让嫦娥一个人在月宫忍受孤独和寂寞呢？善良谦让是中国女性的传统美德，嫦娥怎么会置她所爱的人于不顾，独自吃了仙丹飞上天宫呢？按常理说，要留就两个人一起留人间，要飞就两个人一同飞天堂。这个故事很是让我不解，虽然千古传说已成定论，却不影响我在如水的月光下独自漫步、遐思。

月本无华，但在广袤的宇宙中，它却凭着自己与太阳的独特的相对位置，被太阳照得通体透亮，犹如一块美丽温润的玉石，高悬于苍茫宇宙之中。众星捧月，它娇如王后公主。我感叹大自然的神奇组合，且不论整个太空，只太阳系中就有多少星体，偏只月球有此殊荣，有此殊遇。一种巧妙的遇合造就一次绝妙的因缘，人世间又何尝不是如此呢？

因为地球、月球和太阳的巧妙距离，我们有幸白天沐浴温暖的阳光，夜晚享受皎洁的月光。作为人类，我们能生活在目前所知道的唯一适合人类居住的地球上已经是一大幸事，我们又能目睹另一大自然的奇迹——月之阴晴圆缺，又是一大幸事。或许你会认为这是理所当然的事，如果你了解了月亮正悄悄地远离地球、远离我们的科学事实，你就会更加幸庆我们所拥有的福分。科学家的研究发现，生活在海底的一种软体动物鹦鹉螺身体上的生长线，奇迹般地记载了从远古到现代月亮越来越远离地球的历史变化。月亮绕地球一周的时间从九个太阳日逐渐增加到十五个、二十二个、二十五个直到今天的三十个太阳日。也就是说，远古时期，月亮离地球比较近，那时候从地球上看到的月亮很大。那时的月亮是否如现在这般朦胧而美丽呢？那时的月亮给予人的是一种什么样的审美体验呢？我们不得而知。我们更应该关注未来，以后我们会多少天看到一次月圆呢？月亮在我们的审美视野中会变成什么样的呢？科学家的研究成果告诉我们，潮汐的摩擦作用使地球的自转速度减慢，又由于自转，地球自转速度减慢时角动量会损失，而月亮也遵循着角动量守恒定律，即月亮会将地球表面的角动量"吸收"过去，所以随着月亮角动量的增加，月亮会以越来越远离地球的方式围绕地球旋转。换句话说，月亮正在稳定而固执地远离地球，尽管这个速度很慢，但我们完全可以推断，在未来月亮绕地球一周的时间会是三十几天乃至更多。不记得是在哪本书里看到的，只记得看到这样的研究结果，我有些吃惊，也有些怅惘。如此说来，月亮在我们的视野中会越来越小，某一天它会小到像一颗星星那样融汇在浩繁的银河系中难以辨认。我们的后代将不知道月亮为何物，他们将无法欣赏明月如钩、皓月当空的美景，他们会惊诧祖先留下的作品中那么多的有关月亮的佳作源自何物。想到此，不由感慨今天的我们多么幸运，能在最佳的距离时常欣赏月亮美丽的姿容。如果意识到了这一点，我们何必再因月之圆缺而伤感？又何苦在意人世中亲友的聚散、个人的悲欢？更不必汲汲于功名富贵、荣辱得失。这些只不过是造物主赐予我们的生活调味料而已，比之我们拥有的人生之大幸，这又算得了什么呢？

我们所应该想的是好好珍惜自己所拥有的一切，不要在一叹之间错过了我们所拥有的有限的一隙。在苍茫大地我们不过一介微尘，不过沧海一粟，但是我们也要珍惜。我们要想想，来到世上一遭，我们可以享受多少次月圆？人生不过百年，一年十二次月圆，百年也不过可以见到一千二百次月圆，我们已经见到多少次？还可以再见到多少次？这个计算结果告诉我们，岁月经不起蹉跎，经不起迟疑，经不起错过。一夕华阴已悄悄流逝，月亮会在某一天与我们永远告别，赏此明月的幸运和幸福将进入下一个生命的轮回。年年岁岁月相似，岁岁年年人不同。

爱默生说过一句话："若爱千古，应该爱现在；昨日不能唤回来，明天还是不实在；能确有把握的，只有今日的现在。"

若爱明月，就握住现在。

小峪的月光

一个寒冷的冬日下午，又一次来到小峪，沿山路信步漫走。

上山最先看到的依然是小峪水库，还是那么清澈的水，如同丝滑的绸缎，不必用手触摸，但凭眼睛就可以感受到那种泛着寒意的质感。一湾碧水还是多情地拥绕着两岸的群山，映着大山有些寒冷苍老的容颜。又走到了路边的一线瀑，这个瀑布虽然不大，但是很有韵味：水从陡峭的石壁上跌宕流下，银珠飞溅，银线垂下，水声很是悦耳。每次来都要驻足听听水声，看看瀑布飞流而下的优美姿态。石壁上还有冰结在草上，形成了很美丽的图案。

走着走着天黑了，我们走到了一处叫不出名字的地方，这里重峦巉岩，四面环山。左边的山很像一条大龙，伸着头，山上的树就像是它背上的鬣一般，它身躯蜿蜒，样子很神气。有的山则像是一个仰面躺着的人，脸的轮廓十分清晰，有一个很像是波斯人，高高的鼻梁，长长的下巴，头上还戴着帽子。此处的水量大，水声也大。我们在这里静立了很久，听这里水的轰响，看山的脊背，看山头升起的月亮，看河对岸一户人家，亮着昏黄的灯光。如此安宁的山中夜晚正是我们小的时候无数次经历的，仿佛梦一般遥远又切近。

小时候，农村的夜晚也是寂静的。在冬天的夜晚，日出而作、日落而息的乡亲们总是会因为太冷而早早关门上床歇息了。只有贪玩的小孩子，才会在有月亮的晚上捉迷藏。尽管冷得瑟瑟发抖，孩子们还是乐此不疲，因为有天上的一轮明月相伴。月亮好亮啊，地上什么都可以看得见。一棵棵树，一堆堆的柴草，菜园里的萝卜、白菜，都和白天一样，只是朦胧些而已。有时候正躲在某个柴垛或者大树后，突然有只老鼠从柴草堆里钻出来，发出窸窸窣窣的声音，或者一阵风吹过，柴草也会发出哗啦的声响，不经意间会被吓得毛骨悚然，就会联想到大人们讲过的鬼故事或者神仙故事，开始浮想联翩起来，直到看清楚了是老鼠或者听明白了是风弄出的声响，才会心神安定下来，继续耐心地等着小伙伴们来找。

记忆中的冬日月夜就是这样安静而美好，月亮的寒光普照大地，万川映月，月映万川，你走到哪里月亮就跟到哪里。地上一个个小人儿眼睛中闪着喜悦的亮光，小嘴巴说话时往外冒着白色的热气，连影子都那么清晰。那种寒冷，那种清亮和今晚不是一样的么？不一样的是我和秋水长天君都不是小孩子了，是两个已经有了孩子的大人。我们的孩子此刻正在图书馆读书，她没有时间和机会享受冬日月夜的这份寒冷，感受夜晚月光的清亮。她童年的记忆中也没有这样的夜晚，有的是暖气房的温暖。秋水长天君拉着我冻得冰冷的手，慢慢地在山间的路上走着，不知不觉又走到了小峪水库的那段路。这段路远离村子，没有一点灯光，是享受月光的最佳地方。

我们携手在这条安静的山路上走着。"江天一色无纤尘，皎皎空中孤月轮。"月亮就挂在山头，清凉如水，明亮如镜。月亮照进水中，水中月和天上月交相辉映。我们站在路上，让月亮将我们矮矮小小的影子投在路上。那是小时候的我们吗？仔细看，远离月亮的天幕上星星还挺多的，哪一颗星星是我的眼睛呢？再次走过一线瀑，水声依旧，静夜中这天籁之音更加美妙悦耳。这瀑布的声音太像古琴了，越是寂静，声音越是清亮。白天人来车往，可能没有几个人会静静地聆听它的曲调，领会它的曲意。静穆的月夜，它为自己抚动琴弦，它奏出的曲子也是自娱而不娱人的。我说这就是现实版的《流水》呀！于是想到了俞伯牙的老师连成让学生师法自然学琴的佳话。小峪月色月月有，偶来赏月人不同。真正拥有月光的是这里的山、这里的水，我们只是偶然的"主人"。在这里，我们与明月、青山、湖水同立，虽天地一瞬，却也觉得外适内和，体宁心恬，获得了忘适之适的心灵体验。

今晚的这条路是一条星月之路，诗意之路，音乐之路。真的很希望这条路能再长一些，我们可以一直这样手牵着手走下去。

下山到达峪口，摆渡车都已经在夜色中停泊，保护站的工作人员都已经下班。我们的车依然忠实等候。上车，离开小峪，空调的暖风很快驱散了身上的寒意。行走在长安大道，两边红红的中国结彩灯随路蜿蜒，温暖而祥和。我们走进大西安的繁华，回到我们的家。

意外的雪景

　　一个阴沉的下午，突然间觉得有些烦闷，一想，拘于一室之内已有浃日之久。想出去走走，秋水长天君建议开车到南山脚下比较空旷开阔的地方去。我呢，起初还不太愿意，想在附近走走就算了，他平时开车多走路少，能不开车就不开车吧。他却认为附近没什么好转悠的，老在区政府前面的广场转悠已经没什么意思了，想去远一点的地方，于是我接受了他的建议，到秦岭子午峪去。

　　开车刚出门不久就下雪了，偶尔飘落的点点雪花落在车前的玻璃上，我们才意识到这天阴沉是有原因的，原是为了酝酿雪。从大年初六开始就陆陆续续地下着雪，不大，但这个冬天人们期盼已久的雪毕竟是下来了。城市内没怎么积下雪，很快都化了。小的时候，每年冬天都能看到鹅毛大雪纷纷扬扬的景象，遗憾的是好几年都没有领略这种欣喜了，大雪封门封路的情景更是难得遇上了。在我的记忆中，大雪纷飞两三天，天地白茫茫一片，房顶上积上厚厚的雪，房檐上挂上长长的冰凌棍，那才叫冬天，才叫下雪呢。

　　一路走着，发现雪越来越大了。由于已经下午5点多了，加上雾很重，我们根本看不到不远处的南山。快到山跟前时，山的轮廓才显出来，我们才发现原来前些天下的雪依然没有化掉。山上、山脚下的田地里、农舍房顶上都有较多的积雪，心情一下子疏朗起来，没想到还能看上雪。

　　路边停车，我们开始往山上走，一路踩着雪，厚厚的，白净的，软绵绵的，还有咯吱咯吱的声音。就这样走着走着，好像是回到了小时候，回到了自己童年生活的那个小山村，一切都变得那么亲切。我们看到左边山上有一片树林，走了过去。树林的地上积雪覆盖，从这头望到那头，幽深、纯洁而又美丽，禁不住走进去。迎着越下越大的雪花，在林间踏雪，倏忽，几声清脆的鸟鸣响起，真的是空谷绝响。心中一动，做只鸟多好，可以尽享山野的静谧，无遮无拦地看雪花的飘飘落落。找了找，不知鸟儿在何处，也许在山沟那边的大柿子树上吧。我们发现雪地上有非常清晰的脚印，是"个"字形的指爪，大概是山鸡之类的野禽吧。从足迹上看，个头还是挺大的，因为留下的印迹很深。还看到了一种脚印，有明显的脚掌，也许是兽类的足迹吧。秦岭大山有这样的禽、兽是很正常的。凝视这些脚印，由清晰到不知去向，不由得想起了苏轼的诗句："人生到处知何似？应似飞鸿踏雪泥。泥上偶然留指爪，鸿飞那复计东西。"我们今天在这片雪地上留下的脚印和山上的鸟、兽留下的脚印同样具有偶然性，不同的是，这意外的、久违的山村雪景，牵引着我找回了童年的记忆。

秋水长天君说时间不早了，建议回家，我游兴正浓怎肯罢休。我们继续沿着山边河谷前行，看到前边有一石砌水坝可以通往右边山路。那边我们走过，是为旅游开发而修的盘山公路。我和秋水长天君打算从石坝到对面去，走到跟前发现这个石坝是坏的，内侧有一部分已经坍塌，外侧有一部分尚在。在有雪打滑的情况下，只能手脚并用方可过去。我们小心翼翼地过了石坝，到达对岸。路较宽，好走了很多，似乎没有多少人走过。雪很厚实，在迷蒙的雾色里，我俩迎着雪花，踩着积雪继续往山里走。路上遇到了三三两两回来的驴友，背着包，拿着杖，边走边聊。很羡慕这些背包客，说走就走，生活潇洒。越是往山里走，越能感受山的宁静，我真的想就这样一直走下去，雪不要停，人不要停，一直走……

暮色沉沉，山，树，草，我们，共同笼罩在纱一样的烟雾之中，如同在仙境一般。我们一直往山深处走着，仿佛正走向如梦如幻的仙界，去赴一场盛大的蟠桃之宴。置身山中，又像是小时候睡在奶奶的怀抱中，感受到的是安心。

在秋水长天君的再三劝说下我们返回。这时，秋水长天君将自己的皮带解了下来，我开始不解何意，当他把皮带的一头递给我时，我才恍然大悟：返回时是下坡，正好可以滑雪。于是一次愉快的滑雪之旅开始了。他在前面拉，我蹲在地上滑，他越走越快，直到跑起来，我滑行的速度也跟着越来越快，快到极致，失去平衡，整个人仰面躺在地上滑行很远适才停下。就这样，我们在暮色中尽情地滑雪，笑声在山间回荡，随雪花飘扬。当我们经过一对驴友时，他们友好地笑着赞叹我们的创意。

离开这里很是不舍，我是自然的孩子，我想住在这里。

意外的雪飘在我的心里，意外的雪景印在我的心里。

戌时赏雪

　　子午峪看雪带来的意外惊喜真是让人意犹未尽。可惜孩子上学未能和我们一起领略自然美景。很想次日带孩子再来游玩一次，但是她要上晚自习，放学已经10点30分，恐难以实现，等到周末可能雪早已化尽。很想让她下午请一节课的假，晚上不上晚自习，一起赏雪去。秋水长天君不赞成我的想法，他认为不能教孩子因游玩这样的小事而误了重要的学习任务。似乎有理，于是我不再坚持，但是总认为，生活中有的东西不容错过，美好不可复制，所以心中颇有些纠结。

　　不料天遂人愿，下午孩子借同学手机打电话说，本学期要学的新书在家，她已经做完了老师布置的作业，给老师请了假要回家拿书，不上晚自习。我一边平静地答应一边心中暗喜：夜晚赏雪，此行成矣！

　　我向秋水长天君说出了我的想法，得到了支持。我提前做好了晚饭，装在保温饭桶里，给孩子带了羽绒袄、围巾、手套，带上相机、手电筒、热水。准备停当，开车出发。6点40分接到孩子，告诉她我们的计划，立即得到响应。于是我们开车直奔子午峪。孩子在车上吃了热乎乎的面条，7点多一点到达目的地，她穿戴齐楚，下了车就开始赞叹灯光下雪花的美。"妈妈，你来，仰着脸，看灯光下的雪。"于是我两个以同样的造型站着，看着雪花从空中飘下，打着旋儿，跳着舞，亮晶晶的，密密匝匝的，奔向我们，又轻轻地落下，仿佛怕砸疼了我们，有的融到迎接它们的手掌上、头发上、衣服上，还有的悄悄地落到我们的嘴巴里、眼睛里，凉凉的，柔柔的……

　　走向山间，夜晚的山好安静啊，静得可以听到雪花飘落的声音，静得只听到我们一家三口走在雪地上发出的咯吱咯吱的声音。因为下雪的缘故，好像有朦胧的月光一样，我们可以清楚地看到山的轮廓，看到山上的黑黑的松树。近处的灌木和枯草，因雪的覆盖，呈现给我们的尽是雾凇般的美景；路边还有挂着少量柿子的树，那屈曲斜伸的枝干捧着雪，如同图画一般美丽。

我们和大山一起氤氲在如烟如纱的水雾中，朦胧而迷离。孩子突然说："爸爸妈妈，我们是不是神仙？"我和她爸爸异口同声地说："是的，我们是神仙，是趁人们都睡去的时候出来赏雪的神仙！"

孩子开心极了，开心得要堆个雪人。我们一起运雪，她亲手设计并造型，一个小小的雪人诞生了。她站在雪人身后，摆出和雪人一样的造型留下了一张照片。

返回的时候，滑雪的特权就转交给孩子了。爸爸依然用皮带在前面拉着，她蹲在地上滑，和我一样速度太快时就仰面躺地，顺势滑行。开怀的笑声一定惊醒了熟睡的大山，感染了山上的一草一木，它们睁开惺忪的睡眼看到我们一家三口的时候，一定会心地笑了……

大自然的美不分季节，不分时辰。一次突发奇想，一次率性而为，大自然的美不胜收也许就会让你终生难忘。

人日赏雪

　　壬寅正月人日，晨起见树上夜雪尚存，知山中必有大雪。临时兴起，约同乡好友一同山中赏雪。

　　秦岭多处山峪景区皆因大雪封闭，所幸祥峪开放。开车进入峪口，起初所见雪并不大，小有失落。愈上行，两边山上树上的积雪愈大，欣喜渐涨。路上洒了融雪剂，雪已经化掉，人和车很多，需排队前行。我们一直将车开至祥峪第二山门停车场，此处的积雪已经比第一山门处厚了很多。更加令人惊喜的是，今天居然可以购票入园。因为疫情等原因，祥峪已经很久不曾开放，只能在第二山门停车场止步，这场大雪一下，为了方便游人滑雪，竟然开放了。

　　园区路上的积雪没有被清理，非常厚，加上自然坡度，形成了天然的滑雪场。滑雪的大人、小孩儿已经非常多，滑雪板虽然简易，但是滑雪的热情和快乐丝毫不减。开心的笑容，欢快的尖叫，彼此感染，祥峪成了欢乐谷，连路边树枝上的雪花都快乐得簌簌落下。冬奥会点燃了大家冰雪运动的热情，奥体中心的雪如意和秦岭山上的雪如意一样，传递着人们吉祥如意的美好生活愿景。

　　我们一直沿着山路上行，雪越来越厚，上面滑雪的人比下面少了些。我们避开大路，从小路上山，小路虽然窄，但是有台阶有栏杆，也很安全。走着走着，又飘起了纷纷扬扬的雪花，而且越下越大。目之所及，皆为琼玉，仿佛走进了仙境，走进了童话世界，美得无与伦比，大自然的神奇惊得我无法用任何语言来形容！还是好好享受眼前纯净无瑕的雪景吧！静立，看雪花飘舞，轻盈且自由；听雪花飘落，无声胜有声。伸出手托住它们，冰寒透指；张开臂拥抱它们，心无尘埃。置身雪山之中，自己就是那一朵朵六角形的小雪花，和它们一起自由飞翔。世界洁白混沌，内心涵浑虚空。"独来独往银粟地，一行一步玉沙声"，这就是中国哲学中物我为一的境界吧。

我们一直沿路往山上走，所见爬山者越来越少，少到只有我们一行几人。其实，刚走上陡峭的小路时也有些担心路滑，也曾经想要折返，但无数生活体验告诉我们，无限风光在险峰，我们也都读过王安石在《游褒禅山记》中表达的哲思："夫夷以近，则游者众；险以远，则至者少。而世之奇伟、瑰怪、非常之观，常在于险远，而人之所罕至焉，故非有志者不能至也。"上面的雪景吸引我们继续前行，我们不愿停下，害怕错过了这难得一遇的大雪，害怕错过了出人意料的景致。所以，我们一直前行，直至景区提示游客止步的地方。

在这个白茫茫的世界里，我们和雪山、雪花、雪树共同定格，留下了美好的记忆。同来赏雪的乡友已是十四年的故交了，虽然平日大家各自忙碌，但是彼此会心中牵挂，希望彼此安好。朋友此行兴致颇高，不畏险途，不惧大雪，展示出他率性自然的一面，让我们一家都刮目相看。稍感遗憾的是朋友家的孩子穿的鞋子被雪浸透，鞋底太滑，中途返回，未能和大家一起到达更远的地方。他自己鞋子比较滑，还暖心地照顾着我们大人，看着他从一个小不点长成一个大小伙儿，越来越懂事，越来越能干，真的是非常欣慰。

下山走的是大路，途中要经过一个山洞，有水从洞顶的石缝中渗下，滴水而成冰柱，挂在石壁上，在幽暗的石洞中熠熠闪光，甚是壮观。路面的水则结成了冰，因不断累积，形成了一个个"冰墩墩"，闪闪发亮，像是一群蹲在地上玩耍的孩子。

愈是往下走，雪下得愈小，渐渐就停了，滑雪的人少了一些，但是欢乐不减。

开车返回，回望茫茫秦岭雪山，万里层云，千山暮雪，挥挥手，不忍离去。心想，若在山间有一木屋，能在温暖的炉火旁喝茶，在山间静谧处聆听簌簌玉沙之音，该有多好！即兴得小诗一首："暮从雪山下，人归心未归。琼花犹自落，夜静绽寒辉。"不知道何年何月还会再降大雪，我们两家大人孩子还可再一起赏雪。

我们在沣峪口吃了热乎乎的铁锅炖，升腾的蒸汽显得格外温暖。我们酒茶对酌，共话杯中岁月悠长。两家孩子吃过饭聊起了他们年轻人的话题。不知不觉已过亥时，各自别过，开车回家。

雪　记

下雪时节会留下来很多美好的感受和记忆，堆雪人、打雪仗是小时候的事情了，除了陪伴孩子玩耍，成年人的世界里这样的事情越来越少，但是静观也别有一番兴味。没有了热闹，却有了更加细致的体察。

雪中即景

丁酉年二月下了一场雪，写下一联，因疏懒一直未能成诗。时隔一年，年初下了一场雪，补上两句凑成绝句一首。一样的雪景，心境已大不相同了。

　　昨夜雪花入梦冷，今朝琼玉伴梅香。
　　西风和舞穿林过，素手纤纤点丽妆。

商山雪

今年天气多变，春寒料峭。时至三月，天又降雪。这是真正的桃花雪，寒气里透着湿润，冷艳中带着轻柔，仿佛是来赴一场春天的约会，我听到它在和迎春花、细叶柳悄悄说话呢。

　　商州三月犹飞雪，轻吻春花暗送香。
　　也作如油春雨贵，润物无声柳叶长。

春雪

己亥年二月十七日，天降一场春雪，时正在某温泉酒店封闭，望飞雪如花，想到韩愈的诗"白雪却嫌春色晚，故穿庭树作飞花"，另有所感而赋小诗一首：

夜飞春雪惊春梦，满目琼花玉树林。

非为梅香来赴会，催听嫩柳画眉音。

初见太白山

太白山是秦岭最高峰，向往已久，却一直未能成行。

前年在黑河森林公园，原想从黑河徒步攀登太白山，但经过充分了解后放弃。据当地人介绍，徒步穿越至少需要三天才能到达太白山下，最好跟随专业户外运动团队经过周密准备方可。我们朝着太白山的方向爬了一段山路，原始密林丛生，道路崎岖，要想翻过鳌山经过跑马岭到达太白山，没有很好的体力是无法完成的。时机尚不成熟，于是我们改道去了"老县城"，但是一直期待能有合适的时机登上太白山的最高巅。

机缘终于在今年的冬天来临，但是并非成熟的机缘。因为天气原因，太白山路面结冰，积雪封山，索道封闭，游客最远只能到达"世外桃源"，登顶是不可能了，所以只能来到太白群山脚下转悠一会儿。初见太白山，遗憾而返。

我对太白山的仰慕，缘于对大秦岭的深厚感情，缘于对登山运动的热爱，更缘于李白那首《登太白峰》："西上太白峰，夕阳穷登攀。太白与我语，为我开天关。愿乘泠风去，直出浮云间。举手可近月，前行若无山。一别武功去，何时复见还。"极爱李白的诗句"太白与我语，为我开天关。愿乘泠风去，直出浮云间。举手可近月，前行若无山"。李白幻游神界，可以与太白金星私语密谈，太白金星甚至愿意为其打开通向天界的门户。我一向喜欢李白诗歌无拘无束的纵情想象、神游三界的气度。"愿乘泠风去，直出浮云间"是我每次登上山顶的向往。我渴望自己变成一只会飞的大鸟，御泠风在群山峡谷间自由翱翔，和每座山峰握手致意，向每棵大树微笑问候，但是我却写不出李白那样的豪壮诗句。"举手可近月，前行若无山"之句将太白山的高峻写到了极致，平实的诗句，无可比拟的气势。李白在其《古风》诗中写道："太白何苍苍，星辰上森列。去天三百里，邈尔与世绝。"也极言太白山之高。

李白的诗让我对太白山的向往之情与日俱增，期盼着能够登上太白山的拔仙台，感受那"举手可近月""去天三百里"的雄奇巍峨；期盼着能够看到太白山的皑皑积雪、云海奇观、三爷海的神秘冰面、第四季冰川的遗迹、早晨壮观的日出和晚上灿烂的星空。

此行虽不能如愿，但是我总算是走近了太白山。和我们一样选择在冬日来到太白山的人不在少数。虽不能登顶，能走多远就走多远也是好的。乘坐太白山旅游大巴，我们走进了太白群山的怀抱。进山就发现这里的山的确很高。秦岭七十二峪，长安区有十七个，因为比较近，我们去得多一些。去过的黄峪、子午峪、祥峪、高冠峪、天子峪、抱龙峪、太平峪、沣峪、石砭峪等，那里的山和太白山诸山相比还是低了不少。这里的山高耸入云，遮天蔽日，山上植被葱茂，峡谷中水流清澈见底。山上色彩丰富，既有耐寒的常青松柏，又有飘摇着深浅不同的黄、红、灰叶片的高低错落的乔木灌木，它们共同构成了冬日太白山迷人的画卷。车子在山间穿行，路随山转，水绕山行，确实有"两山夹银练，秀水伴仙行"之美。感觉秦岭把我们揽在它巨大的怀抱中，展开它巨大的书卷教我们读懂它。

看，这是三国栈道。上面的一层是新修的，下面的一层是原来的旧栈道。在陡峭的岩壁上，栈道依山势曲折蜿蜒，远望就是一条褐色的长长飘带，宛如临风的衣袂袍带。当大家都在惊叹修建栈道的艰难时，我在想，这可是李白《蜀道难》中的"太白鸟道"？李白当年可曾立太白鸟道而悲叹？

再看，那是泼墨山。高山千仞，悬壁上片片黑色如同墨迹，又有道道流痕，像极了一砚浓墨泼洒其上，还有墨迹未干之感。相传唐代大诗人李白到此触景生情，卧石畅饮太白美酒，岂料"举目山水皆是景，诗到多时苦难吟。抛笔飞砚入云端，留下千古泼墨痕"。李白是否会面对美景奋笔而力不从心？此种情形在诗仙已有先例，他登上黄鹤楼面对崔颢题诗也发出过"眼前有景道不得，崔颢题诗在上头"的慨叹。不过来到太白山，似乎还没有前人把诗写到后无来者的地步，我想诗仙不至于因写不出诗句而将墨泼洒在石壁之上。事实上李白写下的关于太白山的诗才是前无古人后无来者。这个传说只是人们将自己喜爱的大诗人和奇特的地理景观建立的一种情感联系罢了，正是这种联系让这千古苍岩多了一份神秘和诗意，不由人不肃然而生敬畏之意。

再走再看，遇到的是莲花瀑布。高耸的石崖上几支细流在山岩中部汇集为一道瀑布飞泻而下，跌入崖下的清潭，这就是莲花瀑布。这道瀑布很是秀美，很像是昆曲中轻盈下垂的洁白柔软的水袖，抖落下的是珠玉繁华，溅起的是柔婉性情，流淌的是不息精魂。水边和山崖上还有大堆的积雪。太白积雪六月天，太白山的冷峻乃是它固有的风骨。

走过世外桃源之地，车子已经不能再往上爬行。徒步往上走了一会儿，听说前面积雪更深，路面结冰也更严重，只得原路返回。太白山许是累了，合上了展现给我们的书卷，说今天先读到这里，以后有机会再继续读吧。我期待着能够在太白山的怀抱中继续读这本书，将它读完，直到最后一页。

12月份的太白山寒冷异常，防寒装备很好的我依然觉得非常冷，手冰凉僵硬，虽然不停走路，但脚上却没有一点热气，脸在围巾的包裹下依然冻得红红的，嘴唇冻得发紫。尽管如此，我还是喜欢冬天的太白山，它像是一个冷峻剑客，杀气中透着英气，成熟而有个性。

外表坚冷的太白山内心是炽热的，它有着天然的温泉资源，人们可以用它温热的泉水洗去寒冷、疲惫、烦虑、尘念。附近建有很多温泉酒店，我们下榻的这家温泉酒店既有建在楼顶的汤池，也有设在房间露台上的汤池。我在网上搜到了这样的介绍：太白山凤凰温泉水乃萃取地表2000米以下的优质深层岩矿泉，出水温度高达72℃，经陕西省地质矿产局第一水文队勘察及抽样测试，此温泉属于偏硅酸硫酸钙钠型温泉，是最适宜人体健康养生的温泉水。温泉水中富含氟、钾、钠、钙、溴、碘、氡、偏硅酸等微量元素及矿物质，有益于人体健康。当我置身于太白山温泉水中享受大自然的馈赠时，想到了作家高建群的一句话："感谢上苍在我家的门前赐了一条河，这条河叫渭河。给我家的屋后赐了一座山，这座山叫秦岭。"

我同样感谢生活给我的厚爱，给了我第二个故乡——陕西西安，在这里，我拥有了秦岭这个后花园，我不仅享受了这里丰富的物产，领略了这里四季变化的美景，也受到了秦岭精神的滋养。感谢上苍给予人类的一切馈赠！

再上太白山

再上太白山的愿望终于在壬寅年的暑假实现了。我的一个学生，家在太白山脚下，为我们提前做好了攻略，按照他的建议，我们开始了第二次太白山之行。

去太白山的路上下起了大雨，快要到达时雨停了，听说山上昨晚也下过雨，但不影响正常上山。进园转乘景区大巴车向下板寺出发，车子在山间公路上盘旋，弯度很大，有的地方一侧就是深谷，不敢往下看，看一眼会腿软心惊，但开车的司机师傅车技过硬，十分自如。一路风景无限，因为已经来过一次，对泼墨山和三国古栈道比较熟悉，只在莲花瀑布和世外桃源两处景点下车停留，想看看它们夏日的容颜。莲花瀑布从高高的山顶飞泻而下，既壮观又秀美，长挂如练，飞珠似玉，汇聚成潭，澄澈如碧。世外桃源也是一处绝佳避暑之地，小径就设在水边，沿河而上，河水清澈见底，河石洁白，让人不由想在河中戏水。河水很凉，水中的蝌蚪伏在石头上一动不动，小鱼儿自由游弋。靠山的一侧树木葱郁，此时已近中午，太阳出来了，天气放晴，浓密的树荫遮挡了阳光，甚是清凉。迎着微微的山风，我们慢慢地享受着这份惬意。

到达海拔 2800 米的下板寺，此处云雾缭绕，完全遮蔽了太阳。我们能清楚地看见水雾在顺风飘动，不断下沉，穿着短袖明显感到了凉意，便加上了外套。沿着上山的木台阶往上走，两边长满了太白山著名的红松林，夏季的红松枝叶青翠。但是据当地人说，这种松树 6 月份才发芽，9 月就开始落叶，绿叶期只有三个月。树下落满了厚厚的松针，我走在上面感受到松针土层的柔软，由松针形成的腐土层为草的生长提供了足够的营养，所以树下的草长势良好。路是修在山梁北侧的，南侧山风很大，呼呼作响，引发松涛阵阵，不时还会将雨点吹来，但是北侧却是无风无雨，不禁感慨山上的气候之神秘莫测。坐在路边的凳子上静静地听着松涛，听着鸟鸣，我在心中默默想着，要是在这里建造一个树屋住下应该也很好吧？

我们乘坐索道，又走了一段路，越走越冷，看到有不少下山的人穿着羽绒服，推断山上一定更冷。下午三四点钟，我们到达海拔 3200 米的板寺新村，这儿有我们晚上投宿的客栈。这里山上山下大雾弥漫，除了眼前景物什么都看不到了。我们在客栈安顿下来，休息了一下后，发现天一下子放晴了，云开雾散，连绵起伏的山峦尽收眼底，绿油油的红松就在眼前。惊喜之余，尽情拍照，想把这壮美的山景都留下。这样的天气有可能会看到云海，傍晚也是可以看看日落的。我们到拜仙台看日落的时候穿上了羽绒服，但是依然非常冷。拜仙台是一块巨石，有点像一艘大船的船头，其西南侧的风很大，夹杂着雨点，必须在北面找到避风处等待日落。大石头北侧长着几棵松树，迎着气流的树被吹得左右摇摆，而背风处的树却纹丝不动，怎不令人感慨时位的影响？我们在这里和其他人一起看着太阳一点一点落下山去。太阳从光芒万丈到渐渐隐去，也就是几分钟的时间，但这几分钟天光云影却发生了天翻地覆的变化，令人感慨万千。

晚上我们出来在客栈的露台上看星空，还有一些天文爱好者在观测拍照。山外城市的灯火很亮，原本很遥远的城市一下子看起来近在咫尺。我们又来到拜仙台，坐在这块大石头上。四围黑暗，星空璀璨，北斗七星、银河皆清晰可见。很久都没有看到这么多的星星了，而小时候在农村老家看星星是常有的事，现在为了看星星得到山间才可以。我和秋水长天君一起在大石头上坐着，看浩瀚的星空，什么也没有说，没有想，就这样静静地坐着。

夜晚山上实在是太冷了，很快我就被冻得手脚冰凉，我们只好返回房间。坐在开着电热毯的床上取暖，这才理解客栈配备电热毯的缘故。

第二天早上，我们 5 点多就起床了，要在这里看日出。太白山适合看日山的地方很多，天圆地方、大小文公庙、拔仙台都是大家选择的地方，我们住的客栈的露台、房后的拜仙台也可观看日出。起床时天色已微亮，穿好羽绒服下楼来，客栈露台的木板上结满了晶莹的白霜。不一会儿，就看到了太阳在天际线的身影，先是慢慢地露出一点，露出小半边脸，如同巴金先生《海上日出》中说的那样："红是红得很，却没有亮光。太阳像负着什么重担似的。"后来，露出的部分越来越多，直到完全跃起，喷薄而出，光芒万丈，耀眼得让人不敢直视。我还是认为姚鼐的《登泰山记》描写日出的情形最为精妙："极天云一线异色，须臾成五彩。日上，正赤如丹，下有红光，动摇承之。"简短的几句话写尽了日出的景象，古典文学的精炼和典雅的确令人叹服。

7点多从客栈出发，沿着木板路走向小文公庙，沿途欣赏野花、石花，认识了山杜鹃。这段路还是比较好走的。过了小文公庙就是第四纪冰川的遗址了。大大小小的石块从山顶到山脚形成了石河、石阵，这些都是冰川融化后石块被冰川带着流动而形成的。岁月的沧桑就在眼前，这些白花花的石块历经了千万年的风霜雪雨，静静地诉说着时间的流逝、沧海桑田的变化。我们走在由第四纪冰川时期的石块铺出的羊肠山道上，前后左右都是石头，行人渺小得令人心酸，但是我们的双脚却是可以丈量这条路的长短，并走出这座石山的。走过这段石河后又踏上了另外一段山腰间的羊肠小路，每每转过一道山弯就以为要到达目的地大文公庙了，但是发现转过一山还有一山又一山，杨万里说得没错，"一山放出一山拦"。这太像我们的人生了，要跨过一道道坎、翻过一座座山才能到达目的地。不知道转过了几道山弯，终于到达了海拔3568米的大文公庙。回首看我们走过的路，已经很长很长，成就感也就油然而生了。

在大文公庙稍作休整，我们开始挑战最难的一段路——好汉坡。好汉坡比较陡，海拔提升很快，所以爬山很是费力，需慢慢地一步步往上爬，要不断地缓气才不至于缺氧。我们几步一歇，缓慢移动，回头发现已经离大文公庙有一段距离了，看着那些还在休息的人，还在我们身后移动的人，还有几位上了年纪的爬山老人，觉得自己更有劲头了。这个海拔段，山上已经没有了树木，只有高山草甸，有草的地方开满了不知名的山花，有红的、浅紫的、黑紫的、黄的，很是漂亮。还有叫不上名字的鸟在悠闲地吃着花籽和草籽，一点也不怕人。我们继续前行，不知不觉间就越过了好汉坡，成为名副其实的好汉了。山头休息，举目远眺，山峦层叠，壮哉美哉！

接下来还有约两小时的路程才能到达大爷海。漫漫长路还需继续努力，我们两个相互鼓励着，不问前路，只顾走好脚下每一步，一步步走就一定能走到终点。将近12点时，我们都有些累了饿了，于是在路边找了个地方休息，补给一些食物。第一次于这样的旷野雄山进食，忽然对陈子昂"念天地之悠悠，独怆然而涕下"的诗句有了切身的理解。吃着秋水长天君一路负重从家里带来的食物，顿时觉得食物是那么可贵。人在这荒山野岭间没有食物、没有水该何以生存？食物带来的莫名感动让我的眼睛有些发酸，悠悠天地，人何其孤独微小。望望远山，看看身边这个一直陪伴我、一直为我负重前行的人，我愈发觉得自己多么幸运和幸福。

进食之后我们继续出发。我有午睡的习惯，此时其实特别想躺下睡一会儿，但是只能往前走，我明显感到自己的步子有些沉重缓慢。秋水长天君走在前面，我时不时落下一段路，他便就地休息等等我。他看我有点累了，就把我的包也拿上，让我轻装走路。虽然轻松一点，但我还是有点走不动了，因为我们已经走了约五个小时的路了。好在我们已经可以看到大爷海岸边那些蓝色的房顶，目标在望，继续前行。山路其实是会哄人的，看起来没多远，但走起来却是很费功夫的。走到精疲力竭方才走到了水平如镜的大爷海，此时已经一点多。终于坐到了大爷海岸边的石头上，海中蓝天白云和山石的倒影清晰极了。在海拔 3590 米的高山上，有这样一池不盈不亏的清水，不能不说是奇迹。大爷海的周边除了石头还是石头，在太阳的直射下发出耀眼的白光，如果没有这池水，所有的生命在这里或许都会绝望，这池水赋予大山以生命和希望。为何无数的登山者一定要到达大爷海？大约是心怀对生命之源的敬畏吧。撩起有点冰凉的海水洗洗手，就和千万年前地壳运动、山崩地裂而形成的堰塞湖握了手。

太白山最高巅拔仙台就在大爷海的附近，据说还有近四十分钟的路程。望了望看起来就在眼前但是尚需要艰难跋涉的拔仙台，考虑到体力不足加上返程下山时间有点紧，我们决定返回了。这次有点遗憾，不能登顶感受一下李白所说的"举手可近月，前行若无山"的豪迈，但是我们计划在春天或者秋天再来。太白山四季景色各异，每一季都值得游赏，登顶太白山的目标就等下次来实现吧。

返回的路依然是艰苦的，想想那刚刚走过的一程又一程的山路，想想那一步步丈量过来的一眼望不到头的羊肠小道，特别期待大爷海有索道或者直升机，可以把疲惫的我们直接运下山去。可惜没有，原路返程是唯一的选择，一步也少走不了。

下午上山的人很多，其中以年轻人居多，有的步履轻快，有的气喘吁吁，有的边走边叫苦……这就是生活的真相呀！迎面走来的很多人都背着帐篷要在山上露营，露营其实不仅仅是年轻人的愿望，我们这一代人同样渴望，希望去享受那种幕天席地仰望星空的自在感觉，可见人们热爱自然、融入自然的本心。返程的路上，秋水长天君看我太累了，就把包全部背在自己身上。一路上他不再拍照，我想他大概已经没有力气拍照了。毕竟是下山，克服重力的时候相对少一点，还是比来时要快一点，我们总共用了四个多小时终于到达天圆地方索道。

在天圆地方看到了云海翻滚的景象，还有人拍到了佛光。山谷中云起云涌，仿佛群仙于风云处际会，变幻莫测。

我们乘坐索道下山直到红化坪站，再转乘园区大巴车下山，终于坐下来了，一路上的疲惫慢慢消解。

下车时热浪袭来，才知道山上山下两重天。开上自家的车，路上买了西瓜，甘甜清凉，爽口极了。吃了两天的冷食，晚上我们吃了碗热乎乎的面，胃里倍感幸福。秋水长天君开车回家，路上我很快睡着了，快到家时方才醒来。每次我累了，他总是一个人默默开车，让我睡觉，这也是平凡的幸福吧。

第二天醒来，走路试试，腿竟然并不疼，感觉恢复得很好，看来平时的走路锻炼还是有作用的。期待着三上太白山。

第四辑 · 天光云影

行走西藏

人生真的需要一场说走就走的旅行，到西藏也可以不做准备，说走就走。丁酉年暑假我和秋水长天君临时起意，想出去旅行一趟。晚上他对我说："咱俩去西藏吧。"我说："好呀！"他网上看票，只有两张硬卧，立刻买票。我当即收拾行李，第二天上午出发。

进藏路上

丁酉年 8 月 17 日上午 9 时 45 分，开往西藏的列车启动，我们正式踏上了西藏之旅。甘肃境内沿途风景实在无可记述，干旱而贫瘠，植被贫乏，令人视觉疲劳，于是我们在沉睡中到达了西宁，转乘供氧的进藏专列。早上 6 点多醒来，外边天光微亮，正好经过一条大河，据同车的一个人说它叫沱沱河。晨曦中河水泛着幽幽的亮光，如同明镜。天上的云低垂着，靠近水际的是黑云，仿佛紧贴着水面一般，黑云之上是白云。草地上细小的支流像是流星，还有那一汪一汪的水坑像是镶嵌在大地上的一颗一颗宝石。所有有水的地方都在熠熠闪光，朦胧而华丽。突然太阳一跃而出，河水就成了金色的了。大地神秘的面纱被揭开，我们可以清晰地看到绵亘不绝的山脉、一望无际的草原，视野开阔得让人感觉到有点不真实，在大城市看惯了林立的高楼，在这里行进在渺无人烟的区域，没有楼房，没有车水马龙，真的是进入了另外一番天地。蓝天、白云、雪山、草原鼠、藏羚羊、牦牛、牧羊、马，一一进入我们的视线，它们非常悠闲自在。眼前的这番异域风光，展示着草原慢生活的状态。

沿途经过措那湖，当时我正睡觉，秋水长天君没有叫醒我，于是错过了那个美丽的高原淡水湖。但是他给了拍了不少照片，还录了视频，还给我讲了他眼中的措那湖，所以，我还是想为我错过的那个湖写上一笔。措那湖面积约 300 平方千米，海拔 4800 米，是世界上海拔最高的淡水湖。秋水长天君这样向我描述：措那湖湖水平静而澄澈，远在列车上，都可以清晰地看到蓝天白云在水中的倒影。远处的卓格神峰护卫着这个明珠一般的神湖，天上的白云仿佛母亲温柔的眼睛注视着她。这次错过了，但或许我还有机会再来到措那湖，怀着和当地人一样虔诚的心来领略她的神圣风采。

沿途所见，我们最强烈的感受有四。一是西藏的地广人稀。列车行驶中很少能看到人和村庄。二是西藏的云很低。到了这里，才可以直观地理解"天似穹庐"的含义。云幕低低地垂着，好像是瞌睡了的美人的眼睑。这里的天和地非常亲密，天上的云似乎怕大地太热了，一团一团遮住太阳，洒下阴凉。三是视野开阔。一眼可以望到很远，一览无余的感觉对我们习惯了备受限制的眼睛而言真的是太奢侈了。四是纯净无瑕。感觉这里的一切都是那么地纯净，天地之间一无纤尘，可以尽情地呼吸。

沿途的饮食最值得说的当是我们调配的方便面了。因为路上时间长，所以备足了水果、零食、主食。主食吃的是方便面，我们自带饭盒，买了汤达人的日式豚骨拉面，吃起来确实是骨头汤的味道，汤好面才好，的确是至理名言。在面里另外加入豆腐干、玉米热狗肠、焯过水的小白菜、紫菜、煮乌鸡蛋，开水泡足三分钟，一份美味的面就隆重出炉了。每次吃面都要将添加的食材变换一下，虽然在车上吃了三次面，但是每一次都是连汤带面吃个精光。我们自带了袋装奶粉，早餐、晚餐都是热乎乎的牛奶加水果，也算是健康美味了，所以车上吃饭并没有引起肠胃不适。

备餐一直是我的任务，到了饭点，秋水长天君就说："你给咱们做饭吧。"就好像在家里一样。我则笑答："好的，我来给咱们做饭。"我主厨，他配合。我做饭他洗碗。路上，他一直把我照顾得很好，生怕我有什么不适，当然拎行李箱、安排行程、订票之类的事情我是一概不用操心的。想想在出行之前，两个人在一起共度了一个多月的暑假，真是有点"相看两厌"，小矛盾、小争执时有发生，所以才有了这次说走就走的旅行。我发现，从收拾行李开始，我们就表现出绝对的一致，愉快的心情从拉着行李箱走出房门的那一刻就畅快飞扬了。可见，一家人也不能老是拘于一室之内，要经常户外活动，外出旅行，这样就不至于陷于生活琐碎，以至于产生摩擦，从而影响了感情。

下午 4 点 30 分到达拉萨，下车我们两个人都没有高原反应，没有任何不适，心情更是放松了，此行可以好好地感受一下西藏的风景。

有在西藏的朋友来接。晚餐吃了涮涮鱼，鱼就是平常的，印象深刻的是玉米煎饼，应该算是一种甜点，以玉米面为主，里面大概还加入了其他食材，有股淡淡的奶香味，用勺子舀上一勺，倒在淋上油的烤盘上，煎至两面金黄即可食用。还吃了青稞糍粑，和糯米糍粑几乎一样，味道还好。下榻拉萨璟城国际酒店，干净舒适。好好休息，第二天就要开始游览西藏的风景名胜！为了表达对西藏的无限向往，作《记梦》诗一首：

青藏通天堂，白云梦里香。

乘风凌雪顶，雍措更安详。

圣洁的羊湖

羊卓雍措湖（简称"羊湖"）是西藏三大圣湖之一。早上 9 点从拉萨出发，先是沿着拉萨河行驶，后来沿着雅鲁藏布江行驶。雅鲁藏布江非常宽阔，因为是雨季，所以水量丰沛，河水浑浊，有的地方激流涌动，携带大量泥沙滚滚而下。河中还有很多树，据说旱季的时候它们就在沙滩上。在江边一个便于观景拍照的地方我们停下来，这里水面辽阔，远山环绕，树木林立，很有大江大河的气势。走向江边，发现这里有很多用石块垒成的小小的玛尼堆，还有很多牛粪，散发出一股奇怪的味道。

进入羊湖景区，逐渐走上了盘山公路，要翻过一座海拔 4998 米的岗巴拉山，才可以看到羊湖的容颜。公路盘旋了多少圈已经数不清了，一路上观景比较好的地方我们都会停车欣赏美景，或者拍照留念。停留的地方有一种植物有点像内地的薄荷，但是上面长了黑色的绒刺。我先是凑过去闻了闻，确实有一股清凉的味道，就想摘一片叶子看看，撕开闻闻，结果一伸手就被刺到了，火辣辣地疼，一直持续很长时间，直到晚上症状才消失。高原上植物的生存法则，让我很感慨。它叶子上的刺一则为了保护自己免遭其他物种采食，二则刺状的结构一定也是为了减少水分蒸发。

　　带着伤痛来到了另外一处更高的地方，这里有很多藏族人在做生意。除了那些卖工艺品的，比较有意思的就是与小羊羔、藏獒、牦牛合影的生意了。有几只小羊羔站在栏杆上，身上扎着彩色的花和带子，雪白的毛很洁净，样子十分可爱，藏族人手中拿着青草招揽顾客和小羊羔照相。还有很多藏獒，被主人驯化与游客拍照。在山顶上，当地藏族人立了一块石碑，上面刻着"雅江河谷，海拔4280米"。大石头的前面分别有四只威武的藏獒，当地人戏称为"四大天王"。看着藏獒凶猛的样子，我不敢与它们合影，万一它们不高兴发生伤人事件怎么办？于是就离开了。

　　继续前行到达山顶，可以俯瞰羊湖。到了这里，风很大，有些冷，上车换了衣服，才俯身好好看看传说中的圣湖。那是两边群山相夹的一个巨大高原咸水湖泊，水色湛蓝，天光阴晴晦明不同，湖面的颜色也不同，所以远远看过去，水面色彩深浅不一，明暗不同，让人感觉到圣湖的神秘莫测。俯瞰羊湖后，我们开车下山，来到羊湖的跟前，顺水可以望到对面的青山和村落，岸边由于浪的击打，水显得有些混浊，但是几米外就极其清澈了。湖边有藏族人的牦牛可以骑着拍照，我看中了一位老人的白色牦牛。它看起来比其他的牦牛都好看，毛也更干净些。据陪伴我们的小路说老人八十岁了，在藏族人中算是高寿的了。为了给这个有寿福的老人添福，我选择了他的牦牛。临走时还和老人攀谈了几句，他说自己这头牦牛长得好，纯白的毛，一天可以给他带来七八百元的收入，言语间很是满足。祝福这个老人健康长寿，祝福他的牦牛给他带来更多的财运。

　　我们沿着羊湖一路行驶，直绕到它的对面继续饱览羊湖风采。湖边，很大的水鸟或站立岸边，或展翅飞起在湖面上盘旋。湖边的草地上有一群牦牛安详地吃草，鲜艳的经幡在风中飞舞。此时，我很想随着天上云的节奏，乘一艘小船，在宁静纯净的水面上漂荡。羊湖有一点很有意思，它只有入水口，没有出水口，如果按照中国传统风水观念这可是一个守财宝湖呢。

离开羊湖，沿途还看到了满拉水库，也是青绿的水，很大的水量。沿途还看到了很多雪山，很近的距离，才看清楚了雪山上的雪原来非常厚，化掉的雪水顺着山体流下，冲出了或大或小、或深或浅的沟壑，然后汇成河流，不知道流向何方。

我们的车行进的目的地是日喀则，一路上都是不同的风景。由于气候寒凉，这里的油菜花刚刚开，还有不少是将开未开的。江孜县是青稞之乡，种植了大面积的青稞，有的泛黄了，大部分还是青的，一望无际，如同关中平原上的夏小麦一般，微风中绿浪翻滚。可见这个地方的土地相对肥沃，不像沿途看到的其他地方那样，草都长得营养不良。

中午饭后我因为困倦就躺在后座上想睡一觉，不想路上颠簸得太厉害，不仅没有睡着，反而晕车了，胃里翻腾不已，难受得要吐，头也因此疼起来，后来停下来吐了吐，又喝了高原饮料和开水，昏昏沉沉地睡着了一会儿，方才好些了。真担心此次旅行因为身体不适就到此结束了，真的想快一点到达目的地，好好歇歇。终于到了，安顿好后赶紧将自己平放在床上，秋水长天君让我喝了热水方才慢慢缓过来了。明天可以继续行走西藏。

晚上为羊卓雍措湖写诗一首：

天山共色风烟净，水鸟相亲云影轻。

缥碧一湖珠玉润，瑶池纵好不与争。

扎什伦布寺

玉兰酒店的早餐比想象中要好，还算是比较丰盛的，除了馒头点心之类还有蒸红薯、山药、玉米，粥也熬得挺好，小菜都可口。经过昨晚的空腹，早上终于有了胃口，吃饱了肚子。今天的行程安排是参观扎什伦布寺，9点多我们到达寺院，跟随导游进入寺院。

我依然提前为参观扎什伦布寺做好了功课。扎什伦布寺意为"吉祥须弥寺"，全名为"扎什伦布白吉德钦曲唐结勒南巴杰瓦林"，意为"吉祥须弥聚福殊胜诸方州"。寺院背后的山是尼色日山。导游介绍说这座山像是一个卧着的大象，左边延伸的山梁是象的鼻子，山上有点突起的部分是它的眼睛，正中部分是大象的身体，右边是大象的臀部和腿部。仔细一看的确有点相像呢。这座山是山中有山，中间可以看到一座小一点的山，这是度母山，山上有三个白色的亮点，那是三块天然形成的白色石头，上面是度母的脸，下面对称的是度母的两个乳房，这样扎什伦布寺就躺在度母的怀里。听了这样的讲解，真的觉得这座寺院的地形有些独特了。

扎什伦布寺与拉萨的三大寺——甘丹寺、色拉寺、哲蚌寺合称藏传佛教格鲁派的四大寺。这四大寺以及青海的塔尔寺和甘肃的拉卜楞寺并列为格鲁派的六大寺。

沿着参观路线，我看到寺院的僧房角上都有一个圆柱状的小型建筑部件，就请教导游这有何意。他说这是用来庆祝胜利兼辟邪的。当年佛教传入，有不少异教徒前来宣扬异教教义，与当地的僧人展开激烈的辩经，最后这些异教徒都被说服，剃度皈依佛门了。上面挂的都是异教徒的辫子，说明佛法的无穷力量。

寺院里面的树不多，但是所见之树却是我不认识的，忍不住向导游发问。经导游介绍，我认识了这里的两种树。一种是榆树，但是这里的榆树和中原地区的榆树是不一样的，叶子略显小，枝条发白且低垂。榆树在西藏寺院种植比较普遍，尤其在辩经场，因为榆树是智慧的象征，学佛辩经那是需要学识和逻辑力的。同一物种在不同的民族文化中却有着不一样的意义。在我的家乡说起榆树时就会说榆木疙瘩，因为榆树木质坚实，还用榆木疙瘩形容一个孩子愚钝不开窍。以榆木做书房家具倒是非常普遍，看来是取义于智慧，另有妙处的。另一种树是西藏特有的，叫卓瓦树。这种树从印度传来，发生了变异，就成了西藏独有的物种。它特别耐旱，寺院里这几棵树都有几百年的历史了，树上有些枝条干枯了，但是它们并没有死，只要有充足的水分和阳光它们就会复活，发出新的绿叶。从前藏族人取此树柔软的枝条裹上棉条用作酥油灯的灯芯，所以又叫它灯芯树。后来查资料发现有人说卓瓦树虽然名为树，其实不是树，而是由一种名叫'互叶醉鱼'的草生长而成。不知道这种说法是否属实，有待查考。

扎什伦布寺于明朝正统十二年（1447），由宗喀巴弟子根敦珠巴兴建，后四世班禅罗桑·却吉坚赞加以扩建，成为历代班禅驻锡之地。整个寺院依山而建，殿殿相连、巷巷相通，放眼望去，金顶红墙层层叠叠，宏伟壮观。

扎什伦布寺最宏伟的建筑当是强巴佛殿，在寺的西侧，藏文叫作强巴康。强巴佛就是汉地佛教的弥勒佛。在佛教中，强巴佛是掌管未来的未来佛，所以很受信徒的重视。大殿建于1914年，由九世班禅曲吉尼玛主持修建。强巴佛殿是座五层大殿，下面还有两层回廊。殿高30米，建筑面积862平方米。佛殿全用石头垒砌而成，接缝密实，庄严肃穆。整个佛殿呈四大阶梯状，层层收拢高出。以往可以逐层参观弥勒佛的每一层佛身，现在不可以了，只能在底下仰视佛像的威严。我拿出自己查到的资料，将纸上的数字和眼前的佛像一一对应，暗暗惊叹。强巴佛蹲坐在高达3.8米的莲花基座上，面部朝南，俯瞰着寺宇。佛像高26.2米，肩宽11.5米，脚板长4.2米，手长3.2米，中指周长1.2米，耳长2.8米，据说强巴铜佛像的鼻孔里可容下两个孩童呢，可谓是巨型雕塑行列中的珍品，也是世界上最高最大的铜塑佛像。这尊佛像由110个工匠，花费四年时间才铸造完成，共耗黄金6700两、黄铜23万多斤。佛像眉宇间镶饰的大小钻石、珍珠、琥珀、珊瑚、松耳石1400多颗，其他珍贵装饰更是不可计数。在扎什伦布寺内用宝石做装饰的地方实在太多，在强巴佛殿外面的地面上就有用宝石镶嵌而成的"万"字。

这座弥勒佛庄严高大而雄伟，和汉地寺庙中供奉的大肚弥勒不同，他没有大肚子。

我们还参观了扎什伦布寺的灵塔殿。灵塔是历代班禅的舍利塔。扎什伦布寺有展佛台，里面有三世佛（过去佛、现世佛、未来佛）的唐卡画像，非常珍贵，可惜我们来的时候不是展佛的时节，不能目睹巨幅唐卡。

扎什伦布寺属于后藏，四世班禅大师是五世达赖喇嘛的老师，两位大师对西藏的和平稳定做出了重大贡献，在不同的地域受到藏族民众的敬仰。

从扎什伦布寺出来，我看到寺外有两个白塔冒着青烟，不知道这是做什么的，就走过去探察。看到白塔旁边有藏族人在卖不同的香料，有一种我认识，就是柏树枝，一闻就可以闻出味道，但是其他的我不认识。那两位藏族同胞除了"五元"外，什么汉语都不会说，所以我并不知道卖的是什么香料，但我可以推测出把香料倒进塔里燃烧，大概是供奉之意。我好奇，就买了两份，藏族卖家在上面洒上了青稞面粉。我端着香料送到了塔炉里，希望我的供奉能够保佑众生平安。后来我查阅资料才知道这种仪式叫煨桑，那个白塔叫桑炉，煨桑是藏族祭天地诸神的仪式。

从日喀则返回拉萨的路上，雅鲁藏布江一直和我们相伴，江面时宽时窄，宽时浩浩荡荡，窄时汹涌澎湃。雅鲁藏布江发源于西藏西南部喜马拉雅山北麓的杰马央宗冰川，上游称为马泉河，由西向东横贯西藏南部，绕过喜马拉雅山脉最东端的南迦巴瓦峰转向南流，经巴昔卡出中国境。雅鲁藏布江全长2840千米。原初冰川化水当十分清澈，但是雨季时沿途携带越来越多的泥沙，江水显得非常浑浊，如同我们的母亲河黄河一般。雅鲁藏布江一路奔腾，在雅鲁藏布大峡谷形成了世界奇观，那里将是我们接下来要去的地方。

《文成公主》实景剧

从日喀则返回拉萨，我们当晚观看《文成公主》的实景剧。演出9点开始，进场，看到宏大的舞台，以星空为幕，以大山为背景。

我在陕西临潼看过《长恨歌》的实景演出，在云南看过《千古丽江情》的大型表演，这次看《文成公主》的演出，觉得还是可圈可点，亮点纷呈的。一是布景宏大，有唐代长安城辉煌的宫殿，有公主进藏途中翻越的崇山峻岭，有拉萨城和布达拉宫。这些大型布景自然产生规模宏大的艺术效果。二是异域风情独特。演出中有藏族舞蹈打阿嘎和藏戏表演，有牦牛、羊群、骑兵，渲染出独特的异域情调。三是演出阵容强大，参加演出的演员非常多，服装色彩艳丽，有很强的视觉冲击力。四是唱词写得很有文学色彩和诗意。文成公主进藏途中思念家乡和亲人，唱词写道"走不到的地方是远方，回不去的地方是故乡"，但是她作为和平使者必须弱肩担道义，场上便响起"天下没有远方，人间都是故乡"的动人歌声。文成公主的舍身大义令人感佩不已。如同歌词中写的那样："金色的微风吹过一千三百年；银色的云朵飘过一千三百年；动人的故事传唱一千三百年。"这样的台词真的写得很好，有艺术感染力。

大唐于贞观十五年（641）与吐蕃松赞干布联姻。文成公主一行从长安出发，途经西宁，翻日月山，长途跋涉，历经两年零八个月的时间方到达拉萨。她带来了种子、耕种技术、佛教、汉族文化，为不同民族融合做出了重大贡献。但是她也做出了巨大牺牲。她远离故土亲人，来到雪域高原，沿途跋山涉水历经了多少艰险。一千多年后，交通如此发达的今天，我们坐火车走青藏线还要走三十多个小时，她要融入一个语言不通、生活习惯差异巨大的民族，要在这里生活四十多年，她要忍受多少我们不能想象的困难。舞台上的文成公主光彩照人，史书上的文成公主美名传扬，传说中的文成公主神圣智慧，现实中的文成公主甘苦自知。

文成公主如同自己带来的公主柳一样坚韧，在海拔3000多米的藏地，历经严寒贫瘠而顽强繁衍，播撒爱和文化的种子，最终赢得了藏族人民的敬仰，成为藏族人民用心供养的度母。

雄伟的布达拉宫，神秘的大昭寺

今天的行程是参观布达拉宫，布达拉宫每天的参观人数是有限制的，所以预约的票都是分时间段的，我们的预约时间是11点。早上9点多来到布达拉宫等待领预约票时，看到很多藏族人在转经。他们拿着转经筒边走边转边拨动念珠，口中念着佛经，他们要绕着布达拉宫绕行，或许一周或许三周，还有磕长头的。转经的人各个年龄段的都有，他们表情严肃，眼中充满了虔诚。

等到了进宫时间，排队入宫。首先看到无字碑，这个碑是为了纪念五世达赖喇嘛的功绩而建造的。五世达赖喇嘛圆寂前，将其权力交给第司，让其代理政务。为了政局稳定，第司保守五世达赖喇嘛圆寂的消息，秘不发丧。直到十四年后，六世达赖喇嘛坐床，方才公布这个消息。后来第司为了纪念五世达赖喇嘛立下了这个碑。

沿着山路继续行进时，导游介绍说，布达拉宫宫体主楼高115米，共有375个台阶，海拔有3700多米。布达拉宫的外墙构造独特，其墙体用石头砌成，墙上的白色是用牛奶、蜂蜜、白糖混合白粉涂料刷成的。据说布达拉宫的外墙每年都会刷新，用的全是藏族人捐赠的新鲜牛奶，只有西藏当地的新鲜牛奶才可以很好挂壁。布达拉宫的豪华原来从外墙就已经开始了！白石墙上面有厚厚的红色层，据导游讲这是用当地的一种植物——白玛草制成，细看是小小的细棍儿密密地排在一起。白玛草原本是黄色的，涂上了红色后和白色的墙体相映衬，非常醒目。用作涂料的红据说来自一种红土，红得鲜艳又稳重。布达拉宫的颜色有四种：白色，代表纯洁；红色，代表权威；黄色，代表圆满；黑色，代表辟邪。红色部分之上是一层厚厚的阿嘎土。阿嘎土是西藏特有的一种材料，用石子混合黏土和菜籽油，用打阿嘎的技术覆盖于墙体上，有很好的防雨作用。布达拉宫的室内和室外地面全部都是阿嘎土地面，非常光滑，甚至胜过今天的水磨石地面，重要的是经过检测这种地面没有任何辐射。布达拉宫的用料多就地取材，用的大都是西藏特有的材料。比如宫中的室外帘子是用当地的黑色牦牛毛编织而成的，可以遮挡强烈的日光和紫外线，还有防风的作用，又有很好的透光性，下雨的时候，牦牛毛会自然卷曲，会挡住帘子上的空隙，起到防雨的作用。布达拉宫内的墙体很厚，有的地方厚 3 米，有的地方厚达十几米，从墙体上的采光处可以看到墙体的厚度，可见当时的建造充分考虑到西藏的气候特点，以达到冬暖夏凉的效果。宫殿的外墙依山势而建，有梯度有弯度，因而呈现出非常优美的线条，再加上白红两色的搭配，远观近看都很美观。

　　一路走来，一路赞叹。当真正进入白宫的时候才发现要赞叹的远在后面。

　　布达拉宫最早是松赞干布修建的，但远不是今天的模样，那时规模还很小，今天可以看到的唐代的建筑只有法王洞和圣观音菩萨殿两处，其他部分都是后世逐渐修建完善的。今天的布达拉宫由白宫和红宫组成。白宫就是旧西藏噶厦政府。白宫有东日光殿和西日光殿。东日光殿由十三世达赖喇嘛新建，而西日光殿是五世达赖喇嘛于 1645 年重修布达拉宫时所修建。红宫是宗教场所，由达赖喇嘛的灵塔和各类佛殿组成。灵塔中最著名的是五世达赖喇嘛的灵塔，灵塔上镶嵌的宝石不可胜数，其中最著名的是一颗大象脑袋内所生的白色明珠，世界上独一无二，其价值不可估量。还有一尊观音菩萨像十分奇特，是　株檀香木天然形成的菩萨像，实在令人不可思议：这是大自然的巧合还是佛祖的旨意？

　　参观布达拉宫，就是在世界瑰宝组成的博物馆中畅游，令人目不暇接，叹为观止。这里是中国人民的智慧和遗产的大凝聚、大汇聚。

　　给我们讲解的是藏族导游班元旦，他对布达拉宫相当了解，讲得很详尽，有问题询问也耐心解答。若有机会再到西藏，希望还能遇到元旦，再请他来做导游。

下午去大昭寺。大昭寺已有一千三百多年的历史，在藏传佛教中拥有至高无上的地位，是西藏现存吐蕃时期的最辉煌的建筑，也是西藏最早的土木结构建筑。藏族人民有一个"先有大昭寺，后有拉萨城"的说法。

大昭寺，最初称"惹萨"，即山羊驮土建造之意。传说此地最早的时候是一片湖泊，填湖建寺，全靠山羊驮土，故有此名。后改名拉萨，是佛的圣地之意，后来拉萨就成了整个城的名称了。大昭寺又名祖拉康、觉康（藏语意为佛殿），是典型的藏传佛教寺院，最早由藏王松赞干布建造，后经过元、明、清历朝屡加修改扩建，新中国成立后重新修缮，才形成了现今的规模。大昭寺融合了藏、唐、尼泊尔、印度的建筑风格，成为藏式宗教建筑的千古典范。大昭寺内的镇寺之宝是文成公主从大唐长安带去的释迦牟尼十二岁等身像。

大昭寺的大门口有很多磕长头的人，他们旁若无人，非常专注地磕长头，似乎没有尽头。我进寺的时候看到他们在磕长头，出来的时候他们还在磕长头。我无法完全理解他们的这种行为，但是我相信这种做法一定会让他们感到心安。

大昭寺的门口有一棵很大的柳树，传说是文成公主修建寺院时亲手种下的，如今依然郁郁葱葱。这棵柳树在岁月的变迁中见证了多少故事和虔诚？它是不是也成了佛树呢？

在大昭寺有太多的佛像，各个都有着辉煌的金身，镶嵌着叫不出名字的珠宝，不知道他们看着俯首膜拜、熙熙攘攘的游客有什么感想。有很多人在寺院外边换了零钱，在佛像前行财布施。我没有，我认为佛的本意绝没有索求之心，他不会以是否行财布施为评判的标准。秋水长天君在进寺的时候在地上捡到了十元钱，没有问到失主，就递给我，说一会儿让我到寺院后放到功德箱中。我放到了现世佛释迦牟尼佛的面前，希望现世佛能够保佑当世太平。布施有很多种，最高的布施是法布施。佛教的教义最根本的是要以仁爱之心对待万物，这和儒学不谋而合。我们做老师的，工作的实质其实就是传道，也就是法布施。身正为师，学深为范，生活本身就是要修为己身，所以我觉得自己一直在修行。我们把钱财捐赠给那些需要帮助的人，同样是在布施。佛会洞察一切的。

导游介绍了大昭寺里发生的神奇的现象，让我感觉很神秘。其一是在一尊佛像后面的墙上自然形成了一个佛像，画师将佛像轮廓勾勒出来，并用金粉涂在佛像的面部，衣服也施以彩绘，这样我们就可以清楚地看到这尊自然形成的佛像了。第二个神奇的现象是在一尊佛像的旁边靠近墙角的位置自然形成了一只羊的样子，栩栩如生。

观赏了大昭寺的金顶后，我们返回，自己带的水已经喝完，口渴，又喝不了瓶装的凉水，很希望在大昭寺能补充到热水。正好下了楼梯看到左侧是寺院的大厨房，我想这里应该有开水的，于是就问旁边的一个师傅，果然有水。我进去，另外一个师傅从大锅里给我舀了一瓢刚烧开的热水，装满了我的水壶。道谢后找凳子坐下，将水倒出来，发现这里的水和我们在宾馆烧的水一样，有很多白色颗粒物。不同的是，宾馆的水中白色颗粒物会沉淀到杯底，而这水中的白色颗粒物并不沉淀，都漂浮在水面，慢慢聚合，在水面上形成了漂亮的花样，如同雪花的晶体。我有些诧异，这难道是一份佛缘吗？因为这美丽的水花，我怀着虔敬之心喝了水，内心感受到了一份甘甜。默默感谢着大昭寺的布施：也许是何时有了某种善因，才有了今天的善缘吧。

环大昭寺内中心的释迦牟尼佛殿一圈称为"囊廓"，环大昭寺外墙一圈称为"八廓"，大昭寺外辐射出的街道叫"八廓街"，即八角街。以大昭寺为中心，将布达拉宫、药王山、小昭寺等区域内大小寺庙包括进来的一大圈称为"林廓"。这从内到外的三个环型，便是藏族人行转经仪式的路线。我们从大昭寺出来后也绕着寺院转了一圈，为天下众生祈求平安幸福。转经的路上依然可以看到很多虔诚的磕长头的人，我的心里有种莫名的感动，因为人需要有信仰，有信仰的人所做的每件事都意义非凡。

晚上在大昭寺附近一家餐厅吃了藏餐，要了一份糌粑牛肉粥、一份牛肉粉丝蘑、一份糌粑、两杯酥油茶，感觉很好吃。听陪同的小路说嘴巴干裂喝酥油茶很管用，于是要了一杯酥油茶，心想喝一下试一试，如果可以接受就喝，不能接受就不喝。没想到味道还很好，于是又加了一杯。喝了之后，果然第二天感觉嘴巴不那么干了。还真是神奇，看来真是一方水土养一方人啊。

吃过晚饭，我们两人并没有打车回宾馆，而是导航步行回去，这样既能消食又能看看拉萨的市容和夜景。路上又遇到了登布达拉宫时拼导游的江西女孩小肖，今天已经是第四次遇到她了，下午在大昭寺遇着了两次，太有缘了！她和另外一个女孩子一起去看布达拉宫夜景，顺路同往。在布达拉宫对面广场一起拍了照留念，坐在广场等待布达拉宫亮灯的美丽瞬间。我们通过聊天，多了一些了解，那是一个喜欢旅行的姑娘，祝愿她能走遍自己喜欢的地方。

回宾馆的路上，飘过一阵乌云，哗啦啦就是一阵雨，还挺大的，不过还没等我们走回去就不下了。西藏的雨季就是这样，一片乌云就是一场雨，说下就下，说晴就晴，一会儿很热，一会儿又会很冷，高原的气候真的有些反复无常。

躺下，困乏，很快入眠。

人间仙境巴松措

我们前往工布古村的高原秘境巴松措，一路上清澈的尼洋河一直陪伴着我们。路上发现这里的民居风格和拉萨、日喀则的都不同。这里的民房看起来非常精巧，房顶直脊，有歇山，四角微翘，有的是一层，有的是两层，房檐窗檐均装饰彩绘，石块砌成的墙壁，看起来就如同城市的别墅一般。很多人家窗外还放着鲜花，感觉他们很热爱生活。我也想有这样一座房子，住在青山绿水之畔，白云是开在我心中的花，青山是描在我心中的画。

我们中午在工布江达县县城品尝了川菜咕噜鱼，菜做得很入味，但是川菜的麻辣确实有点让人唏嘘。这个小县城的规模就好像中原地区的一个小镇一样，很小，但是很干净。背靠青山，前面是清澈的尼洋河平缓地流过，对面依然是青山白云，空气纯净而透明。街上少有行人，偶尔可以看到一两个人慢悠悠地走过。我问来自重庆的老板娘：住在这里，每天都这样看蓝天白云和青山绿水是不是很幸福？老板娘说在这里已经七年了，都不想回去了，一回到老家，满嘴满脸满头的灰，到处灰蒙蒙的，实在是受不了。

其实我也想住下来不走了，以青山为伴，白云为侣，听尼洋河歌唱，看蓝天每日写下不同的诗行，但我仅是个匆匆过客，我还要去看前方的风景。

离开工布江达县城，驱车前往巴松措。路上就看到了从巴松措流出的水，青绿之色在两边的青山映衬下显得愈加深厚了，简直就是镶嵌在两山间的一带碧玉。到达巴松措，你会觉得这不是一湖水，而是一块巨大的碧玉，温润而透亮，粼粼的波光就是它泛出的光泽。从不同的角度欣赏巴松措，随手一拍就是美图。不知道如何用语言来形容她，只想坐在她的身边，静静地看着她，不说一句话，就这样直到地老天荒。有小诗一首：

青山在守望，

白云在守望，

春风不改碧波，

夏雨不改碧波，

从秋到冬，

永远安详的巴松措。

湖心岛上有一棵古树，大概是桃树吧，树干上却长了几根松枝，据说是自然形成而非人工嫁接的。还有几棵青冈树，据牌子上的介绍已经有一千三百多年的历史了，树体像一条龙，屈曲盘旋，虬枝苍劲，神奇的是树叶上自然形成了一些藏文字母和动物的图案，可惜我没有看出来。

离开巴松措其实有些不舍，但是我只是一个欣赏美景的过客，无法成为这里常住的主人。

晚上住在林芝市，又是一个极其干净的小城市，没有喧闹，唯有宁静。

气势恢宏的雅鲁藏布大峡谷

早上醒来，拉开窗帘，满目的青山白云。在林芝，家家酒店都是山景房，因为这个小城就处在山的环围中。白云厚厚的，从山顶弥漫到山腰，从山腰升腾到山顶，云与山仿佛不愿分开的恋人，总是那么依依不舍。也许他们不是恋人而是没长大的孩童。白云是蓝天的孩子，高山是大地的孩子，他们是要好的伙伴，总在一起玩耍，还没有玩够，所以妈妈喊着吃饭也不愿回家。

10 点，从林芝出发，一路沿着尼洋河行驶。尼洋河发源于西藏自治区米拉山西侧的措木梁拉，由西向东流，其源头为古冰川作用的围谷，海拔 5000 米左右。

尼洋河是工布江达县的"母亲河"，又称"娘曲"，藏语意为"神女的眼泪"。尼洋河在林芝附近遇见雅鲁藏布江，江河汇流，因为是雨季，雅鲁藏布江的水是混浊的，而尼洋河的水是清澈的，所以在江河汇流处可以明显地看到分界线，一浊一清，和陕西的泾渭分明现象出奇相似。不过泾渭永远是清浊分明，但是雅鲁藏布江和尼洋河的分明却是有变化的，雨季是清浊分明，非雨季时则是蓝绿分明。过了雨季，雅鲁藏布江的水变得清澈，江河交汇的地方一蓝一绿，在阳光的照耀下十分清晰，也是一道自然奇观。

路上还看到了一个奇特的自然现象，就是丹娘佛掌沙丘。丹娘这个地方，两边是山，雅鲁藏布江奔流而下，河边植被丰茂。但是这里却有一个很大的沙丘，据说每天下午的三四点钟，这里就会刮风，风将沙子卷到这里，日积月累就形成了沙丘，好像佛掌的样子。这种奇怪的现象目前还没有科学的解释。当地人在这里卖地方特产，我在这里买了一个青稞面饼，卷上藏香猪肉和土豆丝，还是挺好吃的。

继续行驶，在老兵客栈吃了午饭，在这里原本可以看到南迦巴瓦峰，但是午时云遮雾绕什么也没有看到，老板娘说常有游客住在这里等待天晴雾散，希望能看到并拍到神秘的南迦巴瓦峰，有时需要等很多天。晚上10点，在这里有幸看到了南迦巴瓦峰的全貌。南迦巴瓦峰被称为圣女峰，海拔7782米，山体陡峭，攀登难度极大，登山队员很难征服它，直到1992年才由中日联合登山队征服。南迦巴瓦峰常年积雪不化，总是云雾环绕，披着神秘面纱，很难露出全貌，也被称为神女峰。或许因为此，南迦巴瓦峰藏语的意思是"直刺蓝天的战矛"，被誉为"云中天堂"。当地的人们相传，天上的众神时常降临此山聚会、煨桑，那高空中的云就是众神染着的桑烟。

饭后我们继续前进，到达雅鲁藏布大峡谷景区，乘坐观光车参观。路上遇到几处景观。一处是工布首领的古老城堡，距今有五百多年的历史，这个城堡在当年与墨脱的战争中被毁，只剩下了两段断壁残垣。一处是一棵巨大的桑树，据说是文成公主带来的树种种下的，已经有一千多年的历史了。大树参天，枝繁叶茂，从根部发出了很多树干，黑褐色的枝干旁逸斜出，仿佛是大树的满堂儿孙。树上挂满了白色的哈达，这是对大树的祝福。另一棵奇特的桃树是长在两块大石头中间的，据说已有三千多年的历史了，大石头上画有经文，按照当地习俗，绕石和树三周可以增长福气，于是大部分游客都沿顺时针方向并行，我也一样，祈愿众生都能获得福报。

终于到达"中国最美峡谷"雅鲁藏布大峡谷了，雅鲁藏布大峡谷位于喜马拉雅山和横断山、念青唐古拉山脉汇合处，被称为高原天河。查阅资料知道大峡谷全长504.6千米，极值深度6009米，峡谷最大落差为7057米，最窄地段仅为3米。站在观景台上，可以看到雅鲁藏布江的S弯以及最著名的马蹄形大拐弯，也叫U型弯，在这里雅鲁藏布江伸出两支臂膀将神圣而神秘的南迦巴瓦峰紧紧揽入怀中，展示了他最澎湃的激情，发出富有力量的吼声，也许是表白或许是告别，之后雅鲁藏布江改变了方向，转向南方奔腾而去。

如果天气好的话，在大峡谷就可以看到南迦巴瓦峰的神圣尊荣，但是今天烟雨蒙蒙，南迦巴瓦峰更显神秘。虽然看不到雪山，但是我觉得看到了南迦巴瓦峰的另一种美，所以没有遗憾。

返回林芝，补写日志，为雅鲁藏布大峡谷写诗一首：

江从喜马来，冰雪无尘埃。
浩浩流波荡，巍巍沟壑开。
U弯神笔画，峡谷鬼斧裁。
沧海桑田易，年年望月台。

壮观的鲁朗林海

早上9点多从林芝出发，赶往鲁朗欣赏那里的林海，一路上尼洋河温情相伴。这次西藏之行，让我对西藏的水系有了较为清晰的认识，因沿河行车有了更直观的了解。因为尼洋河的滋养，沿河两岸植被完好，形成了旖旎的尼洋河风光。

印度洋的暖湿气流通过雅鲁藏布大峡谷进入，使得林芝一带气候湿润，植被丰茂，形成了和拉萨、日喀则截然不同的气候和地貌。鲁朗地区的大面积原始森林正是这里的地理奇观。

路上要翻越的一座山是色季拉山，海拔 4720 米，晴天站在这里可以远眺南迦巴瓦峰峻美的雄姿，但是今天远处迷雾连绵，根本看不到南迦巴瓦峰。有的人在这里会有高原反应，我们还好，没有什么感觉。但是这里是个山口，风很大，冬天般寒冷，不便久留，乃去。

去鲁朗的路上，已经看到了沿途的林海，漫山都是，蓊蓊郁郁，真的是不来鲁朗就不能全面了解西藏地貌地形的复杂多样性。我看到这里的柏树和内地的不同，柏树上长了很多绒绒的胡须样的东西，垂在枝条上。据小路介绍，这还是一种中药，可以治疗肺炎呢。其实已经看到很多种植物在西藏高原已经发生了变异，比如之前看到的松树、榆树。

到达鲁朗小镇已是中午，我们先在鲁朗小镇一家有名的石锅鸡总店吃饭，当然吃的是这里最有名的石锅鸡。石锅鸡是鲁朗小镇的特色名吃，但是这家店并不是当地藏族人开的，而是四川人开的。来西藏我就发现旅游景点和沿途的餐馆都是四川人开的，川菜遍布西藏各个地方，不得不佩服四川人传播川菜的能力。据说，这家石锅鸡总店原来在小镇入口处，是搭建的简易房，鲁朗打造成国际化小镇后，搬到了现在的位置，店面规模很大，装修也很气派，当然有藏族的特色。这家的生意一直非常好，不论淡旺季，这里总是人来客往。我们来时正好有藏族人家在这里举办宴席。服务员介绍，他家的孩子考上了大学，在这里宴请亲朋以示庆贺，一会儿还会有唱歌跳舞的表演，可以观赏也可以拍照。我看到他们的宴席很丰盛，有各种各样的菌类——鲁朗就是出产松茸和菌类的地方。过了一会儿，有一个人用藏语致辞，我估计这个可能是当地一个比较有身份有威望的族人吧，他说的话我当然听不懂，但是可以推测他在这样的场合会说些什么。他讲完话，下一个程序是大家都来献哈达送红包。爸爸妈妈站在两侧，孩子站在中间，亲朋好友排着队给他们献哈达，有的还送了红包。接下来就是敬酒。看起来他们还要好长时间才可以走完这个程序，我也饿了，还是吃我们的石锅鸡吧。

这里的石锅鸡分大中小三种，我们只有三个人，小锅即可。据说食材都是当地的土产，里面有鸡、各种菌类，还有涮锅的蔬菜豆腐。汤很好喝，肉和菌类也很好吃，味道的确有特色，我们都喝了不少汤，再没敢点别的菜，就已经吃得很好了。

吃完饭，还是没有等到他们唱歌跳舞，于是询问服务员，服务员说不清楚他们什么时候开始，也许三四点了吧。等待无望，我们离开了。

吃完饭可以好好欣赏一下鲁朗小镇的风光。这里四围环山，山谷中有一条通往外界的道路，山上是茂密的原始森林，山下谷地是青青的牧草，山脚下散布着当地民居，鸡犬之声相闻，牦牛在草地上悠闲地吃草，金黄的青稞在微风中摇着沉甸甸的穗头。在这里，你会觉得自己处身于世外桃源。我有些恍惚：这是哪里？我是谁？我是不是原本就生活在这里？

返回，继续行车观赏林海风光，这时天下起了小雨。路上看到有骑行游西藏的人，他们骑着山地自行车，慢慢地爬坡，车上是大大的行囊。真心佩服他们的勇气、毅力和体力。到达一处适合观景的地方，停车，俯瞰林海，眼前莽莽苍苍，两边山上的树顺着山势，因高低有致形成了规整的分层线，颜色有深有浅，富于变化。此时我又想变成一只鸟，飞过树林，摸摸它们的树梢，看看都有什么树种，找找林中有什么动物，寻觅松茸藏身的地方。我想，采撷它们的绿色给自己做件衣裳，那是多么纯正的绿色呀，不会褪色，会随着天气而变幻多样。就这样站在高耸的观景平台，任风吹过，任雨飘过，静静地看林海，何尝不是一种享受呢？

今天细雨蒙蒙，林海也变得湿漉漉的，迷蒙一片。设想艳阳晴空、秋高气爽、白雪皑皑之时，这里将会是怎样的如画美景？正如苏轼所言"水光潋滟晴方好，山色空蒙雨亦奇"，不同天气不同时令都有它不同的美。

风雨相加，仿佛冬天一般，秋水长天君说太冷，怕冻着了，催促离开，虽有不舍，但知道好景不可长留，还是依依而去。不知道何时还能再来西藏，再来鲁朗小镇，再看看这里一望无垠的林海。

路上，在尼洋河湿地再次领略旖旎风光，在这里，你会怀疑自己是否真的身处青藏高原，这里分明有江南水乡的韵味呢。

返回林芝，晚上，来到尼洋河边散步。清澈的尼洋河水唱着欢歌流向远方，河边留下了一河滩的石头，每一块都在河水的冲刷打磨下变得很圆滑，摸着它们光滑的石面，引发了我无限的遐想：这块石头也许原本来自一座山，随着融化的雪水顺势而下，在滚落的过程中被磕碰，被撞击，磨去了棱角。水把它带到了河流中，它被水冲击、打磨，变得越来越圆润，越来越光滑。有一天它被水冲到了这里，搁浅在岸边，不再奔走，静静地躺在这里。不知道过了多少年，有一双温暖的手将它拿起，温柔地抚摸，有一双好奇的眼睛将它细细端详，想知道它的身世，想知道它的梦想。

有太多圆润的石头是我想带回家的，但是我带不走它们。于是拣了几颗，一颗是小小的黑石头，光滑极了，给它填上眼睛就是一只可爱的小老鼠或者小刺猬、小兔子。另一颗上面有一圈一圈的环形，很像是一颗土星的复制品。第三颗是扁形的，上面自然形成了一些图案，我看着是这样的：上面是天河和云朵，下面是海面，海上有一条龙在腾跃。很是栩栩如生呢！秋水长天君拣了一颗，他说是一艘轮船，虽然石头有些重，我们还是放在箱子里带了回来。这几颗石头又多了一番奇遇。

美丽的尼洋河边的滨河路上很少看到散步的人们，偶尔遇到的人大概也如我们一样是游客。我们在这个小城走了走，发现靠山的那面是生活区，靠河的是行政区。这里的街道都是外省援建的，从福建路、广东大道这样的命名可以看出来。学校也是，名字叫广东东莞实验学校，可见是援建的。我们走过时，大约7点30分，正逢孩子们放学。我突然对自己的职业认同产生了怀疑，若在这里工作，不忙碌，多假期，每天享受蓝天白云清新的空气，没有压力，是不是也很好呢？

一夜安眠，明天返程。

宝贝园林罗布林卡

今天返回拉萨，晚上就要坐上开往西宁的火车返回西安了。因为还有点时间，我们决定到拉萨的罗布林卡看看。罗布林卡是典型的藏式园林，也是历代达赖喇嘛的夏宫，他们在这里消夏理政。因为我的研究和园林有关系，所以想去看看藏式园林的特点。

园林中有大量的植物，绣球花开得正艳，树木高大，丛竹蓊郁，显得比较幽静，给人比较清凉的感觉。石砌的水池中水不深，石岸很高，显得不够灵秀，中间有两座藏式建筑，相当于内地园林中的轩榭。其他建筑以格桑颇章、金色颇章、达登明久颇章为主体，装饰得金碧辉煌。我和秋水长天君将园林走遍，发现一处少有人来的地方也有一座假山，用类太湖石的石头堆叠而成，不知道是早年的建筑还是后来修成的。其实罗布林卡具备园林的所有要素，叠山、理水、植物、建筑，只是布局风格和内地园林尤其是南方园林不同，最重要的区别在于这座园林有浓厚的宗教色彩和鲜明的藏族特色。

整整七天的旅行结束了，晚上 7 点多，踏上返程列车，回家。

结语

西藏之行是一次说走就走的旅行，我们发现其实旅行不必考虑太多，也不必做多么充分的准备，只要你的心准备好了就可以出发了。这样的旅行会带给你不一样的感受。

在西藏每天遇到的都是蓝天、白云和大山。天在上，地在下，云在中间，它们告诉我什么叫永恒不变。一大团一大团的白云浮在山头，一动不动，它们告诉我什么是守望，什么是守候。

入蜀记

时维腊月，序属隆冬。为逃离古都西安之雾霾，为释放久居一室之烦闷，为缓解案牍劳形之疲乏，吾与小女乘西成高铁穿越秦岭入蜀一游。陆游入蜀曾经写下《入蜀记》，我们此行也当留下一篇《入蜀记》。

下地铁二号线步入高铁北客站，我们就有脱笼之鹄即将高空翱翔之喜。坐上高铁，传说中的难于上青天的蜀道一路坦途，以往所有文字中的四川将在现实中与我们相遇。四川，我们来了。

初到成都

到达成都，已是下午 3 点，乘坐地铁来到入住酒店，出地铁口，步行去往酒店，路上看到了一家王记锅盔店排着长队，这正是我们在攻略上了解到的美食。走近了，看到他家的招牌上还有两行字，原来这种锅盔还有登上央视的荣光。高铁上的水果午餐马上"赠"我们以辘辘饥肠，劝我们品尝一下这锅盔。女儿要了肥肠粉加锅盔，我要了杂酱粉加锅盔。粉丝汤先上来，可能是饿了吧，真的觉得太好吃了，在排号等待锅盔的时候我们已经吃完了粉丝汤。等待锅盔的人很多，终于等到了锅盔，也许是不那么饿的原因吧，发现没有传说中好吃，太麻了，吃不了！

安顿下来，时间已到 5 点，我们决定到附近的文殊院看看。步行到达时，大门已闭，不过还有一个门可以出入，当地人会在傍晚来这里散步，所以还留有一门。佛殿都已关闭，但是园子可以随意漫步，我们在文殊院走了一圈。这是城市中的清幽之地。归鸟在树林、竹林中鸣叫，令人愈加感到此处的清净，真的是"鸟鸣寺更幽"。一圈红墙隔断了尘世的喧嚣，隔断了物质的欲求，提醒你我关注人的来处和去处。

这是一座典型的寺院园林，竹树花木掩映着亭阁、长廊，假山池沼点缀其间，小径曲折通幽。行至一院落，传来诵经声，我知道这是寺院的僧人在做晚课。循声而至，来到一座大殿，抬头望见"释迦牟尼佛"几个字，知道这是供奉佛祖的佛堂了。寺院几十个僧人正在举行隆重的法事。宗教仪式带来的神秘感、神圣感和庄严感，让我们在殿外驻足观看。金碧辉煌的佛堂上端坐的释迦牟尼佛，慈祥、和善地俯视着芸芸众生。他的面前是供果、香炉、鲜艳的花，还有侍奉者的造像。有人敲着木鱼，有人用着其他我叫不上名字的法器，在主持的带领下，众僧齐唱。我们听不懂，但是有一句听得很真切，那是他们绕佛反复诵唱的一句："南无本师释迦牟尼佛。"这是在诵唱佛祖释迦牟尼佛的圣号。听了几遍后我也可以跟着他们的调子念诵了。我们并不知道自己来到成都会首先与文殊院有此善缘，难得在这里看完了整个礼佛的仪式，就这样静静地站着、听着、看着。当所有的僧人离去，我们才离开这里。我在功德箱里投入了十元钱，算是我们的一点布施。我学着其他人，用双手抚摸大殿栅门上的金黄色的"福"字，这个字已被摸得极其光滑，因为大家都祈愿这个沐浴了佛光的"福"字能给自己带来福气和好运。

在观看仪式的过程中，我们注意到一个女子一直跪在大殿外，双手合十，流泪不止。不知道她遭遇了什么，不知道她有什么难解的苦楚，看到她那么伤心的样子，我们很为她难过，真心祝福她能面对痛苦，一切都好起来。佛祖一定能看到她所经历的一切，也一定能够渡她脱离苦海。

离开佛殿，我们看到一座塔，在依稀的灯光中，看了绕塔的文字说明，我和女儿顺时针绕塔，口念"南无宝幢佛"。绕行三周后，我对女儿说："我们再绕三周为你爸爸和我们的亲人祈福。"于是我们继续绕塔三周。带着对亲人的美好祝福，带着对世间万象的敬畏，我们默默地走着。

离开文殊院，回宾馆的路上，我们看到了"小龙坎"火锅，女儿说这是攻略上有名的火锅，我们决定尝试一下，吃一吃正宗的川味火锅。上火锅之前，服务员送上来的是一小罐清油，外加一碟咸菜、一碟葱花和香菜。这就是四川的火锅料碗材料，和西安有丰富料碗的火锅有很大区别。当锅底端上来后，看到那一锅的辣椒、花椒和红油，我立刻有点怕了，心想也许我这个平时就不怎么吃辣的人估计要缴械投降了。果然没吃几口，我就被麻得味蕾失去知觉，只有麻木。好在点的是鸳鸯锅，还可以在清汤锅里觅食。女儿还好，勇敢地在红红火火的辣锅里挑战味觉极限，在舌尖上感知四川的地域文化。

文殊院的腊八粥

今天是腊八节，昨天晚上看到寺院张贴的告示，知道文殊院在上午9点到下午4点对外施粥。据说寺院的腊八粥是可以消灾除祸、保佑吉祥平安的。我和女儿决定到文殊院去喝腊八粥。早上9点多到达寺院的时候，发现已经有非常多的人在排队领粥了。我们不知道队伍的头和尾分别在什么地方，按照工作人员的指示往队伍的最后走去，走了很久终于找到了队尾，排上队后随着人流往前移动，旁边源源不断一直有像我们刚才那样找队尾的人。在缓慢移动过程中，我想这大概也是对人心的耐受力的一种磨砺吧，领到粥就是目标，等待就是考验，也算是一次修行吧。其实，我并不喜欢喝腊八粥。记得小时候的腊八粥有很多种食材，尤其是各种豆子，熬得稠稠的，而这种口感是我极不喜欢的，有点难以下咽。我喜欢单种食材的粥，而且要稀一点。小时候的腊八粥让我对腊八喝粥多少有了点抵触，也对早市和超市卖的八宝粥很排斥，从来没有这类食品的消费记录。今天似乎也不是为了喝粥，只是将此当成旅行途中的一次体验而已。我和女儿忘却时间，在长长的队伍中一点一点挪动脚步，任细如牛毛的雨丝滋润着头发，仿佛时光也如同这细雨一般缓慢而温柔。人世间的事情就是如此奇妙，我们怎么也没有想到来到成都，首先结缘文殊院，享受这里的宁静，还要再来这里喝一碗腊八粥。

只要行走就一定会到达终点。我们已经移动到了昨晚看寺院僧人做法事的大殿侧面，有很多志愿者在维持秩序，他们口中一直随着播放机唱着"南无本师释迦牟尼佛"。这个旋律我们已经非常熟悉，也跟着唱起来。再往前走，就有人给发放勺子，我们知道快要到领粥处了。那里放了很多口大锅，冒着热腾腾的白气。一些穿着白大褂、头戴高高白帽子的厨师正在盛粥，还有一些工作人员分递给大家。到了领粥处领到粥，端在手中，温暖立即传到手上。捧着热乎乎的粥，我们来到另外一个佛殿廊下，打开盖子，一股清新的饭香扑面而来，喝一口，绵软香甜。粥中有白米、薏米、红豆、枸杞、大枣，还有我叫不出名字的食材，尤其有一种食材味道很特殊，但是并不常见，不知道是什么。女儿尽情拍照后才开始喝粥，她不爱吃枸杞，但是为了不浪费还是把粥喝得干干净净的。我觉得自小到大，从来没有像今天这样认真地喝过腊八粥。在成都的雨中排队等候了两个多小时，领到的是素不相识的许多人从凌晨就开始熬了几个小时的粥。站在文殊院的佛堂外一勺一勺品尝着每种食材的味道，感受这人世间奇妙的缘分，我决定以后每年的腊八都要认真地为家人熬上一锅腊八粥，因为我在文殊院认真地品尝到了腊八粥每一种食材本真的味道。

我们喝完粥要离开时，看到依然有众多的人涌向寺院，汇入长长的队伍，等待那一碗结着善缘的腊八粥。

在文殊院聆听了念诵释迦牟尼佛圣号的曲调后，这句佛音便深深地印在了我的脑海中，后来每每听到这句圣音，就会倍感亲切。有次在一位朋友的车上，听到播放的释迦牟尼佛圣号曲子，一下子就入耳入心了。那是胡军军工作室制作的，由不同的人唱诵，配乐也很是讲究。其中有一曲是由古琴配乐的，演奏者是杜大鹏，一位琴人。古琴的演奏和圣号的演唱相互配合就是天籁之音。入心的乐曲其实可以很简单，但是又可以很深刻。

杜甫草堂

来到成都，必须得到杜甫草堂看一看。因为这里是伟大的唐代诗人杜甫曾经住过的地方。安史之乱爆发后，杜甫在乾元二年（759）漂泊西南，来到成都。上元元年（760）在裴冕、严武、高适、萧八明府、韦二明府等多位朋友的资助下，杜甫在浣花溪畔构筑草堂安顿一家老小，"老妻画纸为棋局，稚子敲针作钓钩"，过上了一段相对安稳的日子，可以稍稍享受一下蜀中闲散的慢生活。杜甫也在此地留下了许多脍炙人口的诗篇，比如他的《江畔独步寻花》《蜀相》《江村》《客至》《春夜喜雨》《水槛遣心》等。至代宗宝应元年（762）七月，杜甫送严武还朝，到绵州。未几，西川兵马使徐知道反，为避乱，杜甫离开草堂到梓州。杜甫在浣花草堂生活了约三年时间。这段时间的作品很能体现杜甫诗歌消散自然的风格，应该说是草堂给了他温暖，浣花溪水给了他滋养。穷困潦倒的诗人可以短暂地安顿自己的身心，也给我们呈现了蜀中的如画美景："细雨鱼儿出，微风燕子斜""留连戏蝶时时舞，自在娇莺恰恰啼""自去自来堂上燕，相亲相近水中鸥"。这些不仅是写在纸上的优美诗篇，更是暂时的安稳生活中杜甫对大自然的细致体悟。

杜甫这段生活经历和创作情况我很熟悉，不知道给学生讲过多少次了，但所有的认知一直来自书本，到底有点隔离之感。这次亲自到杜甫生活过的地方走一走，看一看，诗中的浣花溪水声就在耳畔，诗中的细雨就落在身上，仿佛一切都变得真切。在草堂旧址上建有一座草堂，墙壁是竹编外涂泥草而成，屋顶覆盖茅草，内分为几间小室，今天看来非常简陋的屋舍对颠沛流离的杜甫而言已经是莫大的幸福了。以草堂为依托，这里现在是一个风景优美的浣花公园，院内溪流、池沼让园林更显灵秀；各种竹树花木环绕，隆冬季节依然郁郁葱葱，让来自北方的我们感受到西南气候的温暖湿润；亭台楼阁古朴典雅，文化创品精致美观。园中漫步，我最喜欢的是这里的梅花，此时正是梅花盛开的季节，黄梅、白梅、红梅，树树竞开，随着一阵风，送来一缕清香，真的是沁人心脾。

四川博物院、蜀锦博物馆、青羊宫

参观博物馆是最能了解一个地方文化的方法。今天行程的第一站是四川博物院。这个博物院并不大，共三层。大约三个小时我们就细细地看完了博物院的馆藏。在陕西看惯了青铜器和陶器的我更关注四川的多民族性。在众多的馆藏中，吸引我的是一件苗族服装，蓝色的衣服配有银的头饰、颈饰、腰饰，非常精美，让人心生穿戴一试的念想，不过，我想穿在身上大概也会非常重吧。

博物院吸引我的另外一件珍藏是"省油灯"。通过实物，了解到了它是如何省油的。据记载，唐朝时省油灯已在四川地区出现，到宋代仍很受欢迎。它的碟壁是一个中空的夹层，碟壁侧面有一个小圆嘴，用来向夹层中注水，用水降低油温，从而达到省油的目的。陆游曾这样描述省油灯："书灯勿用铜盏，惟瓷盏最省油。蜀中有夹瓷盏，注水于盏唇窍中，可省油之半。"一个小小的灯盏，凝结的是先民的智慧。

在这里我们还亲眼看到了著名的蜀绣。几个川妹子正在一针针一线线地绣着手中的荷塘、绿柳、熊猫……丰富的色彩，美丽的图案，精巧的工艺，蜀地的灵秀都被丝线绣进了千年梦幻中。

蜀锦，专指蜀地生产的丝织提花织锦。蜀锦多用染色的熟丝线织成，用经线起花，运用彩条起彩或用彩条添花，用几何图案组织和纹饰相结合的方法织成。蜀锦与南京的云锦、苏州的宋锦、广西的壮锦并称为中国的四大名锦。

蜀锦博物馆是一座蜀锦专题展示馆。在这里，我们看到了自汉代至今的不同图案的蜀锦织品。工艺的繁复和细致令人惊叹。在这里看到一个小伙子正在练习接线头，走上去和他打招呼。他说自己想学织蜀锦，师傅让他从最基本的接线头开始，要在一分钟内非常熟练地接好至少五个线头方可过关。一根丝线非常细，在两头有拉力的情况下绾一个小结是很不容易的。他说自己已经练习了一个多月了，至少得练习三个月方可练成，又说师兄师姐们都在这里学了十几年了。很想知道这蜀锦是怎样织成的，正巧博物馆内有织锦的工人正在织锦，可以观察观察。织机看起来很复杂，也很长。后来看说明图册知道这是大花楼织机，需两个人配合，女织工在下面织锦，她坐在一根宽一点的竹竿上，脚踩在下面的竹竿上，手上的梭子每穿一次，脚踩的竹竿就移动一次，依次类推。她身边共有四个梭子，每个梭子上是不同的丝线，梭子在她的手中熟练地穿来穿去。问询后得知织工是要记住图案的，这样才能知道用哪种颜色的丝线。一个熟练的织工一天最多只能织七八厘米的蜀锦。男织工坐在花楼上拉动横线，配合提花。据说上面代表纬线的横线可有千万余根，可以织出龙袍那样的大花纹织物。那些线在我的眼里多而繁杂，但是在织工的眼里却是有条不紊，两个人一上一下相互配合，十分默契。在织锦过程中会有断线的情况，需要停下来接线，这就是刚才见到的小伙子正在练习的基本功。接好了线重新开始，下面的织工会和上面的织工说一声，于是织机又开始了它规律性很强的曲调。我问织工她织锦时累不累，她说这就是体力活，也挺累的。精致、绚丽、典雅、细腻的蜀锦的织造实在不是一件容易的事情。"锦"字从金从帛，真的体现了其价如金的特点。

二楼是蜀锦的工艺品展厅。这些由华丽的蜀锦制作而成的工艺品实在是太令人惊叹了，真是有点爱不释手，但是价格也贵得令人咋舌。在饱眼福的时候也看到了一些蜀锦小工艺品，价格一百八十元，还是可以接受的。于是挑了一幅牡丹、一幅墨荷，欣然买下。

青羊宫是道教宫观，我们去得有些晚了，到达那里时已经停止售票，道观里的殿门都已经关闭。我们没有时间再专门来这里，就到里面走了一圈。看看道观布局、建筑特点、园林特色就返回了。

乐山大佛

很早就希望能亲眼瞻仰乐山大佛的雄伟尊颜，此行终于可以遂愿。从成都出发两个小时到达乐山。前往大佛的路上，发现这里的岩石都是红色的，长期的风化作用使得岩石上有很多的小风洞，圆圆的，很像一只只大大小小的眼睛。我们按照旅游路线首先来到了大佛的肩头，看到大佛就端坐在山间，我和女儿不约而同地对视了一下，知道彼此心中相同的震撼。

大佛头部的螺旋状的发髻清晰可见，看资料知道螺髻共有 1021 个。从侧面看他的眼睛有点眯眯的感觉，他的鼻头上生了青苔，看起来有点黑，很想拿水给他洗一洗。他的嘴唇微微翘着，从正面看一定是微笑的。我们绕到大佛的身后和左侧仔细观察，发现确实如介绍的那样，他的耳后有用于排水的洞，下雨时雨水顺着螺旋状的发髻顺流而下，排到了耳后的洞中，据说大佛的身体是中空的，因此水可以排到大佛眼前的岷江中。他衣服的褶皱也都有排水的作用。正是因为有很好的排水系统，不容易被雨水侵蚀，大佛才得以千年都屹立在这里。

我们顺着九曲栈道来到大佛脚下，仰视大佛。我和女儿再次相互对视，我知道她也和我一样感受到了大佛的威严、高大、雄伟。站在大佛脚下，他的脚指头我们都需要仰视。他慈祥仁爱地俯视着芸芸众生，享受着善男信女供奉的香火。我相信每一个站在大佛身边的人，此时此刻，心中油然而生的一定是对先人智慧的敬仰。我们拿出提前查好的有关大佛的一组数据：大佛通高 71 米，头高 14.7 米，头宽 10 米，发髻 1021 个，耳长 7 米，鼻长 5.6 米，眉长 5.6 米，嘴巴和眼长 3.3 米，颈高 3 米，肩宽 24 米，手指长 8.3 米，从膝盖到脚背 28 米，脚背宽 8.5

米，脚面可围坐百人以上。将这些数字和眼前的大佛——对应时，我有点惊诧，这就是古人心目中的人体美学，这就是雕刻技艺中的数学，这就是绝妙的黄金比例，所以展示在众生面前的乐山大佛才能通体匀称和谐，雍容大度，体现出大唐的恢宏气度。

来乐山之前我们已经做过功课，为了锻炼女儿，我让她给我现场讲解乐山大佛开凿经过。女儿为我娓娓道来：大佛开凿于唐开元元年，即713年。据说是海通禅师云游于此，看到岷江、大渡河、青衣江三江汇聚凌云山麓，水势相当凶猛，舟楫至此往往被颠覆，每当夏汛，江水直捣山壁，常常造成船毁人亡的悲剧，为减杀水势，普渡众生，海通禅师发起造佛像之事，招集人力物力修凿镇水患大佛。佛像于唐玄宗开元元年开始动工，当大佛修到肩部的时候，海通禅师就去世了。海通禅师死后，工程一度中断。多年后，剑南西川节度使章仇兼琼捐赠俸金，海通的徒弟领着工匠继续修造大佛。由于工程浩大，朝廷下令赐麻盐税款，使工程进展迅速。当乐山大佛修到膝盖的时候，续建者章仇兼琼迁任户部尚书，工程再次停工。四十年后，剑南西川节度使韦皋捐赠俸金继续修建乐山大佛。经三代工匠的努力，至唐德宗贞元十九年（803）才完工，前后历经九十年时间。当我们真正站在乐山大佛的跟前，更能体会到资料上讲述的修造过程的不易，我相信女儿通过现场讲述，体会也会更深刻吧。

据当地居民介绍，大佛对面江中的小岛是修造大佛时的土石堆积而成的，小岛将大渡河一分为二，舒缓了湍急的水势。这个小岛与大佛的脚是平齐的，如果大佛"洗脚"那么小岛就要被淹，乐山市区就要遭水灾，庆幸的是大佛不曾"洗脚"。有一年发大水，水到了大佛脚下，水位线再高几厘米大佛就要"洗脚"了，最终因为有大佛的护佑所以有惊无险。

我们从大佛左侧的凌云栈道上山，凌云山确有凌云之势。站在山腰的观景平台上，眼前三江交汇，水流滚滚，白鹭野鸭于水面翔集。我久久伫立于此，醉心于眼前美景不愿离去。女儿则拿出了随身携带的画本和画笔，为眼前的美景画了一幅速写。直到画画完，我们才离开这里继续前行。

在乐山大佛身后的凌云山上，还有传说苏轼曾经在其间读书的东坡楼。苏轼是西川眉山人，眉山距离乐山不过四五十千米。历史上眉山曾属嘉州（乐山），直到 1997 年，当时的眉山县还由乐山市代管。苏轼到过乐山是肯定的，是否在这里读过书就不知道了。但是苏轼曾经写下过"少年不愿万户侯，亦不愿识韩荆州。颇愿身为汉嘉守，载酒时作凌云游"的诗句。苏东坡做杭州太守时，一位姓张的朋友要去嘉州做太守，苏东坡就写下《送张嘉州》诗相送。因为这首诗，今天的旅游文化产业就将苏轼也带进了乐山风景区。毕竟和苏轼有点关联，还是到东坡楼、苏园这几处小景看了看。人流大多集中在大佛身边，所以这里倒显得十分清幽。因为对苏轼的了解和敬仰，更愿意在这里走走，给孩子讲讲苏轼一生的宦海沉浮，讲讲他的才情、他的性格。苏园的梅花开得正好，小瀑水花飞溅，锦鲤自由游弋，丛竹高大葱茏。

乌尤寺与凌云山并列，原名正觉寺，始建于唐，寺建于乌尤山上，北宋时改名乌尤寺。乌尤山又称离堆，又名青衣山。乌尤山四面环水，孤峰兀立。据《史记》《汉书》记载，乌尤山原与凌云山相连，蜀郡太守李冰治理沫水（大渡河），开凿江道，引部分江水绕乌尤山而下，使之成为水中孤岛，也称为青衣别岛。现山上有"离堆"石碑，离堆即离岸之意。

乌尤寺伫立山顶之上，地势高峻；山上竹树茂盛，绿意浓郁；面临大江，远山如黛。这里风水极佳，是修身礼佛的好地方。宋代名士张方的诗"竹桥沙水乌尤渡，绝壁孤崖意气骄。故与凌云分半坐，僧窗假寐见金焦。"很能体现乌尤山的气势。

我和女儿比较感兴趣的是这里雕花讲究的木结构佛殿建筑。这些建筑看起来很有年代感了，询问寺中的师傅，师傅告诉我们，这座寺庙虽建于唐代，但是经过了很多次的重修，现在的建筑是民国初期的木质建筑，距今也有上百年了。佛殿的两边分别悬吊一个龙头鱼身的器物，在别处也见过，但不知来历，就求教寺中师傅。经师傅讲解才知道，这个是梆子。一个是喝茶梆，当茶水烧开时敲两下，需要喝茶的僧人就可以喝茶了。一个是吃饭梆，当斋饭做好时敲三下，众僧就开始吃饭了。寺院中讲究止语，这样通过敲梆子的方法给众僧传递信息，就可以避免大声说话。

我们离开乌尤寺，还在山下的小渔村吃了当地的豆花，嫩嫩的，味道口感极好，既可以甜吃，也可以咸吃，价格还非常便宜。很想品尝一下这里有名的三江鱼，可惜不在饭点，不敢打破生物钟，只好忍下了。

峨眉山

乘坐景区直通车离开乐山来到峨眉山，入住宾馆，发现宾馆条件很好，超出了我们的预期。我们是通过成都景区直通方式选择乐山—峨眉线路来到这里的，成都景区直通包含往返车票和峨眉一晚住宿，每人二百一十元。原以为景区直通安排的酒店可能不会很好，没想到如此干净舒适，设施完备。第二天的早餐也好得出乎我们的意料，种类丰富，美味可口。我们切实觉得成都旅游景区直通服务的质量非常好。

峨眉山高出五岳，秀甲天下，山势雄伟，景色秀丽，气象万千，素有"一山有四季，十里不同天"之妙处。李白的诗"峨眉山月半轮秋，影入平羌江水流。夜发清溪向三峡，思君不见下渝州"，已经给了我无限的诗意向往，再加上金庸小说中的峨眉派武林高手，峨眉山又增添了许多神秘感。今天终于来到了峨眉山，可以看看峨眉山到底有多秀丽，心情还是有些兴奋激动的。

女儿提前定好了景区观光车的票和索道往返票，8点半我们就到达报国寺停车场等待出发了。游客很多，排队上观光车出发。起初路上有点堵，还好很快道路就通畅了。今天峨眉山迎来了难得一见的瑞雪，据说这是十年才遇的一场雪，我们有幸赶上了。路上看到山上有薄薄的雪，空气很湿润，路面是湿的。走着走着，路面上就可看到积雪，山树上有薄薄的雾凇，车在路上由景区工作人员装上了防滑链。继续行走，山上的积雪越来越厚，雾凇也越来越重，明显可以感受到山势的增高带来的气候的阶梯状变化。峨眉山海拔有3099米，雪下高山，越往上走，雪越大，从车窗往外看，一片白茫茫，如同走进了童话世界。

车行两个小时，到达雷洞坪停车场。冰天雪地，西南的寒冷丝毫不亚于北国。我们在靴子上系好防滑冰爪，戴上手套，围好围巾，向山顶进发。游人很多，路边有一排排的小店铺，当地人在卖吃食，有煮玉米、饼、烤馍、蒸红薯、腊肠、排骨，看起来很好吃，问了问，价格还不算贵。可惜不饿，没有食欲，继续前行。还有卖地方特产的，有峨眉山茶、灵芝等。

我们随着人流沿着台阶小心翼翼往山上走，两边的树上都是极其美丽的雾凇，如同晶莹美丽的白花，美得无法用语言形容，只能一边赞叹一边拍照。行至一处，发现有峨眉野生猴子正在吃东西，引得游人停下观看。猴子并不怕人，自顾自地吃东西，玩耍。我和孩子也站到围栏边看猴子，还拿出带的食品喂它。它拾起我们给它的饼干，撕开独立包装的塑料袋，津津有味地吃起来，让我们感觉很好玩。我们正在看它吃东西，它却趁我不备，突然伸手抢我手中的塑料食品袋，我怕受到伤害赶紧松手，任它抢走。它得到食品袋后，立即拿出了袋中的水果，先吃橙子后吃苹果，吃得极其香甜和满足。后来我们才知道，峨眉山的猴子是有名的泼猴，它们经常抢夺游客手中的食品袋子，尤其是装有水果的袋子。而我们的食品袋里就有水果，恰中泼猴心意，就被它抢去了。我们发现它爱吃的是水果，有水果它是不吃饼干、面包之类的东西的，它拿出我们的水果吃掉后就把袋子推到山崖下面了。下山的时候发现出来活动的猴子更多了，它们抢了不少游客的东西。其中一个泼猴还抱着一个保温杯在啃，想方设法地要打开它，无果，只得放弃，扔下杯子走开了，游客这才将杯子捡回来。有一只猴子站在栏杆的柱头上，长得很可爱，于是有不少游客站在它旁边合影，它若无其事的样子，好像已经习惯了被拍照。

　　我们到达了上山索道处，领票，排队上索道缆车。据说此缆车一次可容纳一百人，上行时间两分钟，上行缆车票为六十五元，两分钟六千五百元，可以想象峨眉山的旅游收入有多么可观。上缆车我们站到了一个最佳位置——缆车最前面，适合观景拍照。上行，掠过山峰，掠过树顶，此时此刻，我觉得自己好像生了一双翅膀，在慢慢飞过峨眉山，飞往山顶。挂满冰花的树林就在脚下，就在眼前，真真是："峨眉一夜雪，满山琼玉成。恍然入仙境，凌云随神瑛。"除了赞叹自然的神奇，赞叹人类的智慧，我还在庆幸自己是如此幸福，可以和女儿一起共享美好的生活。不过两分钟实在太短暂了，还没有看够这绝妙的美景，我们就不得不从缆车里出来，还好步行到达金顶还可以尽情欣赏美景。

　　通往金顶的路上，依然是粉妆玉砌的世界，可以用一个关键词来形容，那就是"圣洁"。随手一拍，处处是景，张张是画。我和女儿亲手摸了摸树上的冰花，和我们北方落在树上的雪不同，这冰花是晶体状的，是硬硬的脆脆的冰晶，因为树叶的不同而形成不同形状的冰花。这就是美丽的雾凇，也叫树挂。置身于这千姿百态的琼枝玉树中，你会恍然觉得自己就是生活其中的一枚神仙。峨眉天下秀，名不虚传。

　　快要到达金顶的时候看到了一块石头，上有刻字，看后方知这是来自瑞士的一块石头。因为瑞士有一座瑞吉山和峨眉山山形相似，于是二山结为姊妹山，从瑞士运来了这块石头，并刻石为纪。我于是想到了我们常说的人与人之间的缘分，原来世间万物间也都有自己的缘分。到达金顶，山顶上修建了一座多面大佛，高大雄伟，金光灿灿。我们绕佛像顺时针走了三周。站在山顶，身边是玉树琼枝，真正的琉璃世界。俯视，白雾弥漫谷底，一望无尽。此时的山顶其实略有些晴意，虽尚未能看到佛光万丈的壮观景象，但是完全可以想象晴空万里的时候这里何等壮观。

　　下山，来到万年寺停车场。看时间尚早，我和女儿决定到万年寺一游。万年寺的海拔已经比较低了，因此附近地上树上只有零星的雪花，雾凇不见了踪迹。我们沿着修得很好的山路赶往万年寺。两边的松树很高大，空气中弥漫着浓浓的湿气，非常舒适，也没有山上那么寒冷，走着走着还有些热了。我们还路过了一些小村子，有村民在路边摆摊卖山货。女儿说："妈妈，我觉得他们住在这里也挺好的，这么好的空气，多健康啊。"我也有同感。万年寺建在高高的山顶，需要爬很多的台阶才可以到达。站在坡度很大的台阶上，从寺脚下仰视寺院大门，有点让人望而生畏。我和女儿对视一下，一起迈开了脚步，经过了腿酸、喘气的必然过程，我们终于来到了寺门前。

　　这是一座始建于东晋隆安五年（401）的寺院，后世经过了很多次重建和修缮，现在已经是一座非常美丽的园林式寺院。邓小平同志还曾经在1980年登峨眉山时来到这座寺院。寺院中最著名的是一座无梁砖佛殿。明代建筑，仿印度、缅甸建庙技术和风格，主殿长宽均为16米，四壁全部用砖砌，砌到7.7米处，逐渐内收，建成穹窿形拱顶，上面绘有仙裙飘拂的四天女，手持琵琶、箜篌、笛子等乐器。全殿无梁无柱，不用一木，故称"无梁殿"。

　　我们喜欢的是万年寺的梅花。万年寺院中有很梅花树，老枝屈曲盘生，新梅吐芳，黄梅、白梅、红梅竞相开放。伸手触摸那湿漉漉的花瓣花苞，感受到通过指尖传递的生命力量，刹那间被深深地感动！身边的女儿是何时从一个幼小的生命长成一个亭亭玉立的少女，陪伴我一起走过山山水水，和我一起分享人生体悟？

生命就是如此奇妙，我希望我的生命也如这一株株的老梅树，历经岁月，永远芬芳。

　　峨眉山之旅是一次幸运之旅，我们看到了难得一见的峨眉雪和峨眉雾凇，领教了峨眉山泼猴的厉害。峨眉山之旅是一次愉快之旅，自然美景和人文景观令人目不暇接。

荆州行

早有去湖南、湖北的打算，想去看看黄鹤楼、洞庭湖、岳阳楼，想看看诗文中的地理景观是什么样的，这样也好加深自己的体验。秋水长天君定好了车票，2019 年末，我们一家三人一起乘坐高铁到了武汉。

"此地空余黄鹤楼"

到了武汉必须游赏的一定是黄鹤楼。登黄鹤楼之前，我们先在园子里走了走，这里种了很多梅花，含苞待放，有一个建筑就叫落梅轩，大概就因为这诸多的梅树而得名。我们还赶上了 10 点 30 分的古代乐舞演出，四十元一张票，六个节目，看起来还是很好的。其中有一个节目是《越人歌》："今夕何夕兮，搴舟中流？今日何日兮，得与王子同舟？蒙羞被好兮，不訾诟耻。心几烦而不绝兮，得知王子。山有木兮木有枝，心悦君兮君不知。"歌词是我非常熟悉的，上课还给学生讲过，但是通过表演来感知还是第一次。几个红衣女子随歌曼舞，颇有楚风楚韵。我们还看到了编钟演奏，舞台的左右两边各放置一排编钟。左边演奏者三人，其中一人拿着长长的木棍敲击下面的大钟（后来在博物馆知道了这叫甬钟），另外两个人敲上两层的钟；右侧的编钟只有一个人在敲。舞台卜还有一排编磬，有一个人在演奏。台上还有弹奏古筝的、演奏笛子的，但是编钟的声音还是最响亮的，尤其是甬钟的声音，浑厚而响亮。

演出结束后，我们继续在园子里流连了一阵子。园子里的紫薇树很多，看起来很有岁月感了，虬枝盘曲，简直棵棵都是活的根雕艺术。冬天的紫薇没有叶子，枝丫光秃秃的，没有树皮，光滑的枝干在阳光下泛着亮亮的光泽，宣示着它蕴含的顽强的生命力。后来我们又走到了一处瀑布，水从山上流下，形成一潭，潭水部分流向水渠，部分被引出形成曲水。我不由得想起曲水流觞的风雅，便叫上秋水长天君和女儿，让他们来看，告诉他们：晋代王羲之在永和九年上巳节和友人曲水流觞就是在这样的曲水上进行的，明代仇英《曲水流觞图》中的曲水水面太宽，以至于后人还以为这样的活动是在水面较宽的溪水上进行的，其实不然，他们是另外挖小渠从河水里引水的，这样大家才能近距离流觞对饮。今天见到的曲水让我对此有了更清晰、直观的印象。

接下来我们就往黄鹤楼走去。路上遇到了搁笔亭，我推测这个亭子的得名一定与黄鹤楼崔颢题诗李白搁笔的传说有关。过去看了看介绍，果然是这样的。这个亭子原本无名，清康熙四十八年（1709），戏曲作家孔尚任应友人邀请来武昌游黄鹤楼时，有感于李白搁笔之事，于是起意将这个无名小亭命名为"搁笔亭"，并为之赋诗作序。这个小亭子也因为孔尚任和这个传说而变得有名了。

往前行就可以远望黄鹤楼了，在搁笔亭这里看黄鹤楼已经很是壮观了，到了跟前更是如此。黄鹤楼一直是我向往的地方，因为有太多的文人墨客曾经过这里并留下他们精彩的诗文。今天终于来到黄鹤楼面前，不仅仅在于能一睹楼之风采，更在于能感知它背后深厚的历史和文化。

我们沿着参观路线登楼参观。在第一层，我给孩子讲了黄鹤楼得名的历史和传说。黄鹤楼最早属于军事工程，始建于三国吴黄武二年，即公元223年。当时吴主孙权出于军事目的，为达到"以武治国而昌"的目的，在形势险要的夏口城——今天的武昌城西南黄鹄矶，修筑了历史上最早的黄鹤楼。

传说中黄鹤楼的得名则更富有神仙色彩，且众说纷纭，莫衷一是。

传说一：《述异记》卷上记载，荀瓌（guī），字叔伟，潜栖即妆。尝东游，憩江夏黄鹤楼上，望西南有物飘然降自云汉，俄顷已至，乃驾鹤之宾也。鹤止户侧，仙者就席，羽衣虹裳，宾主欢对，已而辞去，跨鹤腾空，渺然而灭。

传说二：《奇邪记》记载仙人子安骑黄鹤飞过而得名。《南齐书·州郡志》记载，"有仙人子安尝乘黄鹤过此，故名"。

传说三：《太平寰宇记》说，蜀国费祎成仙后，曾骑黄鹤在这里休息。《图经》记载，"昔费祎登仙，尝驾黄鹤还憩于此，遂以名楼"。

每上一层楼都可以绕着回廊远眺武昌和长江全景。可惜，今天不是个晴朗的日子，空气湿度比较大，雾蒙蒙的，长江若隐若现，很难再现诗歌中描绘的景象，空悠悠的白云不知道飘到哪里去了，完全找不到"晴川历历汉阳树，芳草萋萋鹦鹉洲"的意境。武汉的上空迷蒙一片，但是这不影响我们观览。从第二层开始我给孩子讲起了李白登上黄鹤楼的经历以及写下的诗作。李白第一次与孟浩然一同登楼写下了著名的《黄鹤楼送孟浩然之广陵》："故人西辞黄鹤楼，烟花三月下扬州。孤帆远影碧空尽，唯见长江天际流。"这是我们耳熟能详的诗作，每个人小时候都背过这首诗。我们来到当年李白送别孟浩然的地方，跨越时空感受他彼时彼刻的心境。

开元十二年（724）秋，李白"仗剑去国，辞亲远游"（《上安州裴长史书》）。他从峨眉山沿平羌江南下，到荆门，游洞庭，接着又到了金陵、广陵和会稽等地，不久回舟西上，寓居郧城，其间认识了孟浩然。李白对孟浩然非常欣赏，曾写诗赞扬孟浩然说："吾爱孟夫子，风流天下闻。红颜弃轩冕，白首卧松云。"李白定居安陆时，结交荆楚名人，等待时机，其中最有名的就是孟浩然。大约在开元十七年（729），他听说孟浩然要到扬州，便取道江夏，乘船南下，于是两人相约同游。黄鹤楼在西边，扬州在东边。诗中李白表达了对孟浩然能在烟花三月到扬州去的羡慕、对朋友离去的留恋，而我更多地感受到的是诗人的孤独。在浩渺的长江面前，诗人是渺小的、无助的。孤帆远影碧空尽，孟浩然有自己的目的地，而自己的目的地在何方呢？在充满诗意的画面中有一个人独自站在江边，他内心的忧思谁人理解呢？

我们来到第三层楼，可以看到的景象更加开阔。倚着栏杆，我给孩子讲起了李白又一次登楼的情景。李白第二次登上黄鹤楼大约是在开元二十二年（734）。其时李白已在安陆九年，他曾说"久隐安陆，蹉跎十年"。开元十八年（730），李白由南阳启程入长安，这时他正好三十岁。一入长安无功而返，在开元二十年（732）夏，李白沿黄河东下，先后漫游了江夏、洛阳、太原等地。正是在漫游途中遇到了他的一位友人，可惜我们无法得知其姓名，他为这位友人写下了《江夏送友人》一诗："雪点翠云裘，送君黄鹤楼。黄鹤振玉羽，西飞帝王州。凤无琅玕实，何以赠远游。裴回相顾影，泪下汉江流。"在这首诗中，李白表达了对友人去长安的羡慕之意、对朋友的依依惜别之情，以及自己内心无尽的失意和无穷的落寞。

长安是李白内心最大的向往，他渴望能够在那里实现自己愿为辅弼，使寰区大定、海县清一的理想，但是他一直没有机会。当送别朋友西飞帝王州时，他在为朋友高兴的同时，心中该何其落寞啊！女儿到底是大了些，从她的眼神中，我能感受到她理解了李白。

到了第四层，我们眺望长江，比之前可以看得更清楚一些了，黄鹤楼所在的蛇山和长江对岸的龟山隔江相望。著名的武汉长江大桥让天堑变成通途，明天我们就将走上对面那座著名的大桥了。眺望长江，我又和女儿讲起了李白的最后一次黄鹤楼之游。李白此次登楼是在肃宗乾元二年（759），李白流放夜郎遇赦，返回途中路过江夏，与史钦一起登楼，写下这首《与史郎中钦听黄鹤楼上吹笛》："一为迁客去长沙，西望长安不见家。黄鹤楼中吹玉笛，江城五月落梅花。"

"西望长安不见家"，蕴含着李白对帝都长安的向往，蕴含着他不能到长安为官实现自己理想的无限郁闷悲愤，还蕴含着他浓厚的家国情怀。安史之乱尚未平息，国家仍旧动乱，李白用这首诗表达了自己的忧虑之情。"黄鹤楼中吹玉笛，江城五月落梅花"，在满腹惆怅的时候听到落梅花的笛子曲，勾起的是无尽的伤感之情。

我边走边讲着与黄鹤楼相关的文人和作品，女儿很认真地听着，我相信她一定通过李白与黄鹤楼的一次次相遇理解了一个诗人的内心情感，也理解了地理和名胜背后所承载的文化内涵，这正是我们行走的意义所在。希望此时此刻站在黄鹤楼上的我们能够和古人隔空对话，超越时空，达到心灵的沟通。

其实，因黄鹤楼而留下诗作的不仅仅是李白、崔颢，还有很多，比如白居易、刘禹锡、苏轼、岳飞等，在黄鹤楼内的展览上我们仔细地阅读着他们留下的诗作，但我最喜欢的还是李白的诗作。正是这些作品不断丰富着黄鹤楼的文化岩层，让黄鹤楼成为一张不可替代的地理名片。

从黄鹤楼下来，我们看到了展出的清代黄鹤楼被毁时留下的铁质塔顶，文字介绍说重达两吨。我们感叹，不知道当时工匠们是如何将这个重物放置在塔尖的，很多情况下古人的智慧是超越我们的想象的。我们在蛇山山脊上行走，山坡上种植了很多的梅树，都处在含苞待放的状态，如果梅花盛开，那阵阵幽香该是多么沁人心脾。

红楼里的小志愿讲解员

离开黄鹤楼，我们来到红楼辛亥革命武昌起义纪念馆。路上，陈师傅就给我们简单介绍了武汉首义的大致情形。秋水长天君对历史尤其是近现代史比较了解，和陈师傅聊得很投机。我不太了解，所以静静地听着他们讲述，也约略知道了些当时的历史情况。辛亥革命成功在武昌打响了第一枪，"首义"纪念馆依托中华民国军政府鄂军都督府旧址而建，也称武昌起义军政府旧址、辛亥革命军政府旧址等。

印象深刻的是在第三个展厅遇到了一位做志愿者的小学生，我看到他胸前戴着志愿讲解的牌子，就问他是否可以给我们讲一讲，他很高兴地答应了。于是在小小志愿者的带领下，我们参观了这个展厅。小朋友一定是做好了充分的准备，不知道把介绍的内容熟悉了多少遍，所以能很流畅地给我们讲解。结束后，我们和他合影留念，夸奖他讲得好，做的事情很有意义。我们知道应该给孩子足够的肯定和赞扬，这是他继续做这件有意义的事情的动力。在进展厅时我们就发现有一个妈妈一直跟着，我猜是这个孩子的妈妈，果然不错。我们提出给这个孩子合影时她赶紧说她来拍照，后来一问才知道，这个孩子是第一天来这里做志愿者。我想这第一天对这个孩子和他的妈妈来说该是多么重要而有意义的一天，因为这是他们共同的第一次，也是一次重要的人生经历！而这一天就遇到了我们，这次美好的遇见给我们一家人留下了美好的回忆，也会给这个孩子留下自豪和骄傲的记忆，在他幼小的心里种下的那颗良善的种子今天一定破土发芽了。祝福你，孩子！

最爱东湖游不足

离开红楼，陈师傅接到我们，因为下午要到东湖去，所以我们到东湖附近吃饭。车上，我和孩子都睡了一会儿，休息了一下。午饭吃得太晚了，这会大家都很饿，我们又吃了排骨煨莲藕汤，吃了黄辣丁鱼，当然少不了菜薹，还有腊肉竹笋，可能是因为饿了，大家都觉得饭菜很香很好吃。饥饿的时候能够吃上饭菜实在是太幸福了！

据陈师傅说，东湖原来是中国最大的城市湖泊，后来鄂州（江夏区）划归武汉市后，那里的汤逊湖因面积增加成为第一大城市湖，东湖就屈居第二了。这个湖原来和长江是连着的，后来逐渐独立了。

我们到达这里后，发现湖的一个入口处有很大的灯笼，似乎要举行灯展，走近一看果然是。灯的制作略显普通，和西安城墙、大唐芙蓉园、大唐不夜城的灯展比起来，有些小巫见大巫了。因为有灯展，从此口进入需要买门票，而且比较贵，我们便咨询了另外的入口。热心人告诉我们，从绿道进入即可，那里还有环湖的电瓶车、自行车可以乘坐或者租用。但为了静静欣赏湖景，三个人又都善于走路，便没有选择这些交通工具。我们俩让女儿看一下地图，规划一条赏湖景的路线，她可是擅长看地图的，方向感又特别好，我们便按照她规划的路线开始了环湖之旅。

看到湖的那一刻，我们三个都感叹：湖好大呀！东湖真的非常大，不知道要比杭州的西湖大多少倍了。我查了资料，东湖被堤坝分割为不同的区域，共有12个大小湖泊，120多个岛渚，112千米的曲折湖岸线，仅湖面面积就有33平方千米。东湖绿道全长28.7千米，串联起磨山、听涛、落雁三大景区。以往去杭州西湖，感觉杭州人能在城市中坐拥这么大、这么秀美的湖泊真是太幸福了。后来西安复兴昆明池，计划注水面积是西湖的1.44倍，虽然还没有完全完成，但是已有的湖面已经让我们有烟波瀚渺的感觉了。今天见到东湖才知道以前见到的湖都太小了，真有点《庄子·秋水》中河伯的感觉了。武汉人民真的好幸福，能在城市中拥有这么大的湖，每天氤氲的湿气能起到多大的降尘、净化空气的作用，让人感觉多么滋润！这就是城市之绿肺、城市之绿心！然而，武汉不仅仅有东湖，城内遍布大大小小的湖泊，湖景房都不是什么稀缺资源。紧邻长江，武汉拥有庞大的水系资源，地理优势不可替代。

东湖水面辽阔而平静，午后的暖阳洒在湖面上，波光粼粼。遥望远山如屏，心宁静了，心辽远了，心开花了。我们走走停停，坐在湖边的椅子上，静静地看湖，沐浴阳光。看岸边芦苇摇曳，水面上野鸭凫水，时间仿佛停下来了一般，身心放松到了极致，什么也不用想，什么也不用做，就享受当下的安详。生活是如此美好，我们一家三口在一起，在年末岁尾，在一个原本陌生的地方，享受这份宁静。我们走到了夕阳的对面，夕阳洒在湖面上，波光更加明亮，跳跃如金银。不知道是哪种光学现象，使得湖中的水呈现出不同的颜色，有深有浅，丰富多变。我们在这里围绕这个即将落山的火球做了各种摆拍，拍背影，拍剪影，拍捧着太阳的，拍托着太阳的，拍捏着太阳的，为各种各样的姿态说说笑笑，讨论着拍照的技巧和效果，不断地调整角度、远近、姿势，越拍越好，甚是开心。我们的做法也引来了其他人的效仿，我们开心一笑，继续沿湖行走，把最好的拍照地留给他们。

太阳渐渐地落下了，气温逐渐降低了，感觉有点寒意，好在我们穿着北方的冬装，比较保暖，走路也让我们更暖和。我们计划就这样沿湖不停地走，走到哪里是哪里。除了我们走的绿道外，湖边还有一些临水小道，都是用木板铺的，设置了栏杆，可以依栏亲水。路边种植的大部分是杉树，高大而笔直，冬天杉树落叶后，更显得枝干苍劲伟岸。每到有岔路的地方我们就让女儿选择方向，走着走着，天黑了，湖景区的灯亮起来了，整个湖区更漂亮了。路上的游人越来越少，我们依然兴致勃勃地走着，真想将整个湖环行一圈，但也知道今天是走不完的，来得也有点晚，只能游走其中的一部分了。我想起白居易的一句诗"最爱湖东行不足"，我们这就是"最爱东湖行不足"啊！

今天的运动量还是挺大的，微信运动显示步数超过两万。好好睡觉，明天继续游览。

武汉长江大桥

武汉长江大桥是长江上的第一座大桥，这座桥是中国和苏联共同建造的。看了纪念碑上的介绍，知道这座桥于1955年开始建造，1957年建成，至今其实已有六十多年的历史。上桥的台阶已经昭示了中苏共建的特点，台阶的石条厚实，栏杆粗壮，栏板上凿空的形状带有典型的苏式风格。走上桥侧的小广场，中间立着建桥的纪念碑，倚栏而望可以清晰地看到长江，比昨天在黄鹤楼远眺清晰了很多。我们上桥，沿着人行道顺桥而行，桥上车水马龙，我们小心地在人行道上行走，能明显地感受到车辆驶过时桥面的震动。在桥上看到江水滚滚东流，也可见激流旋涡，水面上不断有轮船驶过，巨大的轮船在宽阔的江面上显得很小。我们所在的位置应该是长江在武汉段水面比较窄的地段，蛇山和龟山作为天然引桥，为建桥提供了地理优势。比起长江的宽阔，我们更能感受到它的悠长，它长得望不见头看不到尾。女儿把石头投进长江想看看有什么动静，刚开始我们还可以看到这个小小的石子，后来就看不见了，更不要说它能在长江中激起哪怕是一个小水花了。在我们三个不约而同的笑声里，在相对论的推理中，我们见识了长江的博大深沉。

长江大桥栏板上的花纹，有的具有中国风格，有的具有苏联风格，共建特色很是鲜明。大桥上有桥头堡，据说可以通过它横穿大桥，可惜现在封闭了，不能进行横穿大桥的体验了，我们就顺桥继续慢慢行走。路上有一只喜鹊一直相伴，飞到前面的灯柱上冲着我们叫，不知道报的是什么喜，不过我们还是为这个好彩头感到很高兴，秋水长天君还学着喜鹊叫，和它打招呼，不知道它听懂了没有。

琴台无琴

琴台，是我一直向往的地方，因为这里有一个美丽的传说。传说当年俞伯牙游历经过汉阳时，突遇狂风暴雨，便停舟龟山脚下。雨过天晴，伯牙心旷神怡，于是乎鼓琴咏志。钟子期打柴路过，听出了伯牙琴曲中的高山之志和流水之情，两人知音相赏，成为知己，相约来年再会。第二年，伯牙来寻会子期，不料子期已不幸病故。伯牙悲痛万分，在子期墓前鼓琴《高山流水》。曲终，伯牙悲痛万分，顿感曲艺无意，便扯断琴弦，摔碎琴身，发誓今后永不鼓琴。琴台就是为了纪念伯牙、子期的深厚友谊而建造的。这段千古佳话出自《列子·汤问》："伯牙善鼓琴，钟子期善听。伯牙鼓琴，志在高山。钟子期曰：'善哉，峨峨兮若泰山！'志在流水，钟子期曰：'善哉，洋洋兮若江河！'"

看介绍知道，琴台始建于北宋时期，清朝嘉庆、光绪年间都曾重修重建，这一名胜古迹才得以保存至今。走进这个清幽的院落，青苔覆地，篁竹浓密，环境与琴台相合。雕塑都是新的，古树倒显岁月久远。我们看到一棵树，根部一体，上面分枝成为两棵，后人赋予它特殊的含义，称它为知音树，它就成为伯牙和子期友谊的象征了。我们看到整个园子的设计还是比较古典的，比如海棠花门、圆洞门、鹅卵石铺的曲径、石桌、石凳等。

在琴台园中，我还看到了一对恩爱夫妻。他们显然是游客，因为还拉着行李箱。那个女士应该是比较爱美，尤其爱拍照，大冷天的居然把外衣脱去，只穿一件吊带裙，拿出围巾搭在肩上做出各种姿势拍照，那个男士或者将女士的头发整理一下，或者将其衣服拉一拉，或者将其围巾调整一下，为这个女士拍照。终于拍完了，他们走的时候，女士穿上衣服，男士一手拉着箱子，一手为女人拿着她那个鲜红的小包包。我在想，平日里他们两个一定是非常恩爱的，那个丈夫一定非常爱自己的妻子，不然哪来的这么好的耐心呢？等秋水长天君和女儿从洗手间过来，我把刚才看到的一幕讲给他们听，他们都笑着说："他们一定很幸福！"

出了琴台园的大门，女儿首先留意到大门两边的狮子和我们平时见到的不同。我们仔细一看果然不一样：一是狮子的耳朵很大，有点像大象耳朵；二是狮子的腿上有细细的线，不知道是不是代表着狮子毛；三是我们常见的一般都是公狮踩着绣球、母狮怀抱小狮子，而大门右侧的狮子则是左脚踩着绣球，小狮子抱着腿，大门左侧的狮子则右脚踩着绣球。不知道这是南北差异还是文化差异，这个疑问暂时无法解答，带着困惑我们离开了琴台。

琴台无琴，每一个慕名前来的人，是不是都渴望此生能得遇知音之人呢？

江滩的悠闲时光

接下来我们来到了长江江滩，这是和长江近距离接触的地方。刚到江边，就看到有一个人在大桥的桥墩边网鱼，我们还没有到跟前他已经网到了一条很大的鱼。好奇心把我们拉了过去，他用一个大大的网兜在网鱼，我们问他："这地方怎么可以网到鱼？"他说，桥墩边水流比较缓，鱼就游到这里来了。他经常来网鱼，每天都能网到好几条，今天网了好多了，说着把他的背包拉开给我们看，里面果然有不少鱼，而且几条都有二三斤或者三四斤重，他说有时候可以网到几十斤鱼呢。看来他是很有经验的，我就问他，对这里这么熟悉是不是武汉本地人，他说他是东北人，在这里帮忙看孙子呢，没事儿常到江边就发现了规律，所以能网到鱼。正说着，又有人过来，他大概是怕泄露了秘密吧，就不说话了，收拾东西说要回家了。

当时是下午2点左右，太阳正好，我们三个就坐在江边的长椅上，晒着太阳，吹着江风，静静地看船来船往。又如在东湖边一样，什么也不想，随意地发发呆。坐了好久，有些困了，在长椅上眯了一会儿，醒来，长江无语，还和刚才一样。我们注意到过往的货轮后面都有一个小艇，秋水长天君说那是遇到紧急情况逃生用的。我们还发现每条船上都有一小片绿色蔬菜，用塑料泡沫围着土种植的。秋水长天君说那大概是因为船上的人要在水上航行很多天，不方便买菜，就种植一些，方便随时取食。在船尾露天的地方，不缺阳光不缺水，菜还长得很好呢。我们还观察到每一艘船在过桥洞之前吃水深一些，过了桥就会排水，吃水就浅了。秋水长天君解释说这样是为了将船身降低一些以便更安全地过桥，过了桥排水，船身就会上浮一些。长江的航运还是比较繁忙的，不断有货轮经过，有的顺江而下，有的要逆流而上。

我们在这里还看到了一些长江冬泳爱好者。他们好有勇气，这么冷的天，可以在冰冷的江水中游泳，身体真的很结实。通过观察，发现他们并不是到江边就脱衣下水，他们要做好多准备工作，先运动一阵子脱去一层衣服，再运动一会儿再脱去一层衣服，直到最后可以下水。看到他们这样做，不仅感慨，热爱的动力实在太大了，不然的话怎么可能在接近零度的水中做这样的运动！

我们继续沿着江滩往前走，目标是汉江和长江的交汇处，这个地方的码头叫集家嘴。到了这里，我们在江堤上可以看到江水曾经到达的水位，看到了江边堆积的细沙。我用手抓了一把，细腻而干净的沙子充满了我的手心，我仿佛和长江在紧紧地握手。江边的沙岸厚厚的，如墙壁一般，层层的沙堆积在一起，看起来坚实，却并不坚固，在江水的冲刷下有的地方会垮塌，垮塌的痕迹肉眼可见，我们不敢离得太近。岸边一个爸爸带着儿子在钓鱼，我们看到在他们身边的小桶中有几条小鱼儿，这是他们的战果。我知道钓鱼者的乐趣不在鱼而在钓，希望他们都享受到这份快乐。

前面还有很多位钓鱼者，站在水相对平缓的岸上不断地抛竿收竿，看起来很专业的样子，我不懂他们的忙碌。你们自得其乐吧，我们要去坐轮渡了。颇费了一番周折，终于买了船票上船了，这就是公交的价格呀，一人两元。船上人很少，船舱很宽敞，随便你待在哪里。女儿要在二层船尾的舱外看江景，我嫌冷，秋水长天君就陪我在一层的船头看江景。夜色渐浓了，江边华灯初上，大桥和电视塔的灯也亮了，长江在彩灯的映衬下更加靓丽。可惜航程太短了，感觉还没有走多远就到了，我们下了船，在对岸拍了很多照片。

来接我们的陈师傅得知我们坐轮渡到了对岸，但是他的车就在集家嘴附近等着，于是我们就又买了票返回。返程时整个船只有我们一家三口，乘着夜色，我们又在长江上走了一段，最后满意地离开了。

文物与故事

今天要去参观湖北省博物馆，因为知道在博物馆待的时间会比较久，所以我们三个约好早早出发。9点多到达博物馆，还比较早，春节前夕参观的人不多，在大门口完成了扫码预约，进馆。来之前就一直希望到博物馆亲眼看看曾侯乙编钟、越王勾践剑等在书本中或在纪录片上看到的出土文物，还是非常期待的。幸运的是今天遇到了一个非常专业的志愿者讲解员，我当时正在一楼展厅门口等待秋水长天君和女儿，看到一个穿着志愿者服装的男士向我走来，他问我是否需要讲解，我欣然同意。他说博物馆馆藏非常丰富，建议从四楼展厅开始依次将四件镇馆之宝了解一下，其他的我们就可以自由参观了。

听从他的安排，我们首先参观的是四楼展厅中的越工勾践剑。越工勾践剑1965年出土于湖北省荆州市江陵县望山楚墓群1号墓。这把春秋战国时期的宝剑真的是与众不同，做工精美，锋利无比。这把剑并不长，长55.7厘米，宽4.6厘米。剑的握柄看起来比较短，柄长8.4厘米，可推测当时越国人的身高并不高，手也不大。随着志愿者的讲解，我观察着它的形状和纹饰。剑身修长，有中脊，双刃锋利，剑身布满了规则的黑色菱形暗格花纹，剑首正面镶有蓝色玻璃，背面镶有绿松石。剑首还装饰有极薄且高凸的多圈同心圆，十分规整。可见在两千多年前，古人的铸造工艺已经非常先进了。我们将这把剑和旁边展出的其他普通剑比较一下，区别非常大。普通的剑没有这么精美的纹饰，做工显然粗糙一些。最珍贵的在于剑的正面近格处有"越王勾践自作用剑"的鸟篆铭文，而这行铭文是剑主人身份最有力的证明。这把剑历经千年而不锈蚀，依然锋利无比。在20世纪70年代，专家们对越王勾践剑做了一个实验，越王勾践剑一下子划破了二十六张纸，比现在一些新制造出来的刀剑划破的纸张还要多，可见勾践剑有多么锋利。

这把越王勾践的宝剑为什么会在湖北江陵出土呢？越王勾践的陵墓并不在此。志愿者给出了这么两种解释：一是嫁妆说。勾践曾把女儿嫁给楚昭王为姬，这柄宝剑很可能作为嫁妆被送到楚国，后来楚王又把它赐给了某一个贵族，于是成了这位楚国贵族的随葬品。二是战利品说。公元前309年至前306年，楚国出兵越国时楚军缴获了此剑，带回了楚国，最终成了楚国人的随葬品。

后来我了解到这把越王勾践剑在1994年8月24日在新加坡举办的"战国楚文物展"中展出时被人为损坏。新加坡方工作人员操作不慎，使一块有机玻璃柄板卡在了剑刃上。剑拆下后，中国工作人员发现剑刃部有一道长0.7厘米、宽0.1厘米的新伤痕。中国国家文物局的专家对剑受损情况做出的正式结论是"轻微损伤"，所以2019年3月20日，越王勾践剑被列为第三批禁止出境展览文物，这样可以更好地保护我们的国宝。

博物馆的第二件镇馆之宝是云梦睡虎地竹简。1975年12月在湖北省云梦县睡虎地秦墓中出土的竹简，共1155枚，残片80枚，数量惊人。墓主人叫"喜"，是秦国的一个基层官吏。竹简长23.1至27.8厘米，宽0.5至0.8厘米，字体为墨书秦隶，写于战国晚期及秦始皇时期，反映了篆书向隶书转变阶段的情况。据介绍，这些竹简出土时被浸泡在水中，所以没有腐烂，字迹清晰可辨。隔着玻璃，看到这些竹简很窄，与我们平时所理解的宽宽的竹简不同，上面的字也比较小。

竹简上刻《秦律十八种》《法律答问》《语书》《为吏之道》等，包括了秦代律法的方方面面，还涉及一些医学著作以及关于吉凶时日的占书，为研究中国书法，秦帝国的政治、法律、经济、文化、医学等方面的发展历史提供了翔实的资料，具有十分重要的学术价值。我们看到一条法律条文比较有意思，讲的是若两个人发生争斗，在旁边的人如果不及时制止，那么这个旁观者也将与当事人同罪。这条法律规定其实是在调动每个人的社会责任心，使矛盾在最初发生的时候能得到及时的遏制。这条律文让我们想到当今社会事不关己高高挂起的冷漠心态，也让我们想到了现在好心管闲事招致麻烦的不良社会现象，导致很多人不敢在外边搀扶摔倒的老人，不敢管闲事。社会文明的发展有时候会出现令人感叹的倒退现象，现代人是太聪明了吗？

第三件镇馆之宝是两块郧县人头骨化石。1989 年在湖北郧县考古发掘出两具人类头骨化石。两具头骨化石都保存了完整的脑颅和基本完整的面颅。根据头骨特征，他们属于直立人类型，因而被名为"郧县直立人"。经考古专家测定，年代大致距今八十万年至九十万年。他们的头骨和粗大的牙齿虽都已经成为化石，却清晰可见。

第四件镇馆之宝是元代青花瓷四爱图梅瓶。元代青花瓷之所以珍贵，是因为存世量很少，全世界仅存 400 件，而且多是考古发掘品。2005 年伦敦拍卖行拍卖一件"鬼谷子下山"元青花瓷罐，以折合人民币 2.6 亿元的价格成交，轰动世界文物市场，创亚洲艺术品成交最高价格。从此青花瓷声名鹊起，成为文物收藏界的新宠。

我们看到的这件珍贵的元代青花瓷梅瓶高 38.7 厘米，口径 6.4 厘米，底径 13厘米，2006 年出土于湖北省钟祥市明代郢靖王朱栋墓。朱栋（1388—1414）是明太祖朱元璋的第二十三个儿子，1391 年晋封为郢王，娶朱元璋侍卫武定侯郭英之女为妻，封地在安陆，即今湖北省钟祥市，死后的谥号为"靖"，意为"恭敬明礼"，故历史上称"郢靖王"。"郢"是春秋战国时期楚国的国都，所以"郢"亦是楚国的代称，历史上分封为郢王的共有九位，朱栋是最后的一位。这件元青花四爱图梅瓶是朱元璋推翻元朝统治以后得到的战利品，被赏赐给朱栋，由于深得朱栋喜爱，所以成为他死后的陪葬品。

这个瓶原为盛酒器，后来因瓶口较小，适合插梅而得梅瓶雅称。梅瓶造型呈小口，短颈，丰肩，腹部下收。通体绘青花纹饰，分成三组，肩部绘凤穿牡丹纹，底部绘莲瓣纹，腹部绘"四爱图"，分别是王羲之爱兰、陶渊明爱菊、周敦颐爱莲、林和靖爱梅鹤。

据志愿者介绍，元代青花瓷的特点是图案分层，多为三层。秋水长天君问到这种青花是釉上彩还是釉下彩，志愿者介绍说是釉下彩，还给我们详细介绍了釉下彩的烧制工艺，感觉他知识储备丰富，很是专业。

最后一件镇馆之宝是曾侯乙编钟。这是一套大型礼乐重器，1978年在湖北随县擂鼓墩曾侯乙墓出土。全套编钟共65件，分三层八组悬挂在呈曲尺形的铜木结构钟架上，令人震撼！现场参观和我在纪录片中看图时的感受截然不同，我仿佛来到了曾侯乙乐队演奏的现场，那雄浑的编钟的回响就在耳旁萦绕，那种鼓乐升平的景象就在眼前展现。

这套钟共有三类组成。一类是镈钟，就是最下面最中间的那口钟。镈钟上有三十一字的铭文，记载了楚惠王得知曾侯乙去世的消息之后，于在位第五十六年（前433年）特制镈钟用作祭祀，故而这口钟不是用于演奏的。我们看到在横架上斜靠着一根木棍，那就是用于敲击钟的木杵。据说木杵出土时完好，现存放在仓库中，这个是复制品。第二类是甬钟，每个钟上都有一个把儿，据说这是消音用的。最下面一排的其他大钟和第二排的钟都是甬钟。第三类是钮钟，就是钟上有一个钮，便于悬挂。每个钮钟的下部都为合瓦形，上面都有精美的纹饰。这套编钟的独特之处在于一钟双音，也就是一个钟可以敲出两个音来。另外曾侯乙编钟七音齐备，并且具有十二个半音，这跟十二平均律是一个概念。钢琴有七个八度，曾侯乙编钟有五个半八度，音域很宽广，可以说在那个时代，古人已经相当精通音律了。

我们还注意到曾侯乙编钟的钟架很高大，由长短不同的两堵立面垂直相交，呈曲尺形，有七根彩绘木梁，两端以蟠龙纹铜套加固，由六个佩剑武士形铜柱和八根圆柱承托。铜套采用圆雕和浮雕相结合的工艺，人物栩栩如生，令人叹为观止。

我们还参观了曾侯乙青铜尊、青铜盘。它的底部有"曾侯乙作持用终"七字铭文。这是迄今为止发现的制作最为精美、最为复杂的青铜器，是国家一级文物，也是我国首批禁止出境展览的文物。青铜尊高33.1厘米，口径25厘米，重9千克，装饰有 28 条蟠龙纹和 32 条蟠螭纹；青铜盘高 24 厘米，口径 57.6 厘米，重 19.2 千克，装饰有 56 条蟠龙纹和 48 条蟠螭纹。出土时青铜尊和青铜盘是分开摆放的，青铜尊以 34 种零部件经 56 处焊接连成一体，使用时需将青铜尊置于青铜盘之上，合成为一件器物。玲珑剔透的蟠龙纹、蟠螭纹和各种形似朵朵云彩的镂空的花纹，上下叠置，参差错落，玲珑剔透，精美绝伦，令人不由得凝神屏息，叹为观止。青铜尊是古代的一种盛酒器，青铜盘是古代的一种盛水器，尊盘合一虽然体积较小，却是曾国国君祭祀祖先的礼器，是曾国的镇国之宝。通体的蟠龙纹和蟠螭纹象征着大大小小的诸侯，相传谁拥有此器谁就具有帝王之尊。可是当楚国消灭曾国后却始终找不到这件青铜尊盘，这也成了一个千古之谜。1978 年人们在曾侯乙墓中找到了这套青铜尊盘，原来它被曾侯姬乙带到了墓里，难怪楚国始终找不到它的踪影。曾侯乙青铜尊盘制作精巧华丽，有鬼斧神工之妙，证明早在两千年前的战国时期我国青铜铸造技术就已经达到了登峰造极的境界。

此外，让我兴奋的是，在这个博物馆我终于看到了古代的瑟，而且数量比较多。其中一件是黑色的，只保留了瑟的主体，非常宽大厚实。首岳还在，尾岳部分的四个花型枘还保存完好，十分精美，外尾岳、中尾岳、内尾岳也清晰可见，只是没有了琴弦，但是据介绍出土时面板残存丝弦痕迹。相传伏羲作瑟五十弦，黄帝改良为二十五弦。我想大约不同弦数的瑟并存于世吧，不然唐代李商隐为何说"锦瑟无端五十弦"呢？至少唐代时瑟有五十弦。目前考古发掘所见的有十八弦、十九弦、二十一弦、二十三弦、二十四弦、二十五弦等六种瑟。瑟也有类似古筝一样的弦码，称为瑟柱，又称瑟码。在曾侯乙墓中出土的瑟更多，有十二个之多，多为红色，分置在墓室中，古琴却只有一件。志愿者说他推测可能与弹奏者的性别有关，古琴为男性所弹奏，瑟为女性所弹奏。其实他说的或许有一定道理，因为在古代琴就是士大夫必不可少的修身之器，"琴瑟和鸣" 一词，大约也表明了瑟为女性演奏的乐器。可惜的是瑟这种乐器后来逐渐消亡了，一种说法是现在失传了，一种说法是现在还有少数人复原它、演奏它。我并不了解实际的情况，只好存疑，等日后再进一步了解了。

在博物馆看到的乐器还有编磬，这是用石头磨制而成的乐器，是八音中的石。我们还看到了笙、笛、箫、篪等乐器。博物馆中的金、石、土、革、丝、竹、匏、木八音乐器俱全，今天的参观让我有了更直观的认识。

曾侯乙墓出土的文物讲解完，志愿者就结束了自己的工作。他讲得非常好，有条理，有重点，最重要的是他讲得有感情有温度，我能感受到他对出土文物的深厚感情，他对祖国灿烂文化的敬重和热爱。因为讲得好，所以跟随听讲的人就越来越多了。分别时询问得知他姓万，感谢他一个多小时耐心而细致的讲解，祝福万先生，他的行为会感染感动更多的人，志愿者的事业也会越来越壮大，祖国伟大的文明史也会为越来越多的人所了解！

博物馆琳琅满目的展品令我们流连忘返，中午1点我们才到顶楼的咖啡餐厅简单吃了一点东西，接了两杯热水，稍事休息后继续参观，直到将博物馆又细细看了一遍，才离开这里。

此次参观博物馆，我发现女儿的变化，她紧跟着志愿讲解员，非常认真地聆听，认真地欣赏、拍照，还提出自己的问题，和小时候的浏览可是大不相同了。孩子真的长大了，她在吸收我们本民族的优秀文化，我相信这些都将滋养她，让她更加健康、更加优秀。

舌尖上的荆州

说起武汉的美食，可能都会想到热干面。武汉人的一天是从一碗热干面开始的，但是我们没有感受到热干面有多么好吃，倒是发现了武汉的其他美食，不能不说一说。

最有特色的当是排骨炖莲藕。这个莲藕不是一般的莲藕，而是湖北特有的粉藕，专门煨汤用的，很面，藕丝很长，藕好吃，汤好喝，这是我吃到的最好吃的炖莲藕了。还有这里的鱼头泡饭，鱼头当然好吃，嫩而香，米饭也好吃，据说是当地人不吃菜就能吃的米饭，泡了鱼头汤后更是好吃。米饭是盛放在一个特殊的容器中蒸出来的，应该是米好加上蒸米的方法不一般，所以特别好吃。

还有一道菜是武汉本地有名的清炒菜薹，据说最有名的是洪山菜薹，是紫菜薹的珍稀品种，俗称"大股子"，因其原产于湖北省洪山区一带而得名。这个菜看起来普通，但吃起来味道甘甜，很有特色。后来我想起来老家河南也有这种菜，只是名称不同，因为生长的地方不同，味道也有差异，而且在我们那里就是一种普通的菜，没有什么名气的。

荆州之行，特别要感谢秋水长天君的朋友——东道主张先生，他极尽地主之谊，热情地招待我们，替我们合理规划行程。

洪州行

我们到达南昌，下车后赶往酒店。南昌刚下了雨，空气非常清新。我们先找地方吃午饭，发现没有什么可吃的，就吃了当地的小吃米粉，发现很难吃，不说味道，量也很少，一碗米粉大部分是清水。秋水长天君没有吃饱，就在旁边又吃了一份包子和豆花。在预定的公寓酒店安顿好，我们休息了一会儿，决定到附近的秋水广场看看。那里临着赣江，可以去看看水景。雨又下起来了，我们打着雨伞，感觉到阵阵寒意。此次出游虽是到南方，但是一点也没有感觉到南方有多温暖，相反，感觉很冷。

女儿教我们用支付宝领了当地的公交车卡，乘车很方便。坐了几站公交，便到了秋水广场，可能是因为下雨，抑或是人们都在忙碌过春节，抑或是因为疫情都不出门吧，我们没有见到其他的人。来到江边，我们发现根本不见江水滔滔的情景，宽阔的河床裸露出来，没有多少水，沙渚上枯黄的水草在风中摇曳。大概冬天是枯水季，或者上游有蓄水坝将水拦截了也未可知，总之，颇令人失望。我们决定返回，因为太冷了。

上岸后，秋水长天君觉得我们白出来一趟不划算，就建议去滕王阁，就在对面，看起来应该不远。我们两个都说太晚了，去了也上不了阁了，还是明天吧，但是秋水长天君坚持，我们也就随他了。两站地铁就到了那里，出地铁站到达滕王阁的路却实在不好走，指示不清，眼看着滕王阁就在前面，我们却需要七拐八拐，走了好久才到达南门。我们到达时，游客已经只能出不能进了。我们在滕王阁的左侧拍了夜景，看到这里的赣江水量多了一些，但是也没有江水浩浩的气势，我们就当来探路了。

晚上女儿想要到网红餐厅江西餐馆唐瓦里吃饭，我们打车来到一个拥挤的巷子找到了这家餐厅。真不愧是网红餐厅，人很多，我们被安排在一个临时加的桌子旁。餐具上来了，我们三个不约而同地笑了：黄色的搪瓷盘、搪瓷缸，瓷缸上有毛主席像和毛主席语录，碗是白色蓝花纹的小搪瓷碗，茶壶是青花瓷的拎壶。我们点了典型的江西菜井冈山豆腐皮、烤猪蹄、南昌炒粉、白糖糕、烧青菜、黑椒牛肉、cc米酒、瓦罐煨汤。瓦罐煨汤实在是太普通了，关键是咸到不能接受的程度，我觉得还没有学校食堂的瓦罐煨汤好喝。女儿觉得烤猪蹄、白糖糕很好吃。我们都觉得cc米酒很有特色，这是一种低度米酒，甜甜的酒香，一家人举起搪瓷缸中的cc米酒，共同祝福新的一年诸事顺遂！

因为天气太冷胃疼，我不敢喝凉的，秋水长天君就将热水倒在盘子里帮我暖米酒。我胃口不好，什么也吃不下，只吃了点青菜，其他的尝一尝就罢了。他们两个吃得还可以，尤其女儿觉得菜很好吃。吃饭的时候，我们发现客人越来越多，有不少人在等座，网红餐厅名不虚传。想想网络的力量实在太强大，我们这些外地人也是通过网络才知道这家餐厅，慕名而来的，不然这犄角旮旯的小巷子，谁又知道怎么找呢？

豫章名楼滕王阁

次日，重游滕王阁。滕王阁名扬天下，王勃的《滕王阁序》和《滕王阁》诗不知道读了多少遍，讲了多少遍，这次终于可以走近滕王阁，一睹它的风采。

先写一写滕王阁的来历吧。唐高祖李渊之子李元婴在贞观年间曾被封于山东省滕州，故为滕王。李元婴受到宫廷生活熏陶，"工书画，妙音律，喜蝴蝶，选芳渚游，乘青雀舸，极亭榭歌舞之盛"（明陈文烛《重修滕王阁记》），且于滕州筑一阁楼，名以"滕王阁"。永徽四年（653），滕王李元婴任洪州都督时又建滕王阁，后来他到四川阆中又建造了一个滕王阁。故而，滕王阁共有三座，但是江西南昌的滕王阁因为王勃的《滕王阁》诗和《滕王阁序》而更加有名。

今天终于能目睹滕王阁的风采了！我们从滕王阁的北门也就是正门进入，正面的滕王阁看起来比侧面更加气势雄伟。王勃说"滕王高阁临江渚"，高阁临江气势非凡。滕王阁建在12米高台之上，其下部据说是象征古城墙，分为两级。我们拾级而上，到达阁内。一层有王勃作《滕王阁序》场景的雕像，遥想当年，青年才俊王勃在佩玉鸣鸾的歌舞宴会上，面对群彦挥毫泼墨，一气呵成，留下千古传诵的《滕王阁序》。当那"落霞与孤鹜齐飞，秋水共长天一色"的佳句惊艳四座的时刻，南浦飞云、西山暮雨、闲潭日影、斗转星辰、槛外长江是否都为之驻足了呢？

胜地常存，盛筵难再，后世无数人前来瞻仰滕王阁的风采，因阁也？因人也？因事也？因文也？即使盛宴再有，还有王勃这样的才俊能写出这等不朽之诗文吗？天才诗人不需要众多作品，一首名作足矣；天才的诗人不需要太长的生命，二十五年足矣！王勃说"天高地迥，觉宇宙之无穷；兴尽悲来，识盈虚之有数"，在这个年轻人的心中有多少宇宙人生的悲慨！他三尺微命，他一介书生，他无路请缨，他壮怀投笔，他渴望能够在大唐盛世建功立业。他才高却位卑，他英年早逝，他无缘功名……思之令人悲叹！

转身来到阁之回廊，举目远眺，没有"落霞与孤鹜齐飞，秋水共长天一色"的壮美景象，赣江羸弱的水无力地流着。山河流转，今天的滕王阁早已没了唐代的风貌。经过了宋元明清历代的焚毁和重建，经历了城市的不断兴起，唐人所能目及的江景逐渐被覆盖。冷雨随风飘来，心中悲戚，不知道是为王勃，还是为今天的滕王阁！

秋水长天君非常喜欢王勃的序文，故而取的网名就是"秋水长天"，他在登上诗意滕王阁后没有看到诗意之境，会不会也有些失落呢？

离开滕王阁，我们从南门出，因为这里离博物馆要近一点。出门后我们在泊舟家宴吃了午饭。午饭也是以江西菜为主，其中一个菜是菜糊，这个菜准确地说是汤，将米渣做成糊状，里面加上当地的芥菜，又清淡又好吃，还很热乎，我们都很喜欢吃。还有一个菜也很有特色，是用小小的芋头仔炖的排骨，排骨无所谓，关键是芋头仔香、软、糯、面，太好吃了。这是在江西吃的最好吃的两个菜了。

博物馆中的"惊世大发现"

饭后，我们来到江西省博物馆，只有"惊世大发现"一个馆开放。我事先也查了一下江西博物馆的官网，除了海昏侯墓出土的文物外没有什么特别的馆藏，所以能参观一下海昏侯墓的文物也没有什么遗憾的了。我是看过海昏侯墓的纪录片的，现在亲眼看看出土文物还是很震撼的，尤其是目睹了海昏侯墓中的各种金币、钱币后颇有感慨：金钱财富真的是生不带来死不带走的，即使带走了，总有一天还会被发掘出来成为人类的共同财富，所以芸芸苍生真的不必汲汲于财富，挣一些钱够用则已。

在众多的文物中，我比较感兴趣的是铜鎏金博山炉。这是个香炉，属日常生活用品。我仔细观察了其博山的形状，因为在阅读资料时看到龙首有博山的记载，现在看到这个博山香炉，就对博山有直观认识了。还有一件生活器具很有意思，就是雁鱼铜釭灯，这个灯有非常独特的排烟设计，灯火产生的烟雾顺着中空的雁颈排到它的腹中，腹中有水，将烟雾灭于其中，十分环保。外观精美的灯具，蕴含着如此精巧的设计智慧和环保理念，非常难得。文物是鲜活的。观看文物，其实就是了解古人的日常生活、精神世界，乃至于了解那个远古时代。

上海游园记

戊戌狗年 11 月到上海参加首届长三角古典园林文化论坛会议，有机会考察一下上海名园。同来开会的同门静心书与我同游，因为我俩都学古代文学，都研究园林文学，就有很多共同的认识，可以一起品评一下哪个地方布景好，哪个地方布景不够合理，哪座建筑造型优美，哪幅楹联写得有韵味。

古猗园

古猗园的园名就告诉我们这个园林原本是以竹子为主题的。很喜欢这个名字，让我联想到《诗经》中"绿竹猗猗。有匪君子，如切如磋，如琢如磨"的诗句，我的古琴即名"绿竹"，我也是个爱竹的人，故而对猗园有了更特殊的感情。

园子中最精华的部分是修复的明代故园，园林布局和景境保留了原来的样貌。站在九曲桥上，左右两边景致如画，水明如镜，红叶、枯荷、绿竹、银杏共同构成斑斓的秋意图。无须什么取景技巧，不用担心没有拍照技术，处处画意，处处美景。桥上的湖心亭更是拍照的绝佳地点，站在桥上，就成了风景。

据导游讲，九曲桥的含义有二：其一，九为阳数，最大，代表吉祥、尊贵；其二，传说妖魔鬼怪走直路，曲桥有辟邪之意。九曲桥，让平直的路多了点幽深，走在桥上，可以多几次停留，多赏几眼风景，这是要将美好加长、将时间留住的曲折深意啊！凭栏远望，层层风景映入我的眼帘；倚栏而坐，水草游鱼摇曳心神。鸟儿的清鸣是在讲述昔日哪位园主人曾经在清晨从桥上走过，哪位园主人曾经在黄昏于亭中小坐吗？走过缺角亭，走过不同种类的竹子，这大概是比较能体现猗园主题的地方，地砖、石桌、石凳上皆是竹子的图形。

走过唐代咸通八年（867）开凿的经幢、李宜之的"难厅"来到了一个亭子，匾额是"鸢飞鱼跃"，从左到右书写，可能是后代修复时悬挂的。

没几步就看到了小型的叠山，因其远望如一片云，故名"小云兜"。山有阶可上，上面平坦可坐。石上有一丛灌木，与灰石相应，便有了生机，多了灵秀。

再前行几步就是逸野堂了。这是一个很有历史感的建筑，雕窗和门扇都很精致，堂正中挂有董其昌手书的"华严墨海"四字。堂前是著名的盘槐，明代园主闵士籍因成对种植而犯下僭越之罪，被人告发，赶紧挖掉了左侧的一棵并以重金贿赂官差，得以免罪。现在虽有两棵槐树，但早已经不是当年的盘槐了，作为供今人参观的道具，它们哪里经历过那么多的岁月磨砺、那么久的历史变迁呢？地上的暗八仙和吉祥如意的石子路有美好的寓意，走在这样的石子路上，仿佛脚踩着幸福，触摸到了传统。逸野堂左边的五个大石名"五老峰"，石上介绍说形似"五老弹琴"，传说五老是龙、鹤、鹿、鸢、鹅五仙所化，它们感于此处美景、贪于人间享受便留下来了。这当然是后人附会，是典型的园林传说叙事了。

飞鹤亭原本是梅花亭，基座依然保留五瓣梅花的形状，但是原来圆形的梅花墙身早已不复存在，后世也没能复原，而是改成了现在的飞鹤亭。看来古建筑的复原真的是个有难度的事情，不免让人有些遗憾。在飞鹤亭，我们留意到水中立着一通白色的石碑，上面写着："白鹤南翔去不归，唯留真迹在名基。可怜后代空王子，不绝薰修享二时。"看完明白了这应该就是传说中农人挖出的白石，是白鹤栖息的地方。但是后两句没有看明白，推测其中应当有典，但具体典故却不得而知。后来查询资料才知，"空王子"是运用了佛教中的典故，佛教的创始人释迦牟尼原是一位王子，后来悟道修行成佛。诗的第三句用典是指德齐和尚在白鹤栖息之地建立佛寺之事。"薰修"，就是在庙里用香烛熏陶修行。"二时"，出自《大智度论》，指头时和假时，或指长时和短时，即一切时。这句的意思也就是后世一代一代的出家人在此修行。诗的意思是懂了，但是这诗是何人何时所写，如何流传下来的，倒是没有查出什么名堂来。

我们两个在梅花基座的飞鹤亭边惋惜了半天，可惜那座造型别致的梅花亭只能存留在文献资料和我们的想象中了。

继续前行来到了戏鹅池。俯瞰，池子是鹅的形状，故名。长长的鹅项，是引水的清渠，鹅身是池的主体部分，驳岸曲然，颇富美感。岸边有一石舫，仿佛一船停泊岸边，题名为"不系舟"，也许是出自白居易的诗："岂无平生志，拘牵不自由。一朝归渭上，泛如不系舟。"这一题名正是园主人散淡心志的写照。对面一轩，正可对景。今天悠闲，我们在不系舟附近流连忘返，在对景的小轩小坐，面对似动非动的不系舟，恍惚间有了泛舟飘摇之感。我想，若在石舫船首，置一琴，一人抚琴，一人吹箫，荷香浮动，琴箫和鸣，该有多么美好！抑或月夜舟中凭栏，听蛙声阵阵，当凉风习习，该是何等惬意呀！

沿着绘有精致的竹竿、竹叶的路，踏着大大的"寿"字，走过寓意平步青云的海棠花，我们穿过了桥亭。

我们慢悠悠地在园子里走着，留下了很多美好的照片。喜欢"月来满地水，云起一天山"这一楹联，文字原是郑板桥题写的，用在这里自有其妙处。因为亭子面对的是一片草坪，晚上月光溶溶，好像一池净水，而草坪之外则是郁郁葱葱的大树，重重叠叠，与天光云影相映衬，仿佛起伏的山峦一般，移用此联还是挺贴切的。石舫不系舟楹联为"十分春水双檐影，百叶莲花七里香"，也很能恰切地点景。

游园继续，我们来到微音阁，见到了与前面见到的经幢成对的另一唐代经幢。这座唐经幢是上海市现存最完整的经幢之一，看文字介绍得知，"开凿于唐咸通八年（867），乾符二年（875）建成，历时八年完工。此经幢高约10米，仰莲基座，四大天王坐立其顶，各节为束腰莲花瓣，出于盛唐工艺，造型秀丽，雕琢精美，人物形态丰腴典雅、雍容自若，各种纹饰简洁传神，装饰性强，乃典型唐代雕饰风格"。经幢用石栏围起，栏内种植绿草，与古朴的石雕相得益彰。可惜的是栏外地面上却铺出莲花花瓣的造型，每个花瓣用白色的小石子勾边，看起来十分跳眼，显得俗气了。其实经幢的底座本身就是莲花形的，不必多此一举。

微音阁旁有一廊亭。廊亭的雕窗，远看感觉样子做得很好，上雕竹石、荷花图案，比较清雅，近看则觉材质低劣，有伤雅致。我们还发现这里三个漏窗中有两个图案完全一样，缺乏变化，中国古典园林造景注重变化，决不雷同，一步一景。由此可见，古典园林的传承任重道远。

穿廊而行，传来箫音，一位老者正在吹奏《渔樵问答》曲。我和静心书相视一笑，情不自禁地坐下来听箫。老者吹得相当娴熟，声音低沉婉转，绵柔而醇厚，引人发宁静悠远的遐思。老人一曲吹完还和我们聊了一会儿，很热心地向我讲起了学箫教箫的体会，还给我提了些学琴的建议，他加了我的微信，说有机会到西安和我一起合奏。看得出来，吹箫让他快乐充实而健康。

渐渐地，我们走入了新扩建的园林，其古典韵味就有些降低了。尽管还是竹树环合仿古建筑，但是味道却有些变了。我和静心书再次感叹古典园林的保护和传承实在是一项艰巨的任务，最艰巨处在于要有懂得古典园林内在精神的专家，要有懂得古典园林建筑的专家给园林修复以专业建议，修旧如旧，不可随意。

秋霞圃

秋霞圃是一座明代园林，由明代龚氏园、沈氏园、金氏园三座私家园林和邑庙（城隍庙）合并而成，全园面积 40 多亩。来之前曹老师就推介说上海的秋霞圃非常好，值得好好欣赏。怀着满满的期待，我来到秋霞圃，可惜游园时间太短，走马观花的，感觉还没有好好看就匆匆结束了。

记得园中有一横琴台，看着这个石台，遥想园主人在清幽的园中，临一泓清池，对小山丛桂抚琴吟唱的情形，那份雅人深致何其美好！真的很想在这里多坐一会儿，但是考察是集体活动，只能匆匆离去。游园最好一人慢步，也可二三同道同行，实在不适合众人同游，更不宜游人如织。现在私家园林成为国家文化遗产，面向大众开放，越来越多的游人走进古典园林游赏，一方面让古典园林走进大众视野，扩大其影响，另一方面也使古典园林丧失了清静优雅的内涵。园林的物质空间是精神世界的承载，它里面盛放的是文人的书斋生活、精神追求，以及对自然物理的体认。如果没有了这些，那么园林就只是 个静止的空壳，而失去了鲜活的生命。今天的园林怎么重新盛装精神的内核，我觉得不是向公众开放这么简单，而是游园的人如何暂且在园林安放自己的问题，是园林活动的内容是否符合园林的实质和内涵的问题。

还记得园中有一块名石——米汁囊，明末清初时就在秋霞圃了，距今有三百多年的历史了。神奇的是，这块石头每逢阴雨天气就有水珠溢出，色如米汁。这块石头不知道得了多少天地之精华，方有这般神奇之处。

为秋霞圃写诗一首，以志此游：

秋霞无限旧园圃，丛桂小山对老枫。

人来鸟往几多事，曲水镜天古今同。

醉白池

醉白池，一个古老的园子，取名缘自园主人顾大申对唐代诗人白居易的敬仰。清代工部侍中顾大申晚年退老归乡，建造园林，有感于苏轼为宰相韩琦所作的《醉白堂记》，将自己的园林取名"醉白池"。我是一个比较喜欢白居易的读者，故而对这个园林也多了一份亲切感。

这个园林由外园和内园组成，外园是后来扩建的。初入园，看到了不少现代改造的痕迹，比如入园的影壁原本是古朴的雕花，但是前面却放置了一些当代的绿植，其造型纯由几何图案组成，这引进了西方的造园手法，是古今中外的混搭。外园其实就是一个公园，并无古典园林的内在气质，而是园林要素的当代组合，其中的泼水观音石、无色泉景观都是后来移植的，用园林传说叙事的手法来吸引游客的关注，是典型的现代技法。

内园则是故园的旧址。来到内园，古色古韵，迎面而来。内园历史比较悠久，可以追溯到宋代，最早为宋代松江进士朱之纯的私家宅园，名叫"谷阳园"。明代松江著名书画家、礼部尚书董其昌进行扩建。清代园主顾大申工山水画，有很高的艺术造诣，在旧园基础上重新扩建。可以说这座园林一直保留着文人园林的内在气质，置身园中，园林建构的画意和诗情具体可感。

园中有很多处小景的设置还是非常有情调的。贝叶门窗、瓶门的透景颇具匠心。长得十分繁茂的书带草，沿路勾画出小径曲折幽深的优美线条，轻抚你的裤角。我想到宋代词人姜夔《六丑·正单衣试酒》中写的"长条故惹行客，似牵衣待话，别情无极"。看到它们，我总会俯身用手轻拂草叶，让它们知道我对它们的喜欢。书带草在园林中虽不是主景，但是必不可少的陪衬和点缀。我喜欢书带草细柔的叶子，喜欢它嫩绿的颜色，喜欢它诗意的名字，喜欢它无处不在的亲和。

从一处瓶门可透见红叶、修竹和池水，我料门外必有殊胜之景。进去，果然如此，我和朋友不约而同地喜欢上这里，小小的一潭水，墙边茂竹覆盖，竹叶掩映着一座小假山，一悬瀑布飞流而下，如珍珠一串，水面上溅起片片碎玉。左边一株枫树红极欲燃，落叶漂浮水面，翩然若小舟。驳岸置石，正可小坐。于是我们坐在同一地方拍照，留下我们共同的欢喜。这才是园林设计匠心独运之处，给游赏者带来惊喜和遐想。

我发现醉白池的建筑样式和别处不同，山墙不用歇山式，而用观音兜的形式，据说这是醉白池的一大特色。建筑的房顶也多不用卷棚式，多用硬山脊、庑殿顶，还有镂空花式屋脊。亭子的垂脊也不是单纯的灰色，而是有白色图案的装饰，飞檐处也多有兽的装饰。此次一同考察的有建筑园林方面的专家，故而有问题就可以随时请教。到了雪海堂，发现入室的房顶和里面的不同，就拉上苏州科技大学的雍老师请教，雍老师很耐心地给我们解答，原来这是为了和内堂有一个空间上的分隔而设置的。

因为考察行程比较紧，在催促中我们离开了醉白池。园林管理处的工作人员不仅陪同参观，认真听取专家建议，还为我们送上了他们的书和文创产品，其中荷花书签我非常喜欢。这份周到和热情让我们感觉到他们在很努力地保护这个古老的园林，努力让它在当下得到更好的发展。

希望有机会再来醉白池，享受游园的慢时光。

豫园

最后一站就是豫园了。豫园是上海著名的园林，古人称赞豫园"奇秀甲于东南""东南名园冠"。说其著名，一在于其历史悠久，它始建于明代，至今已有四百余年历史；二在于设计者著名，该园由明代造园名家张南阳设计，并亲自参与施工。豫园的主人是四川布政使潘允端，从明嘉靖三十八年（1559）起，他就在潘家住宅世春堂西面的几畦菜田上建造园林，经过二十余年的苦心经营，终于建成了豫园。"豫"有"平安""安泰"之意，取名"豫园"，有"豫悦老亲"的意思。

豫园距离上海外滩很近，是外滩旅游线路上的一个景点，加之处在城隍庙商业区，游人非常多。我整个是被推着往前走的，而且很快就跟不上自己的团队了。豫园的窗雕很精美，图案非常复杂。印象很深的是门边的铜狮，一公一母，背上的脊梁可见可触，其中公狮背上的脊骨一节一节都可以分明地触摸，可见其铸造技术之精湛。在豫园终于见到了艮岳遗石"玉玲珑"，具有太湖石的皱、漏、瘦、透之美。孔多如蜂巢，可呈现"百孔淌泉，百孔冒烟"的奇观。明代文学家王世贞有诗云："压尽千峰耸碧空，佳名谁并玉玲珑。梵音阁下眠三日，要看缭天吐白虹。"千年之后，这些散落各地的艮岳遗石静静地矗立在园林一角，它们虽未到达京城御园，未得繁华和富贵，却可远离兵燹，何尝不是一种幸运呢？

在豫园见到了龙墙，十分高大，感觉和私家园林的格调是有些违和的。我的疑问有三：一是私家园林可以建造龙墙吗？是否在等级秩序上有僭越之嫌呢？其二，私家园林建造的龙墙当为比较写意化的云墙，有龙体的曲线，是否要这么写实地雕刻两条大龙？其三，其颜色深重、体型庞大的设计是否与私家园林的格调相违背？请教了曹老师得知我的理解是对的，这里的龙墙设计的确是有些不太合适。曹老师解答为：私家园林不用沉重的龙墙，用云墙，也称龙墙。五爪龙是皇家专用，三爪龙为王家所用，私家园林不用真龙体。屋脊形式哺龙脊只突出龙头，而且只用于庙宇，私家园林采用哺龙脊在帝制时代是犯忌的。私家园林中，草龙用得较多，略似龙头，身体为唐草型，如草龙雀替。

来之前，曹老师让我咨询与会专家一个问题，即豫园的龙墙建于何时。正好坐在我旁边的就是嘉定区古建保护协会的代表，他告诉我豫园的龙墙大约是 20 世纪 80 年代建的，施工的负责人他都认识。我想古典园林的复建，先做好文化历史考察再施工会更好些。

人太多，太匆忙，未得仔细欣赏，期待能有机会再来。

南翔古镇

静心书赶往虹桥机场返回杭州，我则在前台寄存行李，开始我下午的南翔古镇游。

打开导航步行来到南翔古镇，从酒店出发大约二十分钟到达。第一站是云翔寺，云翔寺也就是南翔寺，据说寺名是乾隆御笔亲题的。我想，原本好好的南翔寺，怎么就题写为云翔寺了呢？难道是"云翔"更有诗意？但是这和古老的南翔传说岂不是不相符了？普通细民参不透皇帝的心意，爱叫什么就叫什么吧。

寺院提供免费的三炷香，我在大殿前的香炉前焚香祈祷，祈愿苍生平安幸福，祈愿人间和平安定。

出了寺院大门就到了南翔古镇。窄窄的街道，石板路面，古老的店面沿河而建，屋后临水，典型的江南特色。古镇最富有历史感的是梁朝井和砖塔。我走近看了介绍，得知这两口老井始建于梁朝天监年间（505—519），俗称八角井，久旱不竭，明时重修，清乾隆三十一年（1766）新建井亭。这两口井形制相同，井深3.5米，井台用砖砌成，八角形的青石井圈，上面刻有"明弘治十四年重修"题记，历史真可谓悠久了。

南翔双塔皆用砖砌成，据文字介绍，双塔始建于五代至北宋初年，后残损，1985年经整修恢复了古砖塔的面貌。双塔通高11米，底层直径将近1.9米，八面七层攒尖顶，楼阁式仿木结构，灰砖砌筑。每层设腰檐，檐下施五铺作单抄单昂斗拱，四面壶门、四面直棂窗相间而置。二层以上设平座、栏板，塔顶由相轮、刹杆和宝珠构成铁铸塔刹。

塔身上火焰形的壶门、简朴的直棂窗、精巧的斗拱、细腻的栏板和秀挺的塔刹，比例匀称，造型独特，表现出典型的唐宋建筑风格。

文字介绍中的"始建于五代至北宋初年"，跨度三四百年，实在太长，不过从清人"浮屠五代旧声灵"诗句，可以推测大约是五代时期的砖塔了。据此，此塔距今已有千年历史，可以称得上是上海古塔中的老寿星，且国内罕见，著名古建筑专家、同济大学教授陈从周先生曾誉之为"国之瑰宝"。

欣赏完双塔，我开始逛古镇了。和大部分古镇的经营类似，无非是吃的、用的、穿的，我对这些不大感兴趣，于是转到了檀园。这是明代李流芳的私家宅园，当然要游赏了。

花二十二元买票，走进园林。这座园林显然也是后世修复的，但是整体比较精致。园内建筑很多，却也不显得拥挤，建筑内外雕饰都很见功夫，用料也颇为讲究。尤其是石舫步衡舸内的木雕，精雕细琢，当造价不菲。琴书轩的挂落、雀替，宝尊堂的门扇、窗扇等都做得非常精美。铺地也很精细，无论是海棠花还是梅花的花瓣，弧度都做得很圆润自然，绝无粗劣之感。假山堆叠也很有气势，爬山廊顺势而上。遗憾的是爬山廊与右侧建筑距离太近，缺乏疏朗之感。另外发现了一处错误，寥寥亭的介绍文字中专门有一个注音 liù，注音当为 liù，希望管理者能及早发现并纠正过来。

整个檀园最美的地方应当是芙蓉沜，比较大的一片水域，用曲桥分隔开，前后相对景的是次醉厅（旧名"次醉阁"）和宝尊堂，左右相对景的是步衡舸、寥寥亭，还有假山上的招隐厅。在任何一个建筑上都可以欣赏到假山、池沼、曲桥构成的四时美景。在石桥上，仿佛跨越了时间的长流，和明代的李流芳同坐一园，恍惚间不知这是何生何世！

闹市中有这么一方安静的所在实属难得，我走遍了这个不大的园子的各个角落，也想在这里多停留些时间，但是我只是匆匆过客，路过了，偶然走进来，终究是要走出去的。这个园林不是我的栖身之所，也没有我的情感寄托，但我知道不管后世发生多少变化，它都永远留在李流芳的心里，留在他的梦里。

走出檀园，我该回家了。

西安与大上海的繁华和时尚相比不仅不逊色，还多了更多的历史和文化的深厚底蕴，祝愿大上海和大西安未来都更美好。

后记

回到西安几天后，收到了静心书给我寄来的杭州美食，有酱鸭、童子鸡、东坡肉、梅菜焖肉。在上海，细心的静心书看到我很喜欢上海菜，就买了杭州的特色菜寄来，都带着甜甜的味道。静心书也收到了我寄给她的秦岭核桃和木耳，还有用核桃做的核桃酱，希望她能够吃出大山原本的味道。当江南菜肴的精致遇上西北山肴的淳朴，一段美丽的故事就开始了。

我相信相遇的美好会溢满我们的心头！

云南印象

序

　　云南之行的缘由有二：一则博士毕业后入职前有一段赋闲期，正好可缓解一下读博期间的劳累。博士三年的确很辛苦，从入校开始直到论文答辩顺利通过，其间没有假期，没有休息，内心一天都没有彻底放松过。论文完成了又面临重新就业的压力，再加上其间父亲病重离世，更增加了我内心的沉重负担，很久以来我一直在负重度日，想利用这段时间舒缓一下自己的身心。二则 11 月份的云南正是旅游淡季，游人少价格便宜，正好可以经济实惠地享受一下那里的蓝天白云和慢生活。

　　这次我一个人单独出行，秋水长天君和女儿都很不放心，因为这么多年我都是和他们一起出去旅行的。我傻人有傻福，从不操心旅程，都是他们父女俩安排好的。他们都认为我是一个比较笨的人，反应慢。我从来没有一个人旅行的经历，他们担心我安排不了自己的行程，照顾不了自己。最重要的是他们怕我遇到坏人，将我从云南边境贩卖到越南、老挝等地，回不来了怎么办。我想我虽然是笨了点，但是基本的判断能力还是有的，出门遇到陌生人，不论人家说什么我一概不信不就得了，这样就不会上当受骗了。说服了家人后，准备行囊出发了。

　　秋水长天君给我定好了西安到昆明的机票和宾馆，取了现金交给我，又给我两张卡：一张是他的信用卡，说能刷卡的时候就用信用卡；一张是他的银行卡，说现金不够需要取钱时就用这张卡。

　　带着秋水长天君的万千叮咛出发了。一路上他一直关注我的行程，总是提前为我定好下一程的机票，还在网上耐心筛选、反复比较客栈优劣，总是能为我定下地理位置方便、价格优惠的客栈。嘱咐我不要考虑花费，值得看的地方都要去看看，要好好品尝当地的美食。虽然是我一个人出行，其实自己真的没有太费心，就如同他一起旅行一样。其实我知道，身边这个看起来非常普通的人默默地为我做了很多很多，我的事情就是他的事情，甚至比他自己的事情更操心。当我承受压力的时候，他的心理负担一点都不比我轻，但他总是鼓励我，给我减压。正是他的扶持、帮助陪伴我走过了人生最为艰苦的阶段。他让我出去旅行，而自己依然在家在单位忙碌着。

在昆明见到了我教过的学生雪松，她非常热情地接待我，陪我游览了昆明滇池。我们一起喂红嘴鸥，在云南大学参观了当年乡试的贡院遗址。一起游翠湖公园，我给她讲"留得残荷听雨声"的意境。我们一起品尝了昆明的美食，有傣族饭菜、正宗云南米线、菠萝饭、腾冲饵丝、鲜花饼。我们一起聊了很多学校生活的过往，谈着现实的生活和未来的希望。不管在哪里都有学生陪伴，这就是做老师的幸福和快乐之一吧。

云南之行，我每天都坚持记下旅行中的点点滴滴，回到家后又做了一些整理，留下文字，以备不忘。今选录部分文字，是为序。

普洱慢生活

早上在公鸡的啼叫声中醒来，继而听到的是鸟鸣，这就是城市与乡村的完美结合吧？

普洱是个很小的城市，这个地方地处滇西南，与老挝、缅甸、泰国接壤，自然生态环境尚保持原生状态，是个宜居的地方。

我专门在普洱的街上走走，想看看当地人的生活。路上的公交车、出租车、私家汽车都慢慢地行驶，似乎没有紧赶的事要做。最有意思的是，看到了一个老太太吃着米线过马路。上午8点多，我在马路边等公交，一个满头银丝的老太太，七八十岁的样子，端着一碗米线，边走边吃边过马路，好像在自家院子里一样从容。有一辆车过来，没有鸣笛，也没有明显地减速（本来速度就不快），慢慢悠悠地从她身后经过，可能司机见惯了这种情形吧。我自己也不由自主地放慢了行走的脚步，心想，这就是传说中的慢生活吗？

在附近的街上，看到一个卖菜大叔的面前有两种奇怪的东西，一种是白色的根须，闻起来有种香料的味道，据说是可以做菜的，问了名字，没有听懂。另外一种听懂了，是山药，长得和北方的山药差别很大，褐红色的外皮，短粗的身体，有点像红薯。为了尝尝这种山药的味道，我专门吃了山药排骨炖汤，山药的味道和平时吃的没有太大不同，就是更面、更沙一些，还挺好吃。为了尝新鲜，我还吃了一种青色的果子，也没有听懂名字，太酸，只好尝一下便放弃。

饭后坐二路公交车到洗马河公园，公交车上乘客很少，座位任人选，我不由得想起了西安的公交车，似乎每一条线路都是那么拥挤，别说座位，能挤上去有地方站着都很好了。一到站点，等车的黑压压一片，车子一停，一群人蜂拥而上。怎一个"挤"字了得！路上突然听到鸟鸣，回头一看，公交车的后面有个鸟笼，里面有两只鸟，大概是司机师傅的吧。带鸟上班也算是普洱慢生活的力证了吧？传说当年诸葛亮征南诏时曾经在此洗马，洗马河公园因此得名。这儿主要是一个水库，别无可观。在公园遇到了一个吹笛子、唢呐的八旬老者，一起聊了一会儿，他是一个民族乐器的爱好者和修习者，吹一吹自娱自乐，感慨子孙中没有人愿意学这些民乐了。

在普洱吃到的美味是花生浆米干。花生浆就是把花生磨成浆，用醇香浓厚的花生浆煮米干；米干是用米粉做成宽如韭菜叶子的面条状的东西，软软的，煮好后加上肉末，还可以自加调料，如小葱、蒜汁、姜汁、辣椒，还有好几种咸菜。最好吃的调料是核桃碎，应该是加盐炒过的，这是当地的特产，将产于海拔1500米的镇沅县苦聪人居住的哀牢山的野生核桃，人工采摘、晾晒、炒制而成，纯粹的原生态。我先是舀了一勺尝一尝，发现很好吃，于是加了两勺，真的是太香了。吃了这顿米干，我才明白每家餐馆的门口都垛着好多袋装核桃的原因了。结账时付费六元，心里暗想，好优惠的价格，吃的是货真价实呀！这要在西安不得十到十五元？可惜这美味是我临走时才发现并吃到的，如果早发现我肯定要多吃几次的。

回到宾馆，为自己泡了茶，静静享受下午舒放的时光。闭目养神，听着书，品着颜色如普洱红土地一般的茶，唯愿岁月静好！

盛满绿色的西双版纳

今天的快乐心情从美味的早餐——花生浆米干开始。快乐还在去西双版纳的路上延续着。

一路上满眼绿色，不高的山上全被浓绿覆盖着，能看到一层一层低矮的茶树。总有雾笼罩在山头，或者缭绕在山间，或浓或淡，偶尔有太阳透过。那些茶树既有水汽的滋润又可以得到阳光的照耀，怪不得这里盛产茶叶，真是有得天独厚的气候条件，因这些植物得了自然的精华，才会有那么美味的茶。

一路上看到山雾形影不离的情形，我想到了郭熙《林泉高致》中说的："山以水为血脉，以草木为毛发，以烟云为神采，故山得水而活，得草木而华，得烟云而秀媚。"云雾就是山的情侣，终生用爱温柔地陪伴。

原计划将行程安排得更紧凑些，打算下午即去西双版纳原始森林公园的，但是下一班车到13点才有，这样就有些匆忙。正好坐车的地方是百卉园，是西双版纳热带植物园，决定先看看百卉园，明天上午再去原始森林公园，这样更合理。于是买票入园。在园中，我认识了很多热带植物，比如大王棕、帝王桐、小叶榕树、花边榕树、黄葛榕树等，还知道了佛经中提到的"五树六花"。佛经中规定寺院里必须种植五种树、六种花。五树是指菩提树、贝叶棕、槟榔、大青树和铁力木；六种花是指睡莲、文殊兰、黄姜花、鸡蛋花、缅桂花和地涌金莲。我亲手摸了摸能够刻经文的贝叶，质地很硬，叶子很厚实，不知道经文写到上面是如何长期保存的。后来到了大佛寺看了介绍，才终于明白了贝叶经是如何制成的：先将贝多罗树的叶子剪下来，用锋利的刀将一片片贝叶修割整齐，三至五片卷成一卷捆好，放入锅内煮，煮时要加入酸角和柠檬，使贝叶表面的皮脱落。一般要煮上半天时间，直到贝叶变成淡绿色，才从锅内取出，再到河里用细沙搓洗干净。再拿七八片或者十来片叠在一起，晒干压平，经过通风处理后夹在两片木匣中间，两头用绳子绑紧，再用专用的钉子沿着木匣两边的小孔将贝叶钻通，穿上线绳，五百至六百片贝叶为一匣，固定好后用刀轻轻将贝叶匣修光滑。贝叶做好后，用专制的墨线工具按照刻写格式，把墨线打在贝叶上，方便以后刻写。写经的时候要将贝叶放在木架上，然后用铁笔刻写。铁笔是一根长圆木，顶端镶着一块尖尖的铁。字刻好后，上面涂上碳粉、油，再将叶面擦干净，字就清楚地显露出来了。贝叶的正反两面都可以刻字，每刻完十来页，内容告一段落后，叠成一册，再压平，用麻线穿孔做成一册贝叶经。长篇的佛经十多册为一卷，配上包布、席包或者木盒，很是精致美观。

参观了规模很大的热带果树栽植区，我终于亲眼看到了火龙果、香蕉、芒果、杨桃、柚子、人心果、菠萝蜜是怎样长的。我还看到了一些叫不出名字又没有标牌的水果，长得很奇怪。我不得不再一次惊叹大自然的奇妙了。

走在百卉园的林荫大道上，清香的味道沁人心脾，两旁的鸟鸣清脆而欢快，漫步热带植物王国得闻如此美妙的天籁之音，实在是一种奢侈的享受。我仿佛觉得这个地方与我的来处是两种不同的世界，我不知道自己是否在漫游梦境。一时恍如隔世，这是我的前生还是今世的生活呢？

游览百卉园之后还有时间，当即决定再逛一处——曼听公园。这是当年傣王的御用花园。曼听，傣语称"春欢"，意为"灵魂之园"。据说当年傣王妃游园时非常开心，回宫后竟然病了。巫师占卜后说，王妃并无大碍，是游园为景色所迷，魂魄留在公园了，于是傣王带着王妃到园子里招魂，王妃一到园子马上精神焕发，从此这里就被称为春欢园了。

这里亭阁的建筑为傣族风格，很像泰国建筑，金碧辉煌的，不像苏杭白墙、黛瓦、石板路那么风格淡雅，让人心中安宁，这里的建筑给人带来很强的视觉冲击。

园中分布有五百多株二百年以上的铁刀木，也叫黑心树、挨千刀，因材质坚硬、刀斧难入而得名。这种树不砍不长，树皮黑色，可在上面种植石斛、兰花。

出园，买了五元钱的芝麻香蕉，自然长熟的，三元一斤，很软，但不太甜，却是本真的味道。今天的开心就以香蕉结束吧。

淳朴的基诺山寨

基诺族是一个生活在大山中的民族，主要分布在云南省西双版纳傣族自治州景洪县基诺民族乡及四邻的勐旺、勐养、勐罕等地。基诺族人主要从事农业，善于种茶。神话故事《女始祖尧白》叙说的是尧白造天地后，撒茶籽在基诺山，使基诺族人以种茶谋生。他们使用的基诺语，属汉藏语系藏缅语族彝语支，他们没有自己的文字，采用刻木记事的方法来记载事件。1979年6月基诺族被确认为中国的第56个民族。"基诺"是本民族的自称，过去汉语多音译为"攸乐"，意为"舅舅的后人"，加以引申即为"尊崇舅舅的民族"。基诺族尊崇舅舅是有原因的。神话故事《玛黑和玛妞》记载，远古时候洪水泛滥，这个民族仅剩的兄妹俩玛黑和玛妞靠大鼓死里逃生，之后兄妹二人成婚，繁衍后代。因此缘故，基诺族尊崇舅舅。基诺族人一生中的大事都要由舅舅决定，如果没有了舅舅，可以拜一个大树或者一个蚂蚁窝为舅舅。也因为大鼓的救命之恩，基诺族尊崇大鼓。村寨里放着不少大鼓，据导游介绍，吊起来的鼓是不可以敲的，支在地上的鼓才是可以敲的。他们的村寨就是一个大鼓的样子。

基诺族至今仍保有母系社会的传统，女子的地位要高于男子。在村寨的山坡上依山有一个塑像就是一个母亲的形象，头部由石头雕刻而成，其胸、肚子、腿部都是土塑而成，她的脚边则是玛黑和玛妞的塑像。这个民族和傣族、纳西族摩梭人一样都比较重视女性。因为男子成年后要"嫁"给女方，从小父母就要为其准备"嫁妆"，一年要准备七饼茶叶，等到结婚的时候全部要带到女方家，当地人戏说为"赔钱货"。

基诺族崇拜太阳，在他们的衣服上绣有太阳的图案。太阳鼓是基诺族的重要法器，太阳鼓舞是基诺族最具有代表性的舞蹈。太阳鼓的正面似一轮太阳，鼓身插有十七根木管，象征太阳的光芒，基诺族人在除夕敲之，据说能带来吉祥。从生活的各个方面，都反映出基诺族对太阳的虔诚和崇拜。

在上山的途中，见路边放着很多牛头，原来这是基诺族男子成年礼上用的。基诺族男子成年时都要亲手杀一头牛来证明自己的能力。如果他连一头牛都杀不了，那就说明他没有资格也没有能力娶妻生子，负起一个家庭的责任。这一个个牛头是一个个男子能力和责任心的证明。

基诺山寨至今依然保持着集体经济，所有的旅游收入归集体统一分配。给我们当导游的姑娘说，她上学就是山寨集体培养的，毕业后回到山寨利用自己学到的知识做导游，就是回报山寨父老的养育之恩。

基诺山寨的门票费中包含品尝基诺食品的活动，主要是吃烤肉、品茶、品酒和吃水果。看演出时四人围坐一个小圆桌，桌上有一盘烤肉、一盘玉米和红薯。烤肉的材料很好，味道也很好，量也很足，红薯和玉米都是当地人自己种植的。在那里喝到了不同种类的正宗普洱茶。基诺族人给我们讲解了很多关于茶的知识。我明白了如何判断茶的好坏，如何判断茶饼中是否掺假。

品尝的酒是当地人酿造的玉米酒，用竹筒盛装，拿很小的竹杯饮用，喝起来还真是有股玉米的香味呢。可惜飞机上不能带酒，不然我就买上一桶带给秋水长天君让他尝尝。饭后桌子上放了很多水果，有西瓜、菠萝、香蕉，可以随意吃。在整个参观过程中一直感受着基诺族人的热情好客、淳朴善良和厚道。

游览的过程中有一个游客参与互动的项目，挑选一对情侣来体验基诺族的婚俗。他们都要穿上结婚的礼服，新娘被众人迎到新郎家入洞房，一群青年男女为他们唱歌，表达祝福。村寨的长老"卓生"送新娘一个鸡蛋，在她手上拴一根红线，绕三圈，"卓巴"给新郎一个鸡蛋，在他手上拴一根红线，绕三圈，还说了一些我们听不懂的祝福语。之后在欢呼声中他们就被抬到婚床上。不论是哪个民族的结婚仪式，虽形式各不相同，但都是很喜庆很热闹的。

在山寨还看到了当地砍刀布的制作过程。基诺族妇女善于纺织，基诺山寨有一位老妈妈专门为游客表演砍刀布的纺织过程。她用纺锤捻着线，两只灵巧的手时开时合，时上时下，雪白的棉花刹那间就化为一根根均匀的银丝。基诺族的布料用腰机手工纺织而成，名为"砍刀布"。织布时，妇女席地而坐，经线的一头拴在自己的腰上，另一头拴在对面的两根木棒上，纬线绕在竹木梭上。操作时用双手持梭来回穿行，每穿行一次用砍刀式的木板将纬线推紧，如此周而复始，一块漂亮的砍刀布便织成了。他们织的布很厚，百分之百纯棉，看起来很结实的样子。

基诺族是一个能歌善舞的民族，他们的表演极具民族风情。《纺线歌》《太阳鼓舞》都是很精彩的节目。

在基诺山寨还认识了鞭炮花、女人花、鱼尾棕等不少植物，还买了一个竹哨。竹哨的竹筒内有一根细棍，拉动细棍用嘴吹就会发出清脆的声音，很像是鸟的鸣叫。这显然是小孩子玩的乐器，但我还是毫不犹豫地买下来，想送给我的女儿。虽然她已经不是七八岁的小女孩儿了，但是看到这样的东西我还是会给她买，如同她小时候一样。回到家将竹哨送给她，果然她感到新奇又快乐，也许因为我们都还保有一颗天真的心，所以会喜欢这样的东西。

少数民族的生活习俗、宗教信仰、民族服饰、语言文化等因为和汉民族不同，总是带给我们很多新奇的感受。他们对生活的热爱、他们的勤劳和智慧，都让我们肃然起敬。

蔚蓝的泸沽湖

云南泸沽湖的蓝是清澈的蓝，是令人刻骨铭心的蓝。

泸沽湖古称鲁窟海子，又名左所海，俗称亮海，是中国海拔较高的内陆湖之一，海拔近 2700 米。泸沽湖位于云南丽江宁蒗彝族自治县北部永宁镇和四川省盐源县左侧的崇山峻岭之中，为川滇两省界湖，为四川、云南两省共有。泸沽湖面积 50 多平方千米，平均水深 45 米，最深处达 93 米，透明度高达 11 米，最大能见度为 12 米。湖中有五个全岛、三个半岛和一个海堤连岛，形态各异，山水相依，山的伟岸与水的秀美相映成趣。

我查阅了一下方志资料中的泸沽湖。《明一统志》卷八十七记载："泸沽湖，在府东三十里，周三百里，中有三岛。"《大清一统志》卷三百八十七如是记载："泸沽湖，在永宁土府东三十里，周三百里，中有三岛，高可百丈。其近南二岛：一名罗水，一名列格。永宁土官立寨于上，名列格寨。《明统志》：泸沽湖即鲁窟海子，其水流通四川打冲河。"《云南通志》卷三云："泸沽湖，在城北，中有三岛，高百丈，上有土司水寨，流入四川打冲河。"这些史料记载了泸沽湖的地理位置，其岛屿构成、水系支脉和今天的情形大体相同。

据网上资料介绍，这里曾经留下明朝旅行家徐霞客的足迹，《徐霞客游记》中对泸沽湖有文字记载："闻有古冈之胜，不识导使一游否？古冈者，一名偶猡，在郡东北十余日程，其山有数洞中透，内贮四池，池水各占一色，皆澄澈异常，自生光彩。池上有三峰中峙，独凝雪莹白，此间雪山所不及也。"读了这段文字，感觉不是记载泸沽湖的，因为文中并未讲到泸沽湖的地名，而是说到了又名偶猡的古冈，山有中间通透的几个洞，群山间有四个水池，池上三峰都有积雪。不能确定是否就是有关泸沽湖的记载，暂且存疑，留待日后有时间再仔细考究吧。

来到泸沽湖，首先看到它的全貌。湛蓝的湖水使得泸沽湖犹如一颗镶嵌在苍翠的群山之间熠熠生辉的蓝宝石。在晴朗无云的蓝天的映衬下，湖面波光粼粼，色彩饱满欲溢，湖水简直就是一匹蓝色的绸缎，让你感觉到它光滑的质感，以及它安静的外表下透出的难以掩饰的高贵典雅和雍容。泸沽蓝，蓝得让人沉醉。

湖水的蓝是天空的馈赠，这里的天蓝得透明而清澈，无一丝尘埃，所以赋予了泸沽湖丰富多彩的妆容。清晨的泸沽湖在晨曦中慵懒地醒来，微波粼粼，如同美人的明眸长睫，眨眼闭眼间都显出秀美之气。随着天色渐亮，湖水的暗蓝色逐渐变亮，色彩变化极快，大自然这个调色师不断地调着湖水的蓝色，由深到浅，由浓到淡，自由挥洒，变幻莫测。当太阳从对面的山上一跃而出的时候，水面上则由他大笔一挥，撒上了一片片金银之光，耀人眼目的光点欢快地跳跃着，泸沽湖这个一夜沉睡的美人彻底醒来，经过精心梳妆，焕发出青春的活力和光彩。远处山脚下的水面还氤氲着水汽，烟霭蒙蒙，远远望去恍如仙境一般。

晴朗的天气，泸沽湖的天空万里无云，蓝格盈盈，水面上鸟儿自由飞翔，追逐着游船上游客手中的面包，发出欢快的鸣叫。乘坐当地的猪槽船，划行湖中，伸手撩动湖水，温软之感传来，高原圣水热情地为每一位远道而来的亲近者敞开胸襟。在宽阔的湖面上自由泛舟，无所系系，不挂烟萝，忘记时间，忘记自我，只感到一片混沦的自由、混沌的真实。苏轼词曾云："与谁同坐？明月清风我。"李白诗也说："相看两不厌，只有敬亭山。"东坡、李白都有自己精神上的同坐者，静默无语的山水花木、清风明月是我们最好的精神伴侣。

傍晚的泸沽湖在夕阳的照耀下可谓是浮光跃金，华丽无比，仿佛那位身着盛装、穿着水晶鞋参加舞会的灰姑娘，光彩照人。晚上的泸沽湖则卸去了所有的彩妆，恢复了宁静的本色。随着天色变暗，湖水的颜色也随之变淡，先是浅浅的月白蓝，极其淡雅，然后就在夜幕下静静地睡去了，整个湖面成为黑色，恬静极了。任何一个出色的画家都会惊叹自然画师的鬼斧神工，让一片湖在一天内呈现如此丰富的色彩。

虽没有见到泸沽湖的月夜，但我可以调动所有读过的诗句来想象它的美："春江潮水连海平，海上明月共潮生。""江天一色无纤尘，皎皎空中孤月轮。""云散月明谁点缀，天容海色本澄清。"……月夜坐在湖边，一定会觉得自己和嫦娥同处一个世界，不是在人间而是在天上。恐怕不同时代、不同国度的人，来到泸沽湖之后的共同感受都是：这里是人间仙境。

明代诗人胡墩赋诗赞泸沽湖云："泸湖秋水间，隐隐浸芙蓉。并峙波间鼎，连排海上峰。倒涵天一游，横锁树千里。应识仙源近，乘槎访赤松。"清代川南诗人曹永贤，盛赞泸沽湖如蓬莱仙境，并赋诗云："祖龙求神仙，三山渺何处。不知汉武皇，开凿南来路。灵鳌鼎足蹲，飘渺凝飞渡。莫载欲人俱，恐为风引去。"连美国探险队队长洛克先生也发出由衷的赞叹："英吉利之甘巴兰湖也没有这样的美丽……笼罩在这里的是安静平和的奇妙，小岛像船只一样浮在平静的湖上，一切都是静穆的，真是一个适合神仙居住的地方。"

今天在泸沽湖，我是否做了一个神仙的梦？这个梦长与短，我醒与不醒都不重要，重要的是我在如仙的梦境了。

泸沽湖的美不仅在水，还在草。这里有闻名遐迩的草海。草海是指长满草的高原湖泊，草海与湖水相连，相互映衬，相互呼应。草海主要分布在泸沽湖的北面和东北面，由于常年的泥沙淤积，湖水较浅的地带生长有茂密的芦苇之类的水草。一座走婚桥将其一分为二，站在桥上，举目远望，草海面积广阔，寒冬季节，草色苍茫，西风中满目金黄，萧瑟略带凄迷，《诗经》中"蒹葭苍苍"的诗意马上跳入心间。遥想春夏之季，茫茫苍苍一片青绿，和蓝白天云、湛蓝湖水相互映衬，该会是怎样一幅景象。若撑着猪槽船在水草间穿行，看水鸟云集、鱼虾游弋，听渔歌唱和、野鸭鸣叫，身处高原湖泊，是否会疑惑：这莫不是江南水乡？

泸沽湖，神仙湖，一个令人神往着迷的地方。

寄畅无锡园

从西安飞往无锡的航班居然提前二十分钟就到达了，实在是出乎意料。航班延误是很多出行者的痛点，能够正点已经很不错了。这个航班竟然提前到达，这大约是无锡热情欢迎来客的一种表达方式吧。

从无锡苏南硕放机场到我住的逸园酒店，可以乘坐三号线在盛岸站下车再转车。我乘坐三号线时惊奇地发现左右几节车厢都看不到什么人，仿佛这是我的专列。无锡的交通看来并不拥堵，也没有拥挤的人流。这种感觉在无锡的几天被证实了，乘坐公共交通或者打车都很方便，没有西安"实心"公交车的情况，更没有排队打车的无奈。因为城市比较小，出行即使打车也不需要花很多钱，一般十元左右即可在市内不同景点间往返。

寄畅园是我此次无锡园林考察的重点目标。寄畅园由无锡秦氏几代共同卜筑扩建而成，原名凤谷山庄，后园主秦耀取王羲之《答许询诗》"取欢仁智乐，寄畅山水阴"句中的"寄畅"两字名园。园中的叠山理水匠心独运，在现存的文人园林中十分典型。此园叠山是明代叠山名家张南垣的侄子张鉽的作品，传承了张南垣的造园叠山艺术和造园理念，是研究明代园林的最佳范本。乾隆就认为"江南诸名胜，唯惠山秦园最古"。因为偏爱，所以乾隆将寄畅园移植到北京的皇家园林中，即颐和园中的谐趣园。

"书上得来终觉浅"，终于有机会亲身感受一下寄畅园的妙趣了。

下午到达，稍事休息我就奔往寄畅园了。寄畅园的资深专家金石声先生陪我一起参观。在寄畅园，金先生很详细地给我讲解寄畅园的布局、设计手法、艺术匠心。金先生重点给我讲了八音涧理水，惠山寺塔借景，锦汇漪周围对景、窗景的手法，确实在细微处能见构园的巧妙。中途遇到几位北京林业大学的学生前来考察学习，跟随我一起听金先生讲解，我们一起游览了二泉和华子祠。

华子祠方池上的单拱石桥是金先生讲解的一个重点。桥面左右各有十块石板自下而上砌至桥的中心，中心的石板更宽一点，中间有雕花图案，组成桥面的共有二十一块石板，两边的石板大小宽度并不完全一致，这样桥面富有变化。据金先生介绍，在桥面合龙时，中间这块石板下面往往会放置一些谷物或者金属一类的物品，如同佛像装藏一般。桥的栏杆也不是平直的，而是随着桥拱有一定的弧度，从侧面看极富美感。桥洞边有螭吻，上面布满了青苔，虽然不喷水了，但是雕刻得栩栩如生，颇有古意。

华子祠大门前的石鼓很特别，光滑的石头有竹子的纹理，密密的竹叶镶嵌其中，真不知道是如何形成的。大门前面有一个亭子也很特别，顶部是方形的天井，我很好奇，就请教金老师。金老师说这是四面牌坊，四面空廊，牌坊一般都是单面的，而这个家族的牌坊是四面的，四面都用来刻家族中有名望、有成就的人的名字，可见这个家族兴旺发达。这个建筑因为是用斗拱，没办法收顶，就留下天井用以透光了。亭子内有一口井，与前面的池沼相通，寓意源远流长。金老师还讲到，这口井还用以告诫子孙不要做井底之蛙，要有远见抱负。牌坊的更远处就是惠山，前有沼，后有靠，很有讲究。

在金老师讲解寄畅园后，我又安排时间再次游览了一遍寄畅园。金老师讲解重在技术分析，我还要来一次园居艺术的体验。

再来寄畅园是一个清晨，走进惠山古镇，那份悠闲自适的江南生活气息就将我深深吸引了。

一条南北走向的河与一条东西走向的河交叉后从古镇穿过，河两岸是高大的香樟树，浓荫遮蔽。河上横桥数座，或直桥，或拱桥，方便往来。沿河的店铺大多是茶楼，树下摆满了茶桌和椅子，有许多人在喝早茶，十分悠闲惬意，走路的人脚步也是慢悠悠的。我也坐下来喝了杯当季的绿茶，油油的绿芽，散发幽幽的清香，沁人心脾。在香樟树荫下，在一杯清茶中，感受江南的慢生活。

古镇的最大特色是与大小园林相间相通，从任何一个院落穿过总能走进一座幽深的园林，处处有流水，有茂盛的树木，有盛开的鲜花，有精致的亭台楼阁。古镇的另一特色是祠堂众多，比如楚相春申君黄歇、唐相李绅、陆贽、张柬之，宋相司马光、王旦、范仲淹、李纲等的宰相祠堂，还有周敦颐家族祠、钱武肃王祠、淮湘昭忠祠、顾洞阳先生祠、王武愍公祠、陆宣公祠、杨藕芳祠等等，是真正的祠堂群落。在惠山古镇吃了豆花和烤馍，豆花其实就是我们北方的豆腐脑，但是豆花中的浇头要比我们北方的好吃，价格不贵，只需六元。古镇上卖的当地酥饼（两元一个）、烤馍（两元一个）、油赞子（就是麻花）都很多，很多人在排队购买。

感受了古镇的生活，我再次走进了寄畅园。在金老师讲解的基础上，我再次细细品味寄畅园的匠心文心。在八音涧聆听水声，希望能够听出金、石、丝、竹、匏、土、革、木八种不同的声音，事实上很难做出如此细微的区分。但是八音涧的叠石还是有特色的。两边的黄石叠山形成了曲折幽深的山涧，水流在山涧穿行，或急流而下，或缓缓流淌，或被山石阻隔，或穿石而出，故而水遇石击发出了不同的声音。八音涧引"二泉"伏流注其中，但园内水源莫辨，给人无限联想，最后水流汇入锦汇漪。我把八音涧来回走了两遍，听流水，看叠石，对张南垣"截溪断谷""以小见大"的造园理念若有所悟，对造园者的山水林泉之心也有所领悟。我想，当年秦氏几代园主人一定在无数个清晨黄昏于八音涧聆听水声，会心于翳然林水之间。

锦汇漪是寄畅园的核心景区，所有建筑都沿水而建。水为中心，建筑绕水而设，看似没有规则，事实上正符合东南大学朱光亚教授所说的"拓扑理论"。站在嘉树堂可以非常好地借景惠山塔，感受远景、中景、近景的层次变化。我在嘉树堂前静立，让自己的眼睛充分感受景深的变化，体会造园的匠心，体验园主游园时的感受。

站在游廊上，映入眼帘的是远近两座横跨水面的桥梁。近处的应该就是七星桥了，横跨在锦汇漪上，由七块黄石板直铺而成，平卧波面，几与水平，乾隆曾吟"一桥飞架琉璃上"之句。桥将水面进行分隔，富于变化，增加景深，一棵大树树枝斜依水面，形成了视觉走廊，树的倒影、蓝天的倒影让水面光影陆离，似梦似幻。慢步走过小桥，在琉璃一般的水面上见到自己的影子，我突然产生一种微妙的时空感，秦园的一代代园主也曾经站在同样的位置，他们的身影也曾经倒映在水中，如我今日一般。恍惚间，不同的身影重叠起来，在我的眼前走过。

来到知鱼槛，近则凭栏观鱼，远则眺望对面山景及葱郁的树林。对面一株大树斜伸过来，几乎与知鱼槛相接，视线可从知鱼槛沿着绿廊抑或绿色的树延伸到对面的山上。木绣球正在盛开，一团一团的白色花朵明丽耀眼。知鱼槛左侧的单面游廊上的漏窗各不相同，其中一个八角形的漏窗内正有一株木绣球盛开，形成了极美的框景，吸引了很多游客拍照。锦汇漪的四围可谓步步皆景，令人流连忘返。

卧云堂是寄畅园的主体建筑，建筑题名体现了园主人的隐逸之志。前面地势十分开敞，巨大的香樟树遮天蔽日。介如峰秀气而通脱，在绿植的掩映下更加秀美。这里的叠石还有一个特点，就是大多呈 C 形，适宜站立观景，还可以依靠、手扶，很符合人体学的原理。

在寄畅园流连忘返，不觉间两个多小时过去了，真的很羡慕金老师天天生活在寄畅园，每日的工作在游园中完成。我想寄畅园中的一花一草、一木一石、一匾一额应该都在他的心里了。

东林书院

无锡的东林书院曾经是北宋理学家二程的嫡传弟子杨时长期讲学的地方。书院历史悠久，创建于北宋政和元年（1111），在无锡官员李夔的支持下得以建成。杨时在此居住讲学长达十八年之久，真正实现了其师程颐"吾道南矣"的愿望。明代顾宪成等人重修已经荒废的书院，并在此讲学，一时成为佳谈。此行当然是要拜谒这个著名的书院园林的。

还未下公交车，天已下大雨。到达书院时雨依然很大，一会儿工夫，我的鞋子已经湿透。我先是看到了东林书院的牌坊和一池清水，以及对面的亭子，却找不到入口，绕过水池，从一个茶社方才进入。我走进茶社才知道书院因修缮暂停开放，现在不能进入参观。给茶社服务员说了我想进去的愿望，但是未能得到理解。我暂时退了出来，但是又心有不甘，我大老远冒着大雨前来，岂能就此作罢？房檐下避雨时，看到左侧有一个黑漆大门，有人打开进去后又把门掩上了。我心中一喜，悄悄推门走进去，沿着湿漉漉的石子路，穿过一个小院子，向左一转就走进了书院园林。

这个小园子很有苏州网师园的味道。池水是园子的中心，四周石头驳岸。右手边是游廊，对景亭轩，游廊尽头是假山，右侧假山贴墙而建，左侧假山临水而立，山上树木繁茂。过假山，有一小桥，立桥上对景水榭。书院临水亭子前面的空地上放置了一个长条形的石头几案，两边也各有一个，形制与中间几案完全相同，但小很多。月朗风清的夜晚在这里放置古琴弹奏一曲，该是何等美好的事情！

站在明道亭看对岸，或者站在对岸看明道亭，都是绝佳的对景。当时雨下得正大，独立池畔，看雨打水面，白珠四溅，听雨打芭蕉，点点声声。这就是静静听雨的感觉了。虽然身处异地，我却觉得自己是这里的主人，此时此刻，这个园子独独属于我。我想留园主人在听雨轩听雨的感受，应该和我此刻相同吧？独立小园风满袖，雨打芭蕉人归后。不知道在这里站立了多久，雨渐渐小了，撑着伞，我继续沿着游廊在园中信步而行。

走近方形的泮池，走过泮池上的小桥，我看到了书院非常精美的牌坊。东林书院的牌坊上书写着"后学津梁"四字，取义书院为后学通往学海的渡口或桥梁，体现了书院的传道教化功能。

一个人在东林书院的雨中漫游两圈，静静地享受书院的宁静，这大约就是雨中游园的妙处。

钱锺书故居

从东林书院走出来，我来到了钱锺书先生的故居。钱锺书先生是现代学术大家，他的《管锥编》是我常常要查阅研学的著作。钱先生的学问值得敬佩，他的研究方法也给我颇多启迪。今年得以来到无锡，是一定要去看看钱先生少年时期生活和读书的地方的。

在无锡一个不起眼的巷子里，我找到了钱先生的故居。这是一座典型的江南民居，并不大。大门并不高敞，门上的对联是"文采传希白，雄风动射潮"。刚看到时并不明白其中的含义，后来查阅资料才知道，"希白"是北宋文学家钱易的字，

"射潮"源自一个传说。相传钱氏祖先钱镠曾在杭州用弓箭射钱塘江潮头，与海神交战。他任职期间，大兴水利工程，促进农业生产，对江浙一带经济的发展起过重要作用。这两位都是钱氏先祖中有建树、有声望的人，对联中出现这两个词有显扬家室的意味。

走过门厅和狭长的院子，迎面看到的就是绳武堂。钱锺书先生的父亲钱基博在后东塾督教子侄，钱锺书就在这个地方和族中兄弟一起听父亲授课。这里的布置保存了历史的原貌，南北落地长窗前是一个书柜，光线从书柜的空隙照进来，一张正中放置的书桌当是钱锺书先生的父亲钱基博授课所用，房间右侧放置两张书桌、几把椅子，当是钱锺书和兄弟们学习所用。我走过去，坐在了也许是钱先生坐过的桌子旁，仿佛看到了昔日先生聆听父亲授课的情形，仿佛听到了一个博学的父亲给子侄们授课的声音，那声音温和而严厉，庄重而亲切……这间书房的地面是青砖铺成的，潮湿的南方气候使得席纹砖缝间生出了青苔，苍绿中透露出无限生意。苍苔依旧，岁月无声。读书是一个人在青少年时期必须经历的，读的书越多，方可走得越远。钱先生的卓越成就是在这间书屋里读过的一本一本书奠基的。

在绳武堂的后院，有一座两层小楼，旁边有一株梅树，这是钱先生读书、生活、玩耍的地方，它有一个非常诗意的名字，叫"梅花书屋"。春天梅花盛开的季节，小院梅香幽幽，书声琅琅，那个遥远的时空仿佛就出现在我的面前。此时已是暮春时节，梅花早已开过，这个小院子尚未修缮完工，并未对外开放，我重新掩好了门，再次走进后东塾，看看窗外的疏影和地面上的青苔，离开了钱锺书故居。

从钱氏故居走出巷子，发现路对面就是薛福成故居。来之前我就了解到这是著名的思想家、外交家、政论家、文学家和早期资产阶级维新派代表人物薛福成的宅邸，是无锡非常有特点的私家园林，被誉为"江南第一豪宅"。故居占地超过2.1万平方米，建筑面积达5600平方米，规模很大，造园精美，是清代江南私家园林的典范之作，也体现了清末西风东渐的时代特征，带有中西合璧的特色。

可惜这个地方正在修缮，暂时不对外开放。我转了一大圈，希望有机会进去参观一下，无奈四面大门紧闭，无从进入，只好离开。

下一站是南禅寺。南禅寺历史悠久，是南朝四百八十寺之一，始建于梁武帝太清年间，规模宏大，有"江南最胜丛林"之誉。妙光塔位于寺东侧，高43.3米，始建于北宋雍熙年间，距今已逾千年。古塔为七级八面阁楼式，檐角悬挂铜质铎铃，有"十里传闻金铎响，半天飞下玉龙来"之美誉，为无锡八景之一。然而寺院建筑都是新修的仿古建筑，又有特别浓郁的商业气息，布局比较密集，没有发现特别之处。我便绕过妙光塔来到后边，发现此处有一处小景观，有几株树木，地上种植了些花草，墙上是比较精美的雕花漏窗，所雕树木枝干、花草和祥云栩栩如生，颇见功夫。可惜，地方狭小局促，不足成园，无甚观赏之处。走出南禅寺，周边是大小店铺，对此没有兴趣，决定离开。

烟花三月下扬州

李白在江夏送别孟浩然到广陵，写下了"故人西辞黄鹤楼，烟花三月下扬州"的诗句。"烟花三月下扬州"不知道成了多少人的向往，辛丑年的春天，我终于实现了这个诗一般的夙愿。

公共园林瘦西湖

扬州瘦西湖名扬天下，园中有园，是江南著名的风景胜地。

8点到达目的地，走近园区，瘦西湖果然很"瘦"，水面并不宽阔，对岸的树木建筑都目之可及。我沿着湖边往里走，看到野鸭在水中嬉戏，很是欢乐。听到了悠扬的笛声，走近，发现一个人正在树林中吹笛。我一直很喜欢听笛子曲，就站在那里听了一会儿，可惜那个人还用音箱在播放配乐，感觉这笛子曲不那么纯净，离开继续前行。走不多远就走进了瘦西湖中的徐园。瘦西湖园中园的情形和杭州西湖类似，当时有不少私家园林因借湖景而建，因而形成了公共园林中有私家园林的现象。徐园1915年建于桃花坞旧址，是乡人集资为纪念扬州军政分府都督徐宝山而重建的园林。园中有黄石迭砌的荷池，外有曲水，池水与湖水相通。过池是听鹂馆，取杜甫"两个黄鹂鸣翠柳，一行白鹭上青天"之意。馆内的楠木落地罩木雕极其精美，雕刻有竹子和松树，工艺细腻。馆前有两只大铁镬，据介绍属南北朝萧梁时期的镇水之物，不知道为何要放在这里。东客厅名为"春草池塘吟榭"，是取义于南朝诗人谢灵运的诗句"池塘生春草，园柳变鸣禽"。榭前楹联为集句联"绿波春浪满前陂，笔落青山飘古韵"。上联出自唐代韦庄《稻田》诗中的"绿波春浪满前陂，极目连云稏稏肥"，下联出自杜牧《和宣州沈大夫登北楼书怀》诗句"笔落青山飘古韵，帐开红旆照高秋"。以古典诗歌点景或者构景在园林中非常普遍，自唐代开始一直到清代都沿袭着这一古老的文化传统。集句虽好，可惜的是与传统楹联规范不符。

后面就到了小金山，这个小山是疏浚湖水时挖出的淤泥堆积而成的湖中小山。扬州国画院的老院长撰写过一副对联："借取西湖一角堪夸其瘦，移来金山半点何惜乎小。"我觉得这副对联写得很有意思，体现了此景的特点，可惜此联上下句都以仄声字结，不符合对联的规则。我还用百度查阅到这样一则资料，是关于小金山名字来历的，说是有一回扬州和镇江的两个和尚闲聊，镇江和尚说："青山也厌扬州俗，多少峰峦不过江。"扬州的和尚当然不同意这种说法，于是两人就下棋打赌。结果扬州的和尚棋高一着，把此景定名为"小金山"，并在庭中挂了这样一副对联："弹指皆空，玉局可曾留带去；如拳不大，金山也肯过江来。"只用了一个"小"字，就把镇江的"金山"引渡过来了，这位和尚的对联还是不错的。

从小金山朝左边湖水分支的水流方向走可到达钓鱼台。听了导游介绍关于钓鱼台的传说，得知钓鱼台原来是演奏丝竹乐器的地方。相传当年乾隆皇帝游到这里，一时来了钓鱼的兴趣，于是立即有人送上了鱼竿。可是瘦西湖里的鱼却偏偏不听话，平日里一呼百应的乾隆皇帝钓了半天，就是没有一条鱼上钩。这下陪同的扬州盐商着急了，当即悄悄选了几个水性好的水手带着活鱼潜到水下。举着荷叶，靠荷茎来换气。上面的乾隆鱼竿一落，下面的活鱼就被挂上了钩，乾隆皇帝龙颜大悦，此处就成了钓鱼台了。其实我还听到了不同的版本，活灵活现，整个无非是皇权泛滥、臣下献媚的老套叙事。不过这里的建筑却有它的独特之处。它是中国名亭建筑的典范，是中国园林"框景"艺术的代表作品。站在钓鱼台斜角60度，可以在北边的圆洞中看到五亭桥横卧波光的景象，而在南边的椭圆形洞中则正好可以看到巍巍白塔，堪称绝妙。洞中借景的画面正好对应了"三星拱照"的名称。这里也是外地游客到扬州一定要留影打卡的地方，故而照相的人很多。我不想凑这个热闹，看一眼便离开了。

站在小金山或钓鱼台都可以遥望五亭桥。远远地可见水面上一座体量很大的桥，上建有五座风亭，挺拔秀丽的风亭就像五朵冉冉出水的莲花。风亭金黄的琉璃瓦在阳光下熠熠生辉，很是壮观。桥下是五个大小不同的半圆形拱券，想必在月明之夜这里定是赏月的佳处。怪不得唐代徐凝说"天下三分明月夜，二分无赖是扬州"。沿水走向五亭桥，顺着青石砌成的台阶走上桥，前面很宽阔，处处可以欣赏到瘦西湖碧波荡漾、风摆杨柳的美丽风景。走下五亭桥，来到白塔，白塔的来历要再次上演盐商讨好皇帝的传说剧本了。一波一波的导游津津乐道着为讨好乾隆皇帝，财大气粗的扬州盐商"一夜造塔"的故事。

看看介绍得知，白塔高27.5米，下面是束腰须弥塔座，八面四角，每面三龛，龛内雕刻着十二生肖像。北海的白塔厚重稳健，瘦西湖的白塔亭亭玉立，和身边的五亭桥相映成趣。

白塔看过后，走向了令人向往的二十四桥。二十四桥之所以有名主要是因为唐代著名诗人杜牧的诗句："青山隐隐水迢迢，秋尽江南草未凋。二十四桥明月夜，玉人何处教吹箫。"二十四桥成了诗一样的风景，牵动着无数人内心对美的向往。可见诗歌的影响力也是非常巨大的——其实诗在我们的生活中无处不在。扬州人心目中的二十四桥由落帆栈道、单孔拱桥、九曲桥及吹箫亭组合而成，中间的玉带状拱桥长24米，宽2.4米，桥上下两侧各有24个台阶，围以24根白玉栏杆和24块栏板。关于二十四桥到底指哪座桥，至今众说纷纭，总之这里的桥很多，横卧水上都很美。

接下来走过的是万花园。据万历《扬州府志》记载，"万花园，宋端平三年（1236）制使赵葵即堡城武锋军统制衙为之"。此处是新恢复的园林部分，不过这里的"石壁流淙"还是蛮好的。看了介绍方才知道这是刘敦桢先生主持设计的，怪不得新园看起来很有古典韵味呢。叠石是黄山石，因为太新，上无青苔绿痕，所以古雅之意尚不足；理水则尊古之制，急缓有致。假以时日，这里必定更多可游可赏之处。坐在这里赏灯、听水，疲惫顿消。

平山堂

出瘦西湖园，来到平山堂。平山堂是我来之前就很了解的一个地方，读过多篇有关平山堂的记文。宋仁宗庆历八年（1048），时任扬州太守欧阳修，极赏蜀冈清幽古朴的环境，于此筑堂，亲手于堂前种植杨柳，于此宴会名流雅士。坐此堂上，江南诸山，历历在目，似与堂平，平山堂因而得名。

孟浩然说过："人事有代谢，往来成古今。江山留胜迹，我辈复登临。"因为欧公盛名，平山堂吸引诸多仰慕者代代登临。宋代王象之《舆地纪胜》记载，登上平山堂，"负堂而望，江南诸山，拱列檐下"。在平山堂确实可以看到诸山，但是现在堂前树木繁茂，遮挡之下无法见山了。清代全祖望也有《平山堂记》，记载了自己游览平山堂的经历。

最值得称道的不是登临者，而是平山堂的修缮者。如果没有一代代人的重修，平山堂恐怕早已毁坏殆尽；如果没有诸多的记文记载重修的历史，平山堂可能早已湮灭不闻。宋代到清代平山堂经过多次重修：嘉祐八年（1063），刁约知扬州，看到平山堂已经"朽烂剥漫，不可支撑"，而当时距离欧阳修知扬州才七十年的光景，于是"悉撤而新之"，沈括为之作《扬州重修平山堂记》。绍熙年间郑兴裔再次重修，曾自撰《平山堂记》。清代康熙年间再次重修，汪懋麟的《平山堂记》记载了重修的过程。

平山堂因为欧阳修在此的短暂居留而声名远播，这里已经成为一处著名的文化景观。沈括言："后之乐慕而来者，不在堂榭之间，而以其为欧阳公之所为也。由是，平山之名，盛闻天下。"汪懋麟也曾经感慨说："平山高不过寻丈，堂不过衡宇，非有江山奇丽，飞楼杰阁，为名岳神山之足以倾耳骇目，而第念为欧阳公作息之地。"我此次正是为着平山堂的盛名而来扬州。

这里少有人来，熙熙攘攘的游客都在旁边的大明寺烧香拜佛，故给平山堂留下了难得的清净，我得以在这里静静体味当年欧阳修坐于堂中举目远眺的感受，遥想这里宾朋满座谈笑风生的场景。在平山堂的椅子上坐了很久，仿佛在旁观宋代时空的一个个场景，千年一瞬，那么遥远又那么亲近。

在平山堂后是苏轼建造的谷林堂。元祐七年（1092）二月，五十六岁的苏轼知扬州，八月离任，历时半年。苏轼为纪念恩师欧阳修建了谷林堂，堂成后作五言诗曰："深谷下窈窕，高林合扶疏……"堂名就是从诗中取意而成。苏轼还曾经写过一阕词《西江月·平山堂》："三过平山堂下，半生弹指声中。十年不见老仙翁，壁上龙蛇飞动。欲吊文章太守，仍歌杨柳春风。休言万事转头空，未转头时皆梦。"苏轼对恩师无限敬仰和怀念，字里行间几多人事感慨！师生二人，两大文豪，先后知扬州，共居平山堂，这是多么难得的机缘巧合！

平山堂名扬后世，不在于堂榭，不在于高林，不在于远山，而在于曾经的人和事。每一次回望，每一次聆听，都留下了深深的感动。

漫步第五泉，来到埋鹤冢，看介绍得知其来历。清光绪十九年（1893）两淮副转运使徐星槎（从五品）修葺平山堂以后，放了两只鹤在池水中，两鹤嬉戏，饮啄，自由自在。其中一鹤因患足疾毙命，另一只鹤巡绕哀鸣，竟绝食以殉。星悟和尚深为感动，将双鹤瘗埋于平山堂西侧的第五泉景观东边的围墙边，谓"鹤冢"。椭圆石碑碑文写："无意羽毛之族，尚有如此情义，而世有不如羽禽之道义，乃可悲可愧乎？"星悟和尚求都察院河南道监察御史李郁华为鹤冢作序撰铭。读罢唏嘘，万物有灵，感天动地。

出平山堂到大明寺。这座寺庙据说是南朝宋孝武帝大明年间所建，历史非常悠久。今有缘来到大明寺，必当到寺中大殿虔诚鞠躬拜佛，祈求佛祖保佑天下苍生太平安康。

奢华的何园

何园是清代官员何芷舠的私家宅园。其规模之大（占地面积为 1.4 万余平方米）、建筑之多（建筑面积就达 7000 余平方米），令人叹为观止。在扬州大学读书的侄子陪伴我，一直在感慨："这家人该多有钱才能建这么大一个宅子呀！"考察园林既要有艺术视角，还应该有经济的视角，任何一座园林的背后都需要一双巨大的经济推手才能完成，因为其花费惊人。

何园体现了清代园林建筑的特色。何园最独特的有如下几点：

其一是复道回廊。复道回廊长 1500 多米，分上下两层，它将东园、西园、住宅院落都串联在一起，游客即使在雨天，也免遭淋漓之苦，可尽情欣赏全园美景。廊的东南两面墙上开有什锦洞窗和水磨漏窗，绕廊赏景，步移景异，可欣赏廊外玉兰、廊下池塘、廊边假山树木。

其二是贴壁假山。在船厅后侧风火墙上紧贴墙壁堆叠着一组 60 余米的假山，上有盘山蹬道，下有空谷幽径，水绕山谷，据说是石涛的叠石作品。贴壁假山是扬州园林的一个独特之处，其他地方的园林极少有贴壁假山，石涛的片石山房也是这样的叠山手法。

其三是水心亭。这是中国仅有的水中戏亭，专供园主人观赏戏曲、歌舞和纳凉赏景之用。水中置戏亭，会起到扩音和回音的效果。据说《红楼梦》《还珠格格》等一百多部影视剧都曾经在此处拍摄取景。

其四是船厅的写意性强。东园的船厅形似船形，厅周围以鹅卵石、瓦片铺成水波纹状，象征船在水中停泊。厅旁抱柱上有对楹联"月做主人梅做客，花为四壁船为家"，这副对联我很喜欢，体现了园主人的高迈情怀和雅致情趣。

其五，何园的建筑体现了古典与现代的结合，西方建筑元素较多地运用到园中。比如船厅四周用通透玻璃镶嵌的花窗，产生"人在厅中坐，景自四边来"的效果，符合古典园林的造园理念。玻璃花窗显然从西方引进，中西合璧的特色显而易见。其他建筑也是如此，比如何家的两层楼房的栏杆多用西式罗马柱的样式，室内家具摆设也多为欧化风格，复道回廊的栏杆也有铁质的。这样的建筑表象正体现了西风东渐的晚清时期中国宅园的变化。

在参观何园的时候有一点我印象很深，那便是住宅楼的木质门窗都做成了百叶窗的样子，至今还可以很灵活地拉开合上。这么多的房子做这么多的木质百叶窗需要花费多少工匠的多少工夫呀！感叹之余，也切实体会到了扬州私园的特点：富贵气有余，而文人气不足。

文人小园：片石山房

片石山房在扬州园林中以文人气息著称，在豪华的何园旁边，与何园形成了鲜明的对比。

片石山房在一个从外面看很不起眼的小院里面。进得右侧的小门，正面就是一个假山小景，很精致。左侧一个圆洞小门，对面写有"片石山房"四个字。右侧也是一个圆洞小门，过门左转可见一个月牙门，这些门的设置其实给游园者带来了极大的期待，会让游人产生进门一看究竟的愿望。门口的这种设置正是园林设计者的匠心所在，进门不可一览无余，要留下想象的空间，留下期待。

我是从左侧小门进园的，一进园真有豁然开朗之感。石涛的这个园子并不大，但是十分讲究。园中假山依然是贴壁假山，和何园的一样，我想这种设计大约有节省空间的意图，同时留下山外之想的空间。可惜现在保护遗物，不让上山了，虽有小径但不可行，只能站在水边看一看了。站在池边的栏杆，望到对岸，但见水边一石镂空呈月牙形状，倒映水中，便有了水中月的构思，尤其是白天可见月，这也是片石山房的独特一景。此景与园中的镜中花相呼应。左侧游廊的尽头墙壁上装有一面大玻璃，将园中花草树木映入镜中，形成了镜中花。这两处景观的设置体现了石涛晚年参透世事、认为一切都是虚无的人生体悟。我立于园中想着，石涛在造此两景时、观此两景时会想些什么呢？晚年的石涛是否真的心如止水呢？

石涛本为皇室子孙，三岁丧父，到全州湘山寺出家为僧。十岁时因避频繁战事离开全州辗转至武昌，临帖学画，天赋过人。后转益多师，自成一格，二十五岁即创立宣城画派，名声大振。

康熙二十八年（1689）春，康熙帝第二次南巡，三月初驻跸扬州。石涛来到扬州于平山堂再次接驾。康熙帝在众人中认出了石涛，当众呼出石涛的名字，令石涛欣喜不已。石涛期待自己能够成为御用禅师，故而他日后走上了赴京谋仕之途。但是现实却令他大失所望，权贵们仅视其为一画僧，并未真正重视其才学。最令石涛感到屈辱的是康熙帝下旨绘制《南巡图》以彰显政绩时，竟无视正在京城的他，而是请来南派正宗王石谷主持此事，石涛顿觉颜面尽失。他终于明白自己在京城舞台上所扮演的角色，悲吟道："诸方乞食苦瓜僧，戒行全无趋小乘。五十孤行成独往，一身禅病冷于冰。"康熙三十一年（1692）石涛南返，选择扬州作为自己的终老之地，功业未就的石涛在扬州读书、作画、叠山造园。康熙四十六年（1707），石涛因腰病溘然长逝，时年六十六岁。其徒高翔（扬州八怪之一）协助料理后事，建墓于蜀冈平山堂后。石涛生前曾自画《墓门图》，并题"谁将一石春前酒，漫洒孤山雪后坟"。一代画圣，长眠于此。

石涛画名远扬，为天宁禅寺七十二间耳房所画七十二座山峰可谓神来之笔，两次接驾康熙皇帝可算是他一生仕进道路上的高光时刻。杰出的绘画才能未能为石涛带来他所期望的机遇，一切都归于平静。也许在片石山房他才找到了真正的初心。

片石山房琴棋书画景观的设置也别具匠心。由于园林面积比较小，石涛将四艺集中体现于一个空间。很小的一个书房用于读书；书房前有一泉，泉声如琴声，代表琴；泉边有一个木墩，上刻棋盘；墙上开窗，可赏窗外之景，以窗为框入景，四季画面不同，是为画。在有限的空间容纳了无限的内涵。片石山房虽小，但是处处讲究画意，比如园中之门无一雷同。

我在园中来来回回走了好几遍，细细体味这个文人小园的妙处，也细细地想石涛在园中生活漫步时的心情。在闲适清雅的园居生活中，他内心是否有挥之不去的落寞呢？文人建园有多种情况，其中有一种情形是因命运不济而建园退隐的，石涛就属于这种情形。不知道片石山房的山水是否抚平了他内心的伤痛，希望晚年的石涛真正会心林泉，怡然释然。

绿竹猗猗的个园

个园是两淮盐业商总黄至筠于清嘉庆二十三年（1818）在原明代寿芝园的基础上拓建而成的住宅园林。来扬州之前我就做过功课："园内池馆清幽，水木明瑟，并种竹万竿，故曰个园。"我是比较喜欢竹子的，到园中一看，果然竹子品类繁多，清幽宜人。

令人惊叹的依然是园林庞大的规模，个园面积达 2.4 万平方米，比何园还大得多。我们先参观的是个园的竹园和四季假山。个园最大的特色当属四季假山的构思与建筑，在面积不足五十亩的园子里，开辟了四个形态逼真的假山区，分别命以春、夏、秋、冬之称。整个园子以宜雨轩为中心，沿着顺时针的方向，可尽览四季秀景。个园以竹石为主体，以分峰用石为特色，采用不同质地的石料，体现不同的季节。四季假山从冬景开始，颜色洁白的雪石突出冬日里积雪未化的寒冷。单石成峰，与竹子相间，以石头象征生机勃勃的竹笋，又以十二生肖石排列，象征春天。太湖石象征盛夏的江南景色，此处叠石最为用力，繁杂。夏季假山下有一泓碧水，水面不大，但山水意境颇佳。黄石烘托秋天群山的挺拔，与枫叶类树木相谐，秋天的景色一定十分烂漫。四季假山各具特色，表达出"春景艳冶而如笑，夏山苍翠而如滴，秋山明净而如妆，冬景惨淡而如睡"的诗情画意。个园虽为盐商园林，透着不可掩饰的富贵之气，但颇有林泉旨趣，尤其是四季假山依次设置一园，是中国园林的孤例。

我们游览完园林区，走近了住宅区，住宅区的庞大更令人惊叹！个园住宅区由五路豪宅组成，每一路之间都有宽阔的甬道隔开，五路豪宅分开有福、禄、寿、财、喜五座大门，一字在东关街排开，尽显一代盐商的财气。住宅内的豪华陈设就不必细说了。

余记：精致的扬州菜

出平山堂后搜索到瘦西湖附近一家非物质文化遗产传承基地的餐馆，品尝了扬州菜：狮子头、菊花豆腐、清炒河虾仁、盐水鸭、扬州炒饭。不知当年孟夫子到扬州是否吃的也是这些菜？

菜端上来后我们有点小惊讶，狮子头只有一个，拿一小盅盛着，里面有清汤。尝一尝，肥而不腻，入口即化，清汤润口。菊花豆腐端上来后，我再次暗暗惊叹了！又是一个小盅，里面清汤中盛开着一朵白色的菊花，菊花的丝状花瓣个个分明。豆腐居然能做出这样的工艺！我实在是惊叹厨师的刀工，这厨师得切多久才能切好这朵菊花，为了切好这朵菊花他又得练习多长时间呢？就冲这工艺，其蕴含的价值就不可单纯以价格来衡量。我们要的扬州炒饭上来后，我才知道我们平时在食堂吃的扬州炒饭仅仅是炒米饭而已。侄子给我介绍说正宗的扬州炒饭都是用隔夜的米饭做的，这样不会太黏，可以做到粒粒分明。重要的是炒饭用的鸡蛋要掌握好稀稠和火候，炒出来的鸡蛋要拔丝，我们的炒饭中的鸡蛋拔丝不是很好，侄子说厨师失手了！这顿饭吃完我才知道扬州菜贵出有因，皆在工艺。吃扬州菜吃的是工艺而不仅仅是食材本身。

我们还在东观街上品尝了扬州著名的包子。虾肉包子和平时吃的没有什么两样。扬州特色蟹黄包子，也未见有什么特别之处，却有些小贵。豆腐汤中的豆腐依然是丝状的，就这么一碗普通的汤，让我再次感受到扬州菜的工艺。

烟花三月下扬州，如烟的春雨，温润的空气，淡淡的花香，缓慢的生活，如诗如画，怪不得令人向往呢！